你一直与众不同

【青少版】

毕淑敏
散文精选

毕淑敏 著

我们可以不美丽，但我们健康。
我们可以不伟大，但我们庄严。
我们可以不完满，但我们努力。
我们可以不永恒，但我们真诚。

时代文艺出版社

图书在版编目（CIP）数据

你一直与众不同：毕淑敏散文精选：青少版 / 毕淑敏著．—长春：时代文艺出版社，2020.8

ISBN 978-7-5387-6365-2

Ⅰ.①你… Ⅱ.①毕… Ⅲ.②散文集－中国－当代 Ⅳ.①I267

中国版本图书馆CIP数据核字（2020）第055900号

出品人　陈　琛
产品总监　邓淑杰
选题策划　李天卿
　　　　　王　峰
责任编辑　李天卿
　　　　　王　峰
封面绘画　鹿　果
装帧设计　孙　利
排版制作　毛倩雯

你一直与众不同
毕淑敏散文精选（青少版）
毕淑敏 著

出版发行 / 时代文艺出版社
地址 / 长春市福祉大路5788号　龙腾国际大厦A座15层　邮编 / 130118
总编办 / 0431-81629751　发行部 / 0431-81629755　北京开发部 / 010-63108163
官方微博 / weibo.com / tlapress　天猫旗舰店 / sdwycbsgf.tmall.com
印刷 / 三河市万龙印装有限公司
开本 / 710mm × 1000mm　1 / 16　字数 / 230千字　印张 / 21.25
版次 / 2020年8月第1版　印次 / 2020年8月第1次印刷　定价 / 48.00元

图书如有印装错误　请寄回印厂调换

序言

对于中国现在的少年人来说，没有一个春天，像 2020 年的春天冷凛而惊涛骇浪。它必将以火炭般的温度和震撼，烙在你记忆的深处，永不磨灭。

疫情中，我也在复工复产。在我所有作品中，淘选出若干篇章，组成了这本书。希望在这个特别的时刻，送到你手上。在我和你的心灵间，搭起一座小小的文字桥。

我现已老迈，发摇齿落。我并不悲观，也不后悔，只是还有许多话要对今天的少年和青年人说。年龄的变化，并不是在某一天突然发生的，而是一小时一分钟一秒钟递进而来。我也曾年少，也曾有无尽的勇气和好奇心，也曾犯过无数的错误，做过很多幼稚可笑的事情。同时，还用很多时间思考过很多问题，我愿意在这本小书中和你分享。

这本书大致分成了六个小辑：探秘、启示、心理、亲情、温情、感悟。它们多以故事的形式出现，因为我小的时候，喜欢听故事。这些故事，有些来自我自己，有些是我从别人那里听来的。不管故事是从哪里来的，它们都有一个共同的核儿——在这个世界里，你如何成长？

成长自然离不开老师，这让我们很容易有一个错觉，觉得成长只发生在学校里，因为那里才有老师啊。其实，成长可以发生在任何地方任何时刻，只要我们自己做一个成长的有心人。老师可以是任何人，比如孔子说过“三人行必有我师”。

请想想啊，古代才有多少人呢？现在地球上的人数比那时可多多了，同样，老师的数目也翻了很多倍啊。再说，老师也并不仅限于人类，植物、动物、天地、星空，都可以成为我们的老师。如果你能做虚心学习的有心人，那么，你所遇到的一切，都有可能成为你的老师。你不断求教，不断观察思考，情感会变得丰沛，人生会变得润泽，成长就加速度。

这个世界变化太快，我小的时候，绝不会想到科技进步的幅度如此惊人。同理，我想你们也将面对飞速发展的世界。那么，有没有不变的东西呢？我认定一定有。这就是人类的优秀品质和不断沉思的传统。所以，这本书里，我主要谈的是这方面的感悟。我常常在想，如果我少年时代就懂得这些，我的人生一定会比现在更有趣和有意义。我坚信，只要掌握了这些不变的真理，未来的人生之路一定会有更多的选择，演绎出更绚烂的浩瀚和精彩。

毕淑敏

2020 年春

目录

Part 1 成长 · 探秘篇

Part 2 励志 · 启示篇

Part 3 心理 · 表情篇

Part 4 亲情 · 少年篇

Part 5 温情 · 幸福篇

Part 6 感悟 · 静思篇

PART 1 成长·探秘篇

痛苦和磨难，
是人生不可分割的一部分。
只有接受这一事实，
我们才能超越它，
更加看清生命的意义。

自信第一课

1972年的一天，领导通知我速去乌鲁木齐报到，新疆军区军医学校在停顿若干年后第一次招生，只分给阿里军分区一个名额，首长经过研究讨论决定让我去。

按理说，我听到这个消息应该喜出望外才是。且不说我能回到平地，吸足充分的氧气，让自己被紫外线晒成棕褐色的脸庞"休养生息"，就是从学习的角度讲，"重男轻女"的部队能够把这样宝贵的唯一的名额分到我头上，也是天大的恩惠了。但是在记忆中，我似乎对此无动于衷，也许是雪山缺氧把大脑冻得迟钝了。我收拾起自己简单的行李，从雪山走下来，奔赴乌鲁木齐。

1969年，我从北京到西藏当兵，那种中心和边陲的，文明和狂野的，优裕和茹毛饮血的，高地和凹地的，温暖和酷寒的，五颜六色和纯白的……一系列剧烈反差让我的心发生了沧海桑田般的变化。距离死亡咫尺之遥，面对冰雪整整三年，我再也不是当初那个天真烂漫的城市女孩儿，内心已变得如同喜马拉雅山万古不化的寒冰般苍老。我不会为了什么突发事件和急剧的变革而大喜大悲，只会淡然承受。

入学后，从基础课讲起，用的是第二军医大学的教材，教员由本校的老师和新疆军区总医院临床各科的主任、新疆医学院的教授担任。记得有一次，考临床病例的诊断和分析，要学员提出相应的治疗方案。那是一个不复杂的病案，大致的病情是由病毒引起的重度上呼吸道感染，病人发烧、流涕、咳嗽、血象低，还伴有一些阳性体征。我提出方案的时候，除了采用常规的治疗外，还加用了抗生素。

讲评的时候，执教的老先生说："凡是在治疗方案里使用了抗生素的同学都要扣分。因为这是一个病毒感染的病例，抗生素是无效的。如果使用了，一是浪费，二是造成抗药性，三是无指征滥用，四是表明医生对自己的诊断不自信，一味追求保险系数……"老先生发了一通火，走了。

后来，我找到负责教务的老师，讲了课上的情况，对他说："我就是在方案中用了抗生素的学员。我认为那位老先生的讲评有不完全的地方，我觉得冤枉。"

教务老师说："讲评的老先生是新疆最著名的医院的内科主任，他的医术在整个新疆是首屈一指的。他是权威，讲得很有道理。你有什么不服的呢？"

我说："我知道老先生很棒。但是具体问题要具体分析。他提出的这个病例并没有说出就诊所在的地理位置。比如要是在我的部队，在海拔五千米以上的高原，病员出现高烧等一系列症状，明知是病毒感染，一般的抗生素无效，我也要大剂量使用。因为高原气候恶劣，病员的抵抗力大幅度下降，很可能合并细菌感染。

如果到了临床上出现明确的感染征象时才开始使用抗生素，那就晚了，来不及了。病员的生命已受到严重威胁……”

教务老师沉默不语。最后，他说：“我可以把你的意见转告给老先生，但是，你的分数不能改。”

我说：“分数并不重要。您听我讲完了看法，我已知足了。”

教室的门开了，校工闪了进来，搬进来一把木椅子摆在讲案旁，且侧放。我们知道，老先生又要来了。也许是年事已高，也许是习惯，总之，老先生讲课的时候是坐着的，而且要侧着坐，面孔永远不面向学生，只是对着有门或有窗的墙壁。不知道他这是积习，还是不屑于面对我们，或是有什么难言之隐。

这一次，老先生反常地站着。他满头白发，面容黢黑如铁，身板挺直如笔管，让我笃信了他曾是医官一说。

老先生目光如锥，直视大家，音量不大，但在江南口音中运了力道，话语中就有种清晰的硬度了。他说：“听说有人对我的讲评有意见，好像是一个叫毕淑敏的同学。这位同学，你能不能站起来，让我这个当老师的也认识你一下？”我只有站起来。老先生很注意地看了我一眼，说：“好，毕淑敏，我认识你了，你可以坐下了。”

说实话，那几秒钟真把我吓坏了。不过，有什么办法呢？说出的话就像注射到肌肉里的药水一样，是没办法抠出来的。

全班寂静无声。

老先生说：“毕淑敏，谢谢你。你是好学生，你讲得很好。你的话里有一部分不是从我这儿学到的，因为我还没有来得及教给你那么多。是的，作为一个好的医生，一定不能全搬书本，一定不能教条，要根据具体的情况决定治疗方案。在这一点上，你们要记住，无论多么好的老师，也不可能把所有的规则都教给你们。我没有去过毕淑敏所在的那个五千米高的阿里，但是我知道缺氧对人的影响。在那种情况下，她主张使用抗生素是完全正确的。我要把她的分数改过来……”

我听到教室里响起一阵轻微的欢呼。因为写了抗生素治疗的不仅我一个，很多同学都为这一改正而欢欣。

老先生紧接着说：“但在全班，我只改毕淑敏一个人的分数。你们有人和她写的一样，还是要被扣分。因为你们没有说出她那番道理，是知其然而不知其所以然。你现在再找我说也不管事了，即使你是冤枉的也不能改。因为就算你原来想到了，但对上级医生的错误没敢指出来。对年轻的医生来说，忠诚于病情和病人，比忠实于导师要重要得多。必要的时候，你宁可得罪你的上司，也万万不能得罪你的病人……”

这席话掷地有声。事过这么多年，我仍旧能够清晰地记得老先生如锥的目光和舒缓但铿锵有力的语调。平心而论，他出的那道题目是要求给出在常规情形下的治疗方案，而我竟从某个特殊的地理环境出发，并苛求于他。对一个初出茅庐的年轻人的不够全面的异议，老先生表现出了虚怀若谷的气量和真正的医生应有的磊落品格。

真的，那个分数对我来说完全不重要，重要的是我在此番高屋建瓴的话语中悟察到了一个优等医生的拳拳之心。

我甚至有时想，班上同学应该很感激我的挑战才对。因为没过多长时间，老先生就因为身体的关系不再给我们讲课了。如果不是我无意中创造了这个机会，我和同学们的人生就会残缺一段非常宝贵的教诲。

我的三年习医生涯，在我的生命中是一个重大的转折。我从生理上洞察人体，也从精神上对自己有了更多的信任。我知道了我们的灵魂居住在怎样的一团组织之中，也知道了它们的寿命和局限。如果说在阿里的时候我对生命还是模模糊糊的敬畏，那么，老师的教诲使我确立了这样的观念：一生珍爱自身，并把他人的生命看得如珠似宝，全力保卫这宝贵而脆弱的珍品。

面具后面的脸

参观新墨西哥州乔治·奥尔夫博物馆附近的女子艺术辅导学校。乔治·奥尔夫是美国最杰出的女画家之一，她的《头骨和白玫瑰》，表达着经典的凄美和让人战栗的死亡体验。在她去世后，遵照她的遗嘱，开办了女子艺术辅导学校。

指导教师杰茜娅白发黑衣，举止卓尔不群，目光熠熠生辉。一句话，开门见山。她说，我们开设的艺术指导课程，不仅仅是指导艺术，更是指导人的全面发展。比如，根据哈佛大学的研究，经过艺术训练的女生，她们的领导才能就有所加强。

我很感兴趣，问，这是为什么？艺术和领导，通常好像是不搭界的。

杰茜娅说，艺术让人的大脑全面发展，增强人的自信心。特别是女孩子，她们的艺术才能往往是比较突出的。如果受到重视，得到相应的训练，她们就会发现自己是有价值的。如果她的艺术作品出色，就会不断地获奖。这样，她们就有了成功的经验。对一个孩子来说，什么最重要呢？就是有成功的经验，感觉到自己的价值。在正常的学校里，让孩子能有成功经验的机会并不是很多的。学习文法和数理化，是很枯燥的过程。很多孩子不适应。只有少数的孩子能在常规的学习中感受到乐趣和成就感，大多数的孩子会觉得自己不够聪明。

可以这样说，常规的学习，给予孩子们失败的经验比较多。但是，学习艺术就不是这样了。

首先我们相信一个大前提，那就是——每一个孩子，都必定有所长。它们冬眠着潜伏着，等待人们的挖掘。不存在“有没有”的问题，是“一定有”，只是需要发现。再者，艺术是没有统一的标准的，允许广阔的想象，关于成功的概念，也是更为开放和宽松的。而且，孩子和成人，谁离艺术的真谛更近一些呢？是孩子。她们对世界，有直觉的把握，在创作的同时，也更清晰地感觉到了真实的世界。她们在艺术中学习，这种成功的经验，会蔓延开来，延展到她生活的各个领域。

这一番话，颇有醍醐灌顶之感。当我们的某些父母只是把艺术作为一种训练一种特长，甚至当成一块高考就业的敲门砖的时候，杰茜娅她们，已经巧妙地把它变成了赋予孩子最初成功体验的阶梯。

是啊，有什么比一个人，特别是一个孩子的体验和记忆更重要更珍贵的东西呢？回想我们的一生，所以会有种种的命运，虽不敢说全部，但其中偌大的一部分，是源自我们童年经验的烙印。精神分析派的师长甚至不无悲观地说，每个人一生将要上演的脚本，都已在我们六岁前的经历中秘密写定。如此说来，谁能改变一个孩子的童年体验，谁就能改变他眼中的世界和他人生的蓝图。

人的记忆是非常奇怪的东西。我们希望它记住的东西，它虚与委蛇，给你一个过眼烟云。我们希望它遗忘的东西，它执拗着，死心塌地地铭记。记忆的钢钉，就这样不由分说地楔入到灵魂最软弱偏僻的地方，却从那里发布一道道指令，陪伴你到永远。背负无法选择的记忆，挺进在人生的曲径上。记忆是有魔法的，它轻而易举地决定着我们的好恶，指导着我们的行动，规定着我们的决策，甚至操纵着我们的生涯……

中国有句俗话，叫作“三岁看老”，看来和弗洛伊德老先生的学说，有异曲同工之妙。这话有前瞻之明，但也有掩饰不住的悲观和宿命。三岁之前，孩子在无知无识中酿出了怎样咸苦的卤水，让他的一生在此凝固？或者反过来说，面对着一个孩子，成人世界有什么力量，可以润物细无声地沁入思维的草地，从此染绿他一生的春秋？

杰茜娅女士的话，正是在这个微妙的层面，给我启迪和震撼。如果说教育是一种外在的渗透。那么，让孩子们深入到艺术的创造之中去，就生出了发自内在的事半功倍的奇效。让蛰伏内心的翅膀舒展开来，让成功的霞光照亮漆黑的眸子，让最初的成功烙在心扉的玄关……童年的珍藏，就会在漫长的岁月发酵，香飘一路。

面对着这样的理论和尝试，我肃然起敬。

我说，你这里走出多少艺术家？

杰茜娅说，我从来没有统计过。

我说，哦，她们还小。艺术的成功要很多年后才见分晓。我知道现在谈这些，一切都为时过早。

杰茜娅说，不仅因为统计操作上的困难。开办这个学校，并不是为了从小培养出几个艺术的天才，是为了更多的孩子生活中多一些阳光和快乐，发展健全的人格。我把孩子们的艺术品都保存了起来。其实，对于她们来说，这些并不是艺术，是另外一种心灵的表达。她们并不是为了成为艺术家才进行创造的，她们把艺术当成了心灵的一部分。但是，这不正是艺术最原始最根本的标志吗！

我说，能否让我看看孩子们的艺术创造？

杰茜娅说，好吧。请跟我来。在仓库里。

那一天，是休息日。宽敞的校舍里没有一个人。我走在寂静的走廊，忽然生出心灵探险的感觉。想象不出我将看到的是怎样的作品，但我确知那是一扇扇年轻的珠贝分泌出的珍珠，不论它们圆还是不圆。

杰茜娅捧出一摞石膏面具。我说，这是什么？

杰茜娅说，这是我们做过的一次练习。题目是《面具后面的脸》。

我说，这个题目很有意思啊。

杰茜娅说，是这样的。孩子们渐渐长大的过程，也就是她们对成人世界渐渐认识的过程。她们脱去了最初的纯真，学会戴上了面具。没有面具是不可能和不现实的。但是，人不能总在面具后面生活，特别是人对自己的面具要有清醒的认识，要知道哪些是面具，哪些是真实的自我。明白自己的面具是怎么来的，如果有可能，要将面具减少到最少。要使真我和面具尽可能地统一起来。

总之，就是对面具有一个明白的认识和把握，不能让面具主宰一切。

很深刻，也很玄妙。我说，能让我看一个具体的孩子的创作吗？

杰茜娅说，好啊。说完，她就从一摞面具中挑选出了一个，递给我。

这是一个美丽的面具。石膏模型的正面，是如花的笑脸。挑起的眉梢，长而上翘的睫毛，桃色的腮和银粉的唇。各种色彩涂得很到位很和谐，甚至可以说是性感的。

我说，很美。

杰茜娅说，是啊。这个女生的名字我不告知你，就叫她安娜吧。安娜在人前就是这个样子。可是，你看看面具的后面。

我把面具翻了过来。在面具的凹陷中，填满了石子和羽毛。石子是尖锐和粗糙的，棱角分明。羽毛肮脏残破，绝非常见的蓬松温暖，支支像劣质的鹅毛笔，横七竖八的乱戳着。特别是在面具背后的眼眶下面，画着一串串黑色的水滴，每一滴都拖着细长的尾巴，仿佛蝌蚪正从一个黑色的湖泊源源不断地游出来……

这个没有一个字一句话的面具，如同医院做冷冻治疗的雾气，把一种彻骨的寒冷传递到我的指掌。

是的。这就是安娜的内心，她的另一张面孔，更真实的面孔。她的母亲患癌症去世了。安娜目睹了她从患病到死亡的极端痛苦的过程，这使她深受刺激。

她的父亲酗酒，夜夜醉得不省人事。她只有寄居在亲戚那里。她每天都在微笑，是一个人见人爱的孩子，她生怕别人不喜欢她。如果没有这种艺术的创造和表达，没有人知道她的痛苦。她被压抑的内心在这种创造中得到了舒缓，也使她认识到自己的分裂和冲突。她开始调整自己，认识到母亲的去世并不是自己的过错，她并不负有让别人都喜欢她的使命。她可以在人前流泪，也可以直率地表达自己，她有这个权利。

听到杰茜娅女士说到这里，我才深深地嘘出了一口气。是的，你能说这是简单的艺术吗？不能。你能说这不是艺术吗？不能。孩子和艺术就这样天衣无缝地黏合在一起，艺术成了生活的一部分。这样的艺术直击心扉。

我说，还有吗？我非常喜欢你和孩子们的创意。

杰茜娅说，这里还有女孩子们画的画。是命题的画，题目就叫《八十岁的奶奶》。乔治·奥尔夫说过：颜色和语言的意义是不一样的。颜色和形状比文字更能下定义。

我说，是请一位老奶奶做模特，让孩子们画她吗？

杰茜娅说，没有老奶奶做模特。或者说，模特就是她们自己。

我说，此话怎讲？

杰茜娅说，我要求每个孩子对着镜子，想象自己八十岁时候的模样。要画得像，让别人一看就知道那是你。要画出沧桑和年纪的痕迹，还要画出你的职业和家庭对你的影响。因为这些随着年龄的增长，都会在人的相貌上体现出来。

当然了，在画画之前，你要为自己写出一个小传。八十岁的人，不是凭空变成的，是经历了很多过程的人。你要心中有数，她到底走过了怎样的人生，你才能画好她。

我说，真是有趣得很。您要达到的目的是什么呢？

杰西娅说，除了画画的基本技巧以外，我想让女孩子们知道年纪和衰老，是正常的，不是可怕的。只要她们活着，就一定会变老。她们将在自己光滑的额头上，画出密密的皱纹，那是岁月赠送的不可拒绝的礼物。特别是她们将要思考自己的一生将怎样度过。做什么职业，成为什么样的人。包括，希望成立怎样的家庭。

我说，我明白了。孩子们是在这幅画里，画出自己的理想和人生。我可以看看她们的画吗？

杰西娅拿出了厚厚的画稿。

飞快地翻动。于是，我看到一位位老媪，额头和嘴角，都有明确到显出夸张的皱纹。头发稀疏皮肤松弛，白发苍苍面带微笑……在这群苍老的女人画像下面，是她们各自的小传。有女滑冰运动员、女服装设计师、女汽车制造商、女医生、女律师……有一幅最有趣，一位老奶奶的膝下，绕着无数的孩子，我说，这位老奶奶是开幼儿园的吗？

杰西娅说，不是。这位女生的理想就是要生这么多的孩子。

那一瞬，我好感动。试着想想这些画的创作过程吧。一些嫩绿的叶子，对着镜子，观察着自己的脸庞。然后迅速地画下脸部的轮廓，然后就是长久的沉默。她们一笔笔地在这张青春勃发的面庞上，刀刻般的画出嶙峋的皱纹，每一笔，都是挑战和承诺。在生命的这一头，眺望生命的那一头，万千感受，聚集一心。从郁郁葱葱到黄叶遍地。

“我看见被乌云藏起的月亮，我听见在水下游泳的风，我哭泣，因为我是古堡里的蚯蚓……”杰茜娅朗诵了一首女孩子创作的诗。

艺术不仅是技术，更是灵魂的栖息之地。配以一个有力优雅的手势，杰茜娅结束了她的谈话。

每天都冒一点儿险

“衰老很重要的标志，就是求稳怕变。所以，你想保持年轻吗？你希望自己有活力吗？你期待着清晨能在对新生活的憧憬中醒来吗？有一个好办法啊——每天都冒一点儿险。”

以上这段话，见于一本国外的心理学小册子。像给某种青春大力丸做广告。本该一笑了之，但结尾的那句话吸引了我——每天都冒一点儿险。

“险”有灾难狠毒之意。如果把它比成一种处境、一种状态，你说是现代人碰到它的时候多呢，还是古代甚至原始时代碰到它的机会多呢？粗粗一想，好像是古代多吧？茹毛饮血刀耕火种的，危机四伏。细一想，不一定。那时的险多属自然灾害，虽然凶残，但比较单纯。现代了，天然险这种东西，也跟热带雨林似的，快速减少，人工险增多，险种也丰富多了。以前可能被老虎毒蛇害掉，如今是坠机车祸失业污染之伤。以前是躲避危险，现代人多了越是艰险越向前的嗜好。住在城市里，反倒因为无险可冒而焦虑不安。一些商家，就制出“险”来售卖，明码标价。比如“蹦极”这事，实在挺惊险的，要花不少钱，算高消费了。且不是人人享用得了的，像我等体重超标，一旦那绳索不够结实，就不是冒一点儿险，而是从此再也用不着冒险了。

穷人的险多呢还是富人的险多呢？粗略一想，肯定是穷人的险多，爬高上低烟熏火燎的，恶劣的工作多是穷人在操作，就是明证。但富人钱多了，去买险来冒，比如投资或是赌博，输了跳楼饮弹，也扩大了风险的范畴，就不好说谁的险更多一些了。看来，险可以分大小，却是不宜分穷富的。

险是不是可以分好坏呢？什么是好的冒险呢？带来客观的利益吗？对人类的发展有潜在的好处吗？坏的冒险又是什么呢？损人利己夺命天涯？

嘿！说远了。我等凡人，还是回归到普通的日常小险上来吧。每天都冒一点险，让人不由自主地兴奋和跃跃欲试，有一种新鲜的挑战性。我给自己立下的冒险范畴是：以前没干过的事，试一试。当然了，以不犯法为前提；以前没吃过的东西，尝一尝，条件是不能太贵，且非国家保护动物。

目标定下，即有蠢蠢欲动之感。可惜因眼下在北师大读书，冒险的半径范围较有限。清晨等车时，悲哀地想到，“险”像金戒指，招摇而靡费。比如到西藏，可算是大众认可的冒险之举，走一趟，费用可观。又一想，早年我去那儿，一文没花，还给每月六元的津贴，因是女兵，还外加七角五分钱的卫生费。真是占了大便宜。

车来了。在车门下挤得东倒西歪之时，突然想起另一路公共汽车，也可转乘到校，只是我从来不曾试过这种走法，今天就冒一次险吧。于是抽身退出，放弃这路车，换了一条新路线。最后七绕八拐，挤得更甚，费时更多，气喘吁吁地在差一分钟就迟到的当儿，闯进了教室。

不悔。改变让我有了口渴般的紧迫感。一路连颠带跑的，心跳增速，碰了人不停地说对不起，嘴巴也多张合了若干次。

今天的冒险任务算是完成了。变换上学的路线，是一种物美价廉的冒险方式，但我决定仅用这一次，原因是无趣。

第二天冒险生涯的尝试是在饭桌上。平常三五同学合伙吃午饭，AA制，各点一菜，盘子们会聚一堂，其乐融融。我通常点鱼香肉丝、辣子鸡丁类，被同学们讥为“全中国的乡镇干部都是这种吃法”。这天凭着巧舌如簧的菜单，要了一客“柳芽迎春”，端上来一看，是柳树叶炒鸡蛋。叶脉宽得如同观音净瓶里洒水的树枝，还叫柳芽，真够谦虚了。好在碟中绿黄杂糅，略带苦气，味道尚好。

第三天的冒险颇费思索。最后决定穿一件宝石蓝色的连衣裙去上课。要说这算什么冒险啊，也不是樱桃红或是帝王黄色，蓝色老少咸宜，有什么穿不出去的。怕的是这连衣裙有一条黑色的领带，好似起锚的水兵。衣服是朋友所送，始终不敢穿的症结正因领带。它是活扣，可以解下。为了实践冒险计划，鼓足了勇气，我打着领带去远航。浑身的不自在啊，好像满街筒子的人都在端详议论。仿佛在说：“这位大妈是不是有毛病啊，把礼仪小姐的职业装穿出来了？”极想躲进路边公厕，一把揪下领带，然后气定神闲地走出来。但为了自己的冒险计划，我咬着牙坚持了下来。

走进教室的时候，同学友好地喝彩，老师说：“哦，毕淑敏，这是我自认识你以来，你穿的最美丽的一件衣裳。”

三天过后，检点冒险生涯，感觉自己的胆子比以往大了一点儿。有很多的束缚，不在他人手里，而在自己心中。别人看来微不足道的一件事，在本人，也许已构成了犍鞘般的裹挟。突破是一个过程，首先经历心智的拘禁，继之是行动的惶惑，最后是成功的喜悦。

你不能要求没有风暴的海洋

痛苦和磨难，是人生不可分割的一部分。只有接受这一事实，我们才能超越它，更加看清生命的意义。

你说你不要这些苦难，那么生命也就失去了框架。很多自杀的人，就是因为没有理会这种意义，一厢情愿地认为生命是应该只有甘甜没有挫败的。然而生命的常态，其实就是平稳和深邃，还有暗流。在最深刻的层面，我们不单与别人是分离的，而且与世界也是分离的，兀自踯躅前行。

生命的每一步都带着人们向死亡之境跌落，不要存在幻想，这才让你比较持久稳定，安然地居住在孤独中，胸中如有千沟万壑、千军万马。只有接受这一事实，我们才能超越死亡，腾起在空中，看清生命的意义。

有一次，到沙漠中间的一个城中去，临行之前和当地的朋友联络。她不停地说，毕老师，你可要做好准备啊，我们这里经常是黄沙蔽日。不过，这几天天气很不错，只是不知道它能不能坚持到你到来的那一天。

我有点儿纳闷儿。虽然人们常常说，“您的到来带来了好天气”，或者说，“天气也在欢迎您呢”，谁都知道，这是典型的客套。个体的人是多么渺小啊，我们哪里能影响到天气！

不过这位朋友反复地提到天气，还是让我产生了好奇。我说，不管好天气还是坏天气，我们都不能挑选。天气是你们那里的一部分，就是黄沙蔽日，也是你们的特色啊。

说者无意，听者有心。后来，这位朋友对我说，她听了我的话，就放下心来。我很奇怪，因为自觉这番话里，并没有多少劝人安心的含义啊。她说，我们这里天气多变，经常有朋友一下飞机就抱怨，闹得主客都很尴尬。

我说，坏天气也是大自然的一部分，就像每个人的生命中都必定经历下雨，某些日子势必黑暗又荒凉。就像你不可能总是吃细粮，那样你就会得大肠癌。你一定要吃粗纤维。坏天气、悲剧、死亡、生病，都是生命中的粗纤维，我们只有安然接纳。

你不可能要求一个没有风暴的海洋。那不是海，是泥潭。

啊，原来你是一只老虎

在美国，参观过几所中学。有贫民区完全由政府资助的免费的公立学校，也有肯尼迪的女儿曾经就读的有百年历史的私立贵族学校，还有专为新移民的孩子建立的双语（英语和母语）学校。在不同的学校里，我都和华裔的孩子们有过交谈，留给我的感受真是一言难尽。

我也是一位母亲，尤其是喜欢女孩子。但没有女儿，所以看到了别人的女孩子格外亲。不是吹牛，我和女孩子有一种特别的亲和力，也许是因为我特别喜欢她们，也许是因为我长得像一位操劳的老阿姨，让女孩子们一见之下就想到了她们爱唠叨的老邻居。

先说纽约哈林区的那所公立女中。哈林区是黑人为主的聚居区，也有很多少数民族裔，是比较贫困和治安秩序混乱的地区。外交部官员比尔，从饭店接上我们，一直陪着我们在纽约的地铁穿行，直到从哈林区的车站钻出来，把我们交到校方来接我们的弗德姆老师手上，这才离去。

我说，比尔真是一个热情的人。其实，凭着地图，我们自己来，也找得到啊。

安妮说，比尔不单是热情，更是负责任。因为这里的治安不好，他不放心。所以要看到我们平安地到达，他才肯离开。

弗德姆老师是个高大的白人青年，大学毕业后到这里来当老师，已经两年了。他说，是这样的。我刚来的时候，就遭了好几次抢劫，喏，就在前面不远的地方。

正是阴天，狭窄而脏乱的街道，更蒙上了一层晦暗。有一些游手好闲的人，在巷子口挤眉弄眼地看着我们。我吓了一跳，说，那您估计今天会发生这种事吗？

弗德姆老师说，大约不会的。因为他们已经认识了我。知道我是这里的老师，他们就不抢我了。如果有别的不认识的人抢我，他们还会出来干涉，说这是教书的老师，来教我们的孩子，放了他吧。

这样说着，我的心稍稍安定下来。看周围的建筑，低矮破旧，和曼哈顿岛上繁华的风光天上地下。

学校倒是一座相当新鲜而现代的建筑，收的学生都是女性。走进去，墙壁刷成五颜六色，给人一种跳跃的青春感。因为孩子们正在上课，我只能趴在门口匆匆看看。很喜欢这儿的课桌不是摆成规矩的方阵，而是像吃饭似的，四张桌子拼在一起，同学们面对面地坐着，彼此吐一口气，就吹到对方的脸上。老师教课的时候，就像个饭店的服务生，在桌子之间走来走去，边走边说……

我说，嗨！有趣。我很喜欢这种有些混乱的课堂，有一种游戏感，让沉重的功课变得轻松些。

弗德姆老师说，女孩子们都喜欢这样的桌椅摆法。也许，这是女性的特点。

我说，我猜男生也会喜欢这样的摆法。它让僵硬的教室变得活泼。

弗德姆老师微笑不语。我估计他可能有统计数字，证明男生更热爱循规蹈矩的教室。

这时候，正好安排我与一班女孩子们的座谈课开始了。她们围成一个半圆，我坐在她们的对面，就是半圆仪中间开孔的那个位置。女孩子们大约十三四岁的样子，皮肤有白色、黑色、黄色、红色……还有若干从浅到深的中间色。

我说，我先来做一个自我介绍，让你们先认识我。然后，你们就要给自己做一个介绍，让我认识你们。如果有什么不清楚的地方，你们可以随时打断我。

我说，我来自中国……

孩子们立即开始举手。我说，有什么不明白的吗?

一个黄皮肤的女孩子不客气地说，请问，你来自哪一个中国?

这是我第一次注意到她。说实话，这是一个很俊秀的女孩子，而且，我有直觉。她不但是亚洲裔，而且是华裔。

我说，你能告诉我，你为什么会问这个问题吗?

黄皮肤女孩儿说，我知道世界上有三个中国。一个是香港的中国，一个是台湾的中国，还有一个是红色的中国。

我看到有好几个女孩儿频频点头，看来此说颇有市场。

我说，我要告诉你，世界上只有一个中国，我就是来自那里，它的全称叫作中华人民共和国。你说的那个香港，是中国的一部分，原来被英国人租借了去，在1997年已经回归中国。至于你说的那个台湾，它是中国的一个岛，也是一个省，是中国几十个省中的一个。

女孩子们轻轻地笑起来，好像明白了一个很困难的问题。

黄皮肤女孩儿说，据我所知，就算你把那三个地方都叫作一个中国，可是实际上它们是非常不同的。

我说，你说得有点儿道理，这三个地方是有很大的不同，可是我不知你想过没有，它们还有更多更多相同的地方。不同只发生在这一个世纪中，还不到一百年，但相同的部分流传了五千年，从很久很久以前的公元前就开始了。一百年比五千年，谁长谁短?

听众一片哗然。

我发现美国民众对于时间的概念，是很容易惊奇的。也许因为建国的时间比较短，对那些悠久的历史，总是抱有半是羡慕半是敬仰的愕然感。

黄皮肤女孩儿好像若有所思。但她很执拗，稍停了片刻，就说，我是出生在美国的，我不知道这三个都称自己为中国的地方，有什么相同的东西。

我说，那个相同的东西就是文化。也许这样说，太空洞了。如果你不介意，你能告诉我你的年纪吗?

黄皮肤女孩儿还没来得及答话，其他的女孩子就大叫起来——

我们都是十四岁！

我微笑着对黄皮肤女孩儿说，那我就知道了——你属虎！

那一刻，这个执拗的女孩儿好像被一支箭射中，立刻变得柔软而妩媚，笑起来说，你怎么知道的，我是属老虎的？

我说，这就是文化的力量啊。

我转向全体女孩儿，说，我知道这样一个小故事，也不知是真是假。那年，美国总统第一次访问中国，我们的总理给他一个谜语猜。谜面是：你有一个，我也有一个，整个中国只有十二个。这是什么东西？你们的尼克松总统很聪明，他猜出来了，这就是中国的属相。中国用十二种动物代表十二个年份，循环往复以致无穷。于是，每个中国人在出生的时候，就有了一个属于自己的属相。

我又把脸转向了那个黄皮肤的女孩儿，我说，这就是文化啊。不但在中国的大陆、台湾和香港的中国人是这样的，连离开了这些地方，到了海外的中国人，也依然还记得这个风俗。所以，你的爸爸告诉你，要你记住，你是属老虎的。

我说到这里，黄皮肤的女孩儿连连点头，她的同学们更是激动不已，纷纷叫着她的名字说，哈！想不到，你竟是一只老虎！

她自豪起来，说，对，我就是一只老虎。

脸上的神气从先前的隔绝变成快意。

我又到了另一所贵族女中。听说这是纽约最负盛名的私立女中，以为一定豪华莫名。其实它的外表倒很朴素，门脸也不大，很宁静的样子。并不像国内的某些私立学校，排场大得吓人。

校方组织了四位女生同我谈话，就在学校学生餐厅里。塑料的桌椅，颜色是鲜艳的明黄粉蓝，很有蓬勃气息，但实在算不上高档。

几位女孩子来了。很开朗的样子，落座后眼光一点儿也不怕生，友好地向我微笑。其中一位黄皮肤的女孩儿，第一句话就是：我是中国人。发音那叫一个地道，简直就是一口京片子。

我特高兴。虽然离开北京时间并不算太长，但什么抵得上“他乡遇故知”啊！我说，你的中国话说得真好，你到美国多长时间了？

她接下来的反应，倒让我迷惘。她不能回答我的问题，只是很窘迫地看着我，再求援地看看安妮，看来是希望安妮为她翻译我的问话。

安妮善解人意，立即帮助她。

女孩子笑了，回答道，我是在美国出生的。

我有点儿失望，原来还以为是遇到了一个中国籍的老乡，没想到还是美国人。按照美国的法律，在美国出生的人就是美国人了。但我很快调整了自己的情绪，觉得自己的一厢情愿没道理。顿一顿，对女孩儿说，你的中国话真是说得不错啊。

她又是莫名其妙的样子。安妮又为我们翻译，我这才发觉自己没话找话，把刚才的意思又重复了一遍。也猛地醒悟过来，这女孩儿只把一句“我是中国人”练习到了炉火纯青的地步，从语调到发音，都无可挑剔，让人以为她是个中国通。然而对其他的中国话，就一头雾水了。

只有借助翻译谈话。女孩子很骄傲地告诉我说，父母去年带她回了一趟中国，去了北京、西安、广州等地，那时候，她的中国话说得要比现在好多了，现在不好了。

说到这里，她很遗憾地耸耸肩头。一个纯粹美国人的表达方式。

校方说，这所学校，现在越来越多地录取亚裔学生，这四位学生中就有两位。（那一位是韩国裔。）一方面是因为美国的新移民在增长，亚洲国家的发展，使得他们成为新的富翁。另一方面是亚洲国家的传统非常重视教育，由于学校悠久的历史和良好的声誉，使得他们非常愿意送自己的孩子到这里来读书。

华裔的女孩子在纸上为我写下了她的中文名字，她写得很认真，但笔画错误甚多，有几处倒插笔，写完了，细一端详，发现少了一笔，马上又横着添上去。不像是在写字，倒像是在画一幅路线略图。完工后，她很自豪地递给我，期待着我的表扬。

我选择了很热烈地表扬她。她特高兴。她的同学也充满敬佩地看着她。

我长大了以后，要回到中国去。她很坚定地说。

你的爸爸妈妈会同意吗？我说。

我想，会的。即使不同意，我也会去的。女孩儿说。

告辞的时候，她又很精确地说出了汉语的“再见”，说完，眼巴巴地看着我。我知道这又是一个她反复操练过的汉语，就夸她，你的汉语说得很好啊！

她又一脸听不懂的样子。安妮把这话译给她，她灿若桃花地笑。

出了校门，安妮说，在美国的华裔中，这个女孩子算是比较特别的。

我说，为什么呢？

安妮说，你夸她汉语讲得好，她很高兴啊。

我说，这有什么奇怪的呢？假如在中国，有一个英国人，夸一个中国孩子英语讲得好，这个孩子难道不高兴吗？

安妮说，在中国，我想你说得对。但是在美国，事情就有些两样。美国的华裔孩子，很多把不会说母语当成是自己的荣耀。你夸她说得好，就相当于骂她，证明她还没有化入美国。这个孩子，因为她很自信，并没有自卑心理，所以才那么坦然地接受了你的夸奖，这是一个特例。

我觉得安妮的话很有见解，但我不能肯定她说的是否全对。我还要用自己的眼睛看看。

到达旧金山，我们又到了一所专为新移民的孩子开办的学校。为了帮助他们过语言关，学校采用双语教学。对刚从故国来的孩子，就用母语教学。过了一段时间，如果他们的英语过关了，就转入英语教学的班级。这次和我座谈的孩子，就是国语班的。

今天我可以比较轻松了。因为您用汉语演讲，我就不必给您翻译了。安妮说。

我说，不知那些孩子脱离了汉语的环境，能否听得懂我的话？必要的时候，还得请你帮忙啊。

安妮说，我会安静地坐在教室的最后面，需要我的时候，我会马上帮助你。

我们这样说着，到达了学校的大门口。说实话，这是我在美国见到的条件最差的学校。校舍的墙壁上有痰迹，油漆脱落，颜色灰暗的如同发了霉的面包。厕所很脏。

见到了那个班上的老师，一位台湾来的朱小姐，椭圆的脸，标准的汉语，友善的笑容。看得出，她是一个敬业和爱孩子的老师。

她说，您随便讲什么都可以。我的这堂课，就是专门让孩子们开阔眼界的。

我站在讲台上，看到下面的学生一脸顽劣神色，好像国内的差班。我对他们的语言能力不摸底，就问，我讲汉语，你们听得懂吗？

没有任何人回答我。好像是对着一批蜡做的娃娃。

我有点儿慌张，看着安妮。安妮平静地看着我。我知道，如果我发出请求，安妮是会帮助我的。我等待着，但那些孩子们的耐性看起来比我好，木僵着，一言不发。小朱老师看不过去了，对我说，您尽管说，他们什么都听得懂的。

没有笑容，没有眼神的交流，更没有丝毫默契的友善。有的只是冷漠和回避。

我演讲的经历不算多，上百场总是有的，还从未碰到过这种剃头挑子一头热的局面。没办法，自顾自地讲起来。

我说，旧金山在海的这一边，越过浩瀚的太平洋，在海的那一边，就是中国。我来自中国，那是一个伟大而历史悠久的国家。关于中国，我想知道，你们都了解哪些？谁能告诉我？

冷冷的，又是没有一个人理我。

尴尬。我拿出一个纸包，说，如果谁答对了，我有一点儿来自中国的小小的礼物，会送给他。

孩子们起了轻微的骚动，看来是礼物引起了他们的好奇。一个孩子终于张口了，说，嗨，能让我们知道礼物是什么东西吗？

我说，可以。它是中国的风景明信片，礼物很轻，但是那上面有中国的美丽风光，它就变得重了。

说实话，我很想拿出更隆重一点儿的礼物送给孩子们，但因为访问已接近尾声，礼物储备基本告罄，昨晚上在宾馆把行李翻遍，这才找到了一盒中英文对照的卡片，表表心意。

孩子们的情绪稍稍活泼了一些。我说，我想知道你们是从哪里来的？

新一轮冷漠开始了。没人理我。他们所有的人都彼此知道出处，只有我不知道。他们不屑告知我。但这个问题对我来说很重要，我不了解他们，座谈就无法进行下去。

我几乎一筹莫展了。小朱老师不好意思，站起来伸出援手，指点着她的学生说，这个是香港，那个是台湾，剩下的都是中国大陆……

于是我明白了，我面对的几乎就是一个专由中国大陆学生组成的班级。可是他们全无大陆上这个年纪的孩子的生动与活泼，他们是灰暗和阴郁的，垂头丧气，在沉默中有一种压抑的抗拒。

我一时真的不知再说什么好。先前准备的一些话，似乎都成了多余。告知他们祖国的明媚，那是他们背离的地方。告知他们在这里必将遇到挑战，他们的感触比我要深刻得多。我反复咳嗽，拖延时间，一时很是狼狈。终于，我想到了一个话题，依我的经验，每个孩子，都不会对这个问题缄默。

我说，你们谁能告诉我，在美国，长大了之后，你想干什么？

果然，他们低垂的眼帘挑起了半幅，我看到了一点儿希望。

一个高个子的男生站起来说，我是从上海来的。我的作文以前在上海的作文大赛中得过奖。我希望我长大之后成为一名作家，但是，我知道，我的理想实现不了。

我说，我先祝贺你。上海是人才荟萃的地方，你能得奖，这很不容易。但你为什么又说自己的理想实现不了呢？

那个俊朗的男生说，因为我的父母不会让我写作的。他们已经为我定好了以后的发展方向，我必须要去上会计专业，他们说，这样会有比较稳定的收入。

我说，你喜欢学会计吗？

他还没来得及回答，他的同学们就哄笑起来，说，你的数学那样差，你还当会计呢，你算得清账吗？

那个男生羞惭地低下了头。小朱老师又马上出手，让她的学生不致太难堪。

一个女孩子站起来说，我想当一名医生。可是，我可能当不上。因为医学院的学费很贵，我的爸爸妈妈掏不出这笔学费。就算他们能掏出来，我也很难考上。因为我的英语不好，其他的成绩也不很好，医学院的分数是很高的。

教室里一片寂静，听得见窗外黄叶飘零的声音。这个女生的话，说出了大多数孩子的困境。即使他们有五颜六色的理想，在金钱和语言的双重枷锁之下，脆弱的翅膀能飞多远？

最后我说，我想你们的爸爸妈妈一定说过，我们这么辛辛苦苦地到美国来，做新移民为的是什么呢？就为的是你们啊！你们背负着家庭的期望，感到了巨大的压力。

我第一次看到了全教室孩子们的脸，他们齐刷刷抬起头来，看着我，长长睫毛的眼里满是迷惘和困窘。或许是这些话击中了他们柔弱而稚嫩的心。

那个上海的俊朗男孩儿说，是啊，我的爸爸妈妈不停地这样唠叨，天天说他们全是为了我，才离乡背井地到美国来了。我不服气，分明是他们做的主，我才不愿到美国来，是他们非要来的，要是依我的想法，我马上要回上海去……

这一刻，我听到几乎全班都深深地叹了一口气。我还从来没有听到过如此年轻的孩子，这样苦闷深沉的叹息，悠长而无奈。

我不想让谈话在凄楚的气氛中收束，我说，我知道作为新移民的孩子，你们现在很难很难。你们心中的焦虑，也许比你们的父母更甚。回去，几乎是不可能的。只有一条路，就是迎接挑战，走下去。送大家一句中国的古话——也许它也不能算很古，反正是我在西藏当兵的时候，常常鼓励自己的一句话，那就是——坚持就是胜利。

好不容易下了讲台，小朱老师对我说，你讲得真好。

我说，这是我做过的最艰难的一次讲话。比我对大学的博士生和监狱里的犯人讲话，还难得多。你天天做他们的老师，也很不容易啊。

告辞出来，满地是萧瑟的黄叶。我说，有多少人知道新移民的孩子心中的忧愁?

安妮说，移民的第一代，就是这样艰难地走过。他们是边缘人，他们自卑，他们难以融入主流社会，他们中的某些人，会把这一切迁怒于自己的故国。他们希望美国人忘记他们新移民的身份，他们要做的，就是变得比一个原生的美国人更像美国人。在他们之中，当一些人积聚了足够的财富之后，有了更多的思考之后，他们才会在更高的尺度上，看待故国的文化，以做一个中国人的后裔而为荣。在现今的美国，这样的华裔是很少的。所以，我说，在那所贵族学校里的那位女生，是一个例外。

谢谢安妮所给予我的启示和指点。说实话，那一天，我整个心情抑郁不堪。这些孩子是我见到的最压抑的孩子，他们丧失了快乐，丧失了与人为善的习惯，丧失了反应与说真话的能力，他们的少年时光被阉割肢解。他们的情形，令人想到没有归属感的蝙蝠，想到黑色与夜晚。他们是从故国的土地上连根拔出，在新的土地上又动荡漂浮的秧苗。我明白他们为什么有那样迟钝的眼神，那是惨痛的自发的保护。要练就怎样无动于衷的心态，才能抵御这种文化的休克和剥离的凄凉?！

我猜这些少年心中，定有成人所难以体味的痛楚。他们不说，他们无法言说。没有人能察觉，甚至连他们的父母，也未曾听到这深重的创痕，怎样把淋漓的鲜血，从幼嫩的心房连绵不断地刺出……

我对安妮说，我希望他们之中将来有人成为优秀的心理医生，做跨文化的心理学研究，以帮助一代代新移民的孩子，度过转折中的艰难时期。

安妮说，在美国，看心理医生的费用很高。即使有了这样的医生，新移民的孩子，也未必看得起啊。

别给人生留遗憾

关于“遗憾”，我查过字典，字典里有各式各样的解释，我最喜欢的一个解释就是——能够去满足的心愿，可是我们没有去完成，深感惋惜。我想跟大家说的，是在我年轻的时候，让我感到万分遗憾的事情，那件事情如果发生了，我今天根本就不可能站在这里和大家做这样的一番分享。

1969年的时候，我不到十七岁，就穿上军装从北京出发到达新疆，我们坐上了大卡车，经过六天的奔波，翻越天山，到达了新疆的喀什，我的战友们都留在了那里，我们五个女兵又继续，坐上大卡车向藏北出发了。这一次，这个世界在我的面前，已经不是平坦的了，它好像完全变成了一个竖起来的世界，每一天的海拔都在升高，从三千米到四千米，从四千米到五千米，直到最后，翻越了六千米的界山达坂。它是新疆和西藏分界的一个山脉，进入了西藏阿里，我恍惚觉得这已经不再是地球了，它荒凉的程度，让我怀疑这是不是火星或者是月亮的背面。

我记得1971年的时候，我们要去野营拉练，时间正处寒冬腊月。我们要背着行李包，要背着红十字箱，要背上手枪，要背上手榴弹，还有几天的干粮，一共是六十斤重。高原之上，寒冬腊月，滴水成冰，当时的温度已经是零下四十摄氏度。有一天早上三点钟就吹起了起床号，说我们今天要翻越无人区，无人区一共有一百二十里的路，中间不可以有任何的停留，要一鼓作气地走过去，因为那里条件特别恶劣，而且没有水。

走啊走啊走啊走啊，走到下午两三点的时候吧，我觉得那个十字背包袋，已经全部嵌入到我的锁骨里面去了，我觉得喉头不断地在发咸发苦，一句话都说不出来，我想我要吐一口肯定是血，我想这样的苦难何时才能结束呢，我想我年轻的生命，为什么我所有的神经末梢，都用来忍受这种非人的痛苦。我当时就做了一个决定，今天此刻我一定要自杀，不活了，面对的这种苦难无法忍受。这样决定了以后，我就开始打算什么时间坠崖而亡。就这样就不断地在找合适的地点，不断地在找合适的时机，终于我找到了一个特别适合的地方，往上看是峭壁高耸，往下看是深不见底的悬崖，我想我只要松一下手掉下去，我一定会死。但是在最后一刹那，我突然发现我后面的那个战友，他离我太近了，我如果下去的话，一定会把他也带到悬崖之下，我在想我已经决定要死，可是我不应该拖累了别人。队伍在行进中，这样的好时机也是稍纵即逝，之后地势又变得比较平坦，我再想找这么一个地方，就不容易了。

这样走着走着天黑了，我们走到了目的地。一百二十里路就这样走过去了，那六十斤的负重，也一两都不少地被我背到了目的地。我站在那个雪原之上，把自己的全身都摸了一遍，每一个指关节，膝盖，包括我的双脚。我确信在经历了这样的苦难之后，我的身体上连一根头发都没有少。那一天给了我一个特别深刻的教育，那就是当我们常常以为自己顶不住的时候，并不是最后的时刻，而是我们的精神崩溃之时。那你只要重整精神，整理心情，再次出发，哪怕是万劫不复，也依然可以去找到它的出口，也依然可以坚持下去。

我了解年轻的朋友们，也知道在我们的生活当中，会有各式各样的苦难。有时候有的家长跟我说："您能告诉我一个方法吗，让我的孩子少受苦难？"我说："我能告诉你的，唯一可以确定的事情是，你的孩子必然遭受苦难。"我们年轻的时候，我们的神经是那么敏感，我们的记忆是那么清晰，我们的感情是那么充沛，我们每一道伤都会流出热血。所以尽管有很多人告诉你们，年轻时是一个人最美好的时候，我也想告诉你们，年轻也是我们痛苦的时候，我们会留下很多很多的遗憾。那么最大的遗憾，就是断然结束自己的生命，我想这是对生命的大不敬。而且以我个人的经历来讲，那一天我没有结束自己的生命，我坚持下来了，我才发现，原来那最不可战胜的，并不是我们的遭遇，而是我们内心的坚强。

日本有一位医生，他的工作就是专门去照顾那些临终的病人。他和大约一千名临终的病人谈过以后，总结出了二十五条人生的遗憾，其中包括：没有吃到美食，没有回过自己的故乡，自己的孩子没有结婚等等。

我和这位医生也深有同感，因为我曾经去过临终关怀医院，也陪伴着那些临终的人，走向他们生命的最后时刻，也跟他们有过很多倾心的交谈。我曾经到一间临终者的病房，那儿住着一位八十岁的老人，连他的儿女们都不再陪伴在他的身边了。他的儿女们都在外面，说他们不忍心看到那最后一刻，我说那我愿意进去陪伴他。我走进那个房间，深深地吸了一口气。我觉得在这个空气里有很多很多临终病人最后吐出的气息。然后我躺在那位老人的身边，摸着他的手，那个老人轻轻地跟我说了一句话，他说："我觉得我这一辈子，怎么好像没活过啊。"

我今天把这个故事和年轻的朋友们来分享，是想说：

我们每一个人的生命都是一张单程的火车票，我们每一个人都没有拿到返程的那张票。所以生命从我们出生那天开始，它就像箭一样地射向远方，我们能够在自己手里把持住的，就是我们此时此刻，这无比宝贵的生命。

我特别想说，我希望我们的理想服从于我们的价值观。在我们的心里，能够燃烧起熊熊火焰的，并且给我们的一生以指引和动力的，是我们对于自己认为最美好的那些价值的追求。

举个我个人的小例子，2008年的时候，我终于用我的稿费买了一张船票，开始去环球旅行。走啊走啊，走了没多远，才走到中国南海，就发生了汶川地震。船上有一千多个外国客人，只有六个中国人，可是我说："我们一定要为中国发起一场募捐。"后来我们的团队里有人就说："那些外国人要是不给咱们捐钱，我们多么丢脸呐。"我说："可是我们中国人，要不为自个儿的祖国做点什么，那才是丢脸呢。"我们说我们一定只募捐美元和欧元，这样的话，会让我们那个（捐款）数字变大，如果我们募捐人民币，人家会觉得只有我们自己捐，我们自己先捐出了美元和欧元。但是当募捐结束，所有的钱都揽到一起的时候，船长对我说，里面有两千元人民币。

只有我们六个中国人，是谁捐的人民币，这很容易查呀。吃饭的时候，我们就互相问："谁捐的人民币？我们不是说了要捐美元和欧元吗？"最后我们六个人都说没有捐人民币。后来我就跟船长说："这船上除我们以外还有中国人吗？"船长说在深不见底的底舱有，（不过他们）永远不能到甲板上来的，那些工人里有你们中国人。我回到北京就把这个钱捐了，北川中学知道我回国了就打来电话，说希望我到北川中学，去当一次语文老师，因为我有一篇小散文，叫作《提醒幸福》，收在全国统编教材初中二年级的课本里。

我不怕地震，可是我有点儿怕，我写的这篇文章的题目，它叫《提醒幸福》。那样的大震之后，他们的老师有伤亡，他们的同学有很多很多再也不能回到教室里。我觉得在这种困难的情况下，让我去跟他们讲"提醒幸福"，幸福在哪里？但是那一次北川中学之行，给予了我巨大的震撼。因为北川中学初中二年级，所有的同学聚在一起，他们告诉我说，他们是世界上最幸福的人。我说："你们说自己是最幸福的人，你能告诉我你们幸福在哪里吗？"后来他们告诉我说："那么多人死了我们还活着，这就是幸福。"

"我们在马路上看到，全中国所有省份的汽车都来了，我们就觉得全国人民在帮助我们；大震才过去了十几天，我们今天就可以恢复读书了……难道我们还不是世界上最幸福的人吗！”我听了以后真的热泪盈眶，我才知道在生死面前，最宝贵的东西是什么，在重新享有生命的时候，一定要把自己价值观中那些最重要的东西放在前面。

我下个月会出发到非洲去，我以前觉得那是我的一个愿望，但是如果我不抓紧去实现它的话，我会越来越老，身体也会慢慢地有更多的问题：也许我的眼睛不再那样明亮，看不了非洲的动物；也许我的思维不再那么敏捷，对于非洲灿烂的文化和悠远的历史，理解起来，回忆起来，可能就会有困难。我可能还要翻山越岭，万一自己跑不动被狮子追上了，是不是也有点儿危险?

所以如果你有愿望，如果你真的还有力量去实现它，我觉得一定要即刻就出发，去完成自己的愿望，减少自己的遗憾。人生是一个漫长的过程，年轻是多么的美好，但是请你们记得：记得有很多的东西，当你不懂的时候，你年轻；当你懂得了以后，你已年老。

那么，让我们的理想不要变成化石，让我们现在就行动起来，去实践我们的理想，让我们的人生少些遗憾。

苦难不是牛痘疫苗

那一年几乎成了我的“说话年”。北京大学、清华大学、北京师范大学、北京外国语大学、中国协和医科大学、北京科技大学、首都师范大学、中医药大学……还有女子中学和北京八中的少年班。从少年到青年，从北京到新疆，我都曾和他们聊过天。

我之所以不喜欢把那种形式称为讲演，是因为自己心里有障碍。我害怕那个“演”字，觉得有几分虚拟与矫情。也许对在舞台上的演员是正常事情，但对以笔为幕的我来说，更习惯在黎明或是夜半，独自思索。

生平不会表演，也未曾当过老师。面对许多人说话，提前就会感到莫大压力。每逢答应了要在某时某刻与众人会晤，我在前一天就惶惶不可终日，夜里也睡不好觉，仿佛面临一场结果莫测的考试。有时直到赶赴会场的路上，都不晓得自己将如何开头。

其实，这种场合，拒绝是最简单的方法，过去多年我坚持说“不”，除非极熟识的朋友托到头上、百推无效，否则绝不答应出席。一天，女作家赵玫的一句话改变了我的看法。她说：“不要拒绝大学生，他们是希望。”

这种集体聊天大致分为两部分。前三分之二时间由我主说，题目通常是“文学与人生”这类大得吓人的题目。题目大了，其实有好处，就是无论你怎样说都不会跑题。我私下里以为，同学们对从作家那里能听到些什么，期望值并不很高，一般来说比较宽容，我也乐得撒开来谈。

后三分之一的时间一般留作大家对话。纸条不断从会场的不同角落传上来，形态各异。有写满了字的整张作业纸，也有寥寥数语、窄如柳眉的短笺。我满怀兴致地阅读它们，好像对着大山呼唤了一声，片刻后收获连绵不绝的回音。每次讲演回来，都有成包的各色纸条回馈，纷纷扬扬，好似从飘飘洒洒的冬夜掬回一捧雪花。

我很喜欢这些字条，里面蕴涵着信息和挑战。时间久了，纸条如山，偶有翻看，仍会感到灼热与激荡。那是一些年轻的心的切片，标记着那些难忘的夜晚。不论日子过去多久，依然显现着清晰的思想和蓬勃的生命力。

我也常常反思，自己在当时的回答中是否诚挚、友善和机智?

现在，我把一些字条直录在这里。其后是我的回答，基本上是当时的想法，也许经过时间的沉淀更有条理了一些。

问：您不愿当医生，可我最爱看您笔下的医生，这也曾让我一度非常想当医生。您笔下的医生医术都很高超，我觉得您当医生也一定是个好医生，我总为您感到后悔。想问两个问题：

(一)您后悔吗?

（二）您认为作家是最适合您的职业吗？

此条来自清华大学。他们的纸条和别的大学的纸条有些微不同，基本上都用整张的纸，字也写得较大，感觉较为豪放。文科学校所用的纸条多半细小精致，字也文秀些。

答：我当医生的时候，医术一般，但我是一个比较负责任的医生。医生是一个对责任感要求非常严格的职业，甚至可以说，责任感与医术是一个好医生飞翔的双翼。我当医生时有一个习惯，也可以算爱好吧——和病人谈话，耐心倾听他们对于自己痛苦的倾诉。我不喜欢那种医生，把诊断搞清后就不屑于理睬病人，觉得病人只是一个悬挂疾病的衣架。我愿意尽我的所能和气地深入浅出地向病人解释他的病情，同情他的疾苦……这不是很难的事情，但有些医生忽略了。

不当医生，我不后悔。因为这是我在没有外力胁迫的情况下，自觉自愿做出的选择。人一生能够从事自己所热爱的事业是一种奢侈的好运气。

问：您为什么没有起一个笔名？您若起一个笔名，将是什么样的？

此条来自北京大学。直觉告诉我这是一个有志从事文学创作的女孩子。她的提问很内行，富有技术性。

答：在我还没有做好小说能够发表的心理准备的时候，它就发表了，多少有些令我措手不及。当时杂志社并没有人问我要不要用一个笔名，我也就不便说请把原稿上我的本名涂掉，换一个笔名，私下觉得那太给人添麻烦了（其实不复杂，但我不好意思说)。于是，以精心策划的笔名面世的机会稍纵即逝。当然，到了发表第二篇稿子的时候，已从容了些，有机会缓缓思忖一个笔名。但一旦开始具体操作，深深的忧虑攫住了我——换了一个崭新的笔名，我的父母在感情上是否会接受，承认那个铅字所组成的陌生字眼就是他们的女儿？我拿不定主意，也没有勇气问他们。事情一耽搁，机遇就又过去了。我从小是一个很乐意让父母高兴的孩子，为了这份并非空穴来风的忧虑，我终于坚定地不用笔名了。

如果要起笔名，我要用一种矿物质或是金属的名称做笔名。我喜欢那种在亿万斯年的大自然当中凝结精华与力量的感觉，而且我觉得金属有特殊的壮丽。

问：您有那么坎坷的经历，可无论是您的文学和您的话语，所表达的都是对生活的乐观和轻松，您认为这是一种经历了太多苦难后的宽容和超越，还是您并不认为有必要感受沉重？

这个纸条，我记得来自一位医学生，好像还是博士班的。我当时有些踌躇，不知如何解答是好。因为他似乎比我考虑得更成熟。

答：我很坎坷吗？我不觉得啊。现在很多人讲到坎坷的时候，多用一种夸耀的口气或是藏着求人怜悯的企图，使我不爱说这个词。坎坷和顺利似乎是反义词，其实都是生命的相对状态。至于顺利是否就与快乐相连，坎坷是否就一定指向沉重，我以为并非必然。我们可以在顺利的时候愁容惨淡，也可以在苦难时欢颜一笑，关键在于我们把握命运的能力。

我不喜欢模拟苦难，无论是从理论还是从实践上。我对人为地自造苦难以考验他人的做法深恶痛绝。人生的苦难，不是像牛痘疫苗一样的病毒提取物，植入人体就可以终生预防天花了。我所看到的更多的事实是，苦难磨秃了人对美好事物的细腻感受力，催生了损人利己的恶性竞争意识，使人变得粗糙和狠毒。苦难浪费了时间，剥夺了本应更富创造力的年华，迟滞了我们的步伐。

如果苦难一定要扑面而来，那就得镇静迎战了。这另当别论。

我所遇到的最好玩的一些问题，比如关于未来和幻想，事无巨细的提问和随心所欲的对话来自少年，特别是北京八中。那是一些十三四岁的男孩儿女孩儿，智商很高，天性活泼生动，马上就要参加高考了，竟然还有兴致邀我对话，说读过我的作品，想交流一下感受。

我力拒，理由简单。我想象不出这些非凡的孩子会是怎样的精灵，不知和太聪明的孩子该如何讲话。万一不妥，岂不是戕害了祖国花朵，还是一些很优良的大花骨朵。闹不好，我前脚刚走，后脚人家就得消毒。

但校方力邀，那位音色有些苍凉的老师，一口一个："不是我请您，是我的孩子请您。"

做母亲的人听不得人家说我的孩子想如何如何，我只好答应了。

所幸那是一群非常机灵可爱的少年，知识面极广，天上地下、金戈铁马，我们讨论了很多问题，留下深刻记忆的是这样一张字条。

问：我考上大学一点儿问题都没有，但我不喜欢这件事，今年七月我不想考啦！背许多没用的东西，瞎耽误工夫。顺便问您一句，您第一次稿费钱多吗？干什么用了？

答：人一生要干许多自己不喜欢的事。这一规则以我的岁数和经历来看，可以倚老卖老地向你们说——这是一条铁律。世上有些事不是因为我们喜欢才去做，而是从长远看、从责任看、从发展的眼光看必须做。我同意你的观点，上大学没什么了不起，但它是一张门票，你要领略更广大的景色，你得有入场券。不必将它看得过重，也不可太掉以轻心。你既然一点儿问题都没有，不妨轻松过关，然后再按自己的意志努力向前，走自己的路。

第一次稿费钱不多，几万字的稿子，几百块钱，基本上合一个字一分多点儿钱。我把其中一半寄给我父母，另一半买了书。妈妈说，汇款单到的那一天，她正在小路上散步，听人喊“你女儿把稿费寄来了”，几乎流下了眼泪。不悖。

父母不是完人，他们身上也肩负着历史的渣滓和沉淀。这不是他们的过错，只是他们的局限。同理，在我们的身上也是这样，我们在爱孩子的同时，也将很多糟粕遗留给了他们。人类就是这样泥沙俱下、鱼龙混杂地繁衍着。认识到这一点，我们在清理自身的同时，也整合父母留给我们的精神遗产，他们不可能都是纯正而光彩夺目的，一定有污秽和血污。

这不可怕，只有当清理完成，我们才能更加懂得他们，更加理解他们，甚至也更加原谅他们。这个工作，你可独自在秘密中完成，但是，你不能不完成。

请为你的夸奖道歉

朋友同我讲过这样一个故事。

她到北欧某国做访问学者，周末到当地教授家中做客。一进屋，问候之后，看到了教授五岁的小女儿。这孩子满头金发，眼珠如同纯蓝的蝌蚪顾盼生辉，极其美丽。朋友带去了中国礼物，小女孩儿有礼貌地微笑道谢。朋友抚摸着女孩儿的头发说，你长得这么漂亮，真是可爱极了！

教授等女儿退走之后，很严肃地对朋友说，你伤害了我的女儿，你要向她道歉。朋友大惊，说我一番好意，夸奖她，还送了她礼物，伤害二字从何谈起？教授说，你是因为她的漂亮而夸奖她，而漂亮这件事，不是她的功劳，这取决于我和她的父亲的基因遗传，与她个人基本上没有关系。你夸奖了她，孩子很小，不会分辨，她就会认为这是她的本领。而她一旦认为天生的美丽是值得骄傲的资本，她就会看不起长相平平甚至丑陋的孩子，这就成了误区。而且，你未经她的允许，就抚摸她的头，这使她以为一个陌生人可以随意抚摸她的身体而可以不经她的同意，这也是不良引导。不过你不要这样沮丧，你还有机会弥补。有一点，你是可以夸奖她的，这就是她的微笑和有礼貌。这是她自己努力的结果。

请你为你刚才的夸奖道歉。教授这样结束了她的话。

后来呢？我问。

后来我就很正式地向教授的小女儿道了歉，同时表扬了她的礼貌。朋友说。从那以后，每当我看到美丽的孩子，我都会对自己说，忍住你对他们容貌的夸赞，从他们成长的角度来说，这件事要处之淡然。孩子不是一件可供欣赏的瓷器或是可供抚摸的羽毛。他们的心灵像很软的透明皂，每一次夸奖都会留下划痕。

人可以最大限度地逼近真实

朋友给我讲过这样一个故事。

他祖父小的时候，很聪明，也很有毅力，学业有成，正欲大展宏图之际，曾祖将他叫了去，拿出一个古匣。对他说，孩子，我有一件心事，终生未了。因为我得到它们的时候，一生的日子已经过了一半，剩下的时间，不够我把它做完了。做学问，就要从年轻的时候着手，我要是交给你一件半成品，不如让你从头开始。

原委是这样。早年间，江南有一家富豪，酷爱藏书。他家有两册古时传下的医书，集无数医家心血之大成，为杏林一绝。富豪视若珍宝，秘不传人，藏在书楼里，难得一见。后来，富豪出门遇险，一位壮士从强盗手里救了他的性命，富豪感恩不尽，欲以斗载的金银相谢。壮士说，财宝再多，再贵重，也是有价的。我救了你，你的命无价。富豪说，莫非壮士还要取了我的命去？壮士大笑说，我不是要你的命，是想用你的医书，救普天下人的性命。富豪想了半天，说，我可以将医书借给你三天，但是三日后的正午，你必得完璧归赵。说罢，命人从嵯峨的木制书楼里，将饱含檀香气味的医书，捧了出来。

壮士得了书后，快马加鞭急如星火地赶回家，请来乡下的诸位学子，连夜赶抄医书。书是孤本，时间又那样紧迫，萤萤灯火下，抄书人目眦尽裂，总算在规定时间之内，依样画葫芦地描了下来。壮士把医书还了富豪，长出一口气，心想从此以后，便可以用这深锁在豪门的医学宝典，造福于天下黎民了。

谁知，抄好的医书拿给医家一看，才知竟是不能用的。医家以人的性命为本，亟须严谨稳当。这种在匆忙之中由外行人抄下的医方，讹脱衍倒之处甚多，且错得离奇，漏得古怪，寻不出规律，谁敢用它在病人身上做试验呢？

壮士造福百姓之心不死，急急赶回富豪家。想晓以大义，再请富豪将医书出借一回，这一次，请行家高手来抄，定可以精当了。当他的马冷汗涔涔到达目的地时，迎接他的是冲天火光。富豪家因遭雷击燃起天火，藏书楼内所有的典籍已化为灰烬。

从此这两册抄录的医书，就像鸡肋，一代代流传了下来。没有人敢用上面的方剂，也没有人舍得丢弃它。书的纸张黄脆了，布面断裂了，后人就又精心地誊抄一遍。因为字句的文理不通，每一个抄写的人都依照自己的理解，将它订正改动一番，闹得愈加面目全非，几成天书。

曾祖的话说到这里，目光炯炯地看着祖父。

祖父说，您手里拿的就是这两册书吗？

曾祖说，正是。

祖父说，您是要我把它们勘出来？

曾祖说，我希望你能穷毕生的精力，让它死而复生。但你只说对了一半，不是它们，是它。工程浩大，你这一辈子，是无法同时改正两本书的。现在，你就从中挑一本吧。留下的那本，只有留待我们的后代子孙，再来辨析正误了。

祖父看着两本一模一样的宝蓝色布面古籍，费了斟酌。就像在两个陌生的美女之中，挑选自己终身的伴侣，一时不知所措。

随意吧。它们难度相同，济世救人的功用也是一样的。曾祖父催促。

祖父随手点了上面的那一部书。他知道从这一刻，这一个动作，就把自己的一生，同一方未知的领域，同一个事业，同一种缘分，紧紧地粘在一起。

好吧。曾祖把祖父选定的甲册交到他手里，把乙册收了起来，不让祖父再翻。怕祖父三心二意，最终一事无成。

祖父没有辜负曾祖的期望，皓首穷经，用了整整半个世纪的时间，将甲书所有的错漏之处更正一新。册页上临摹不清的药材图谱，他亲自到深山老林一一核查。无法判定成分正误的方剂，他采集百草熬药炼成汤，以身试药，几次昏厥在地。为了一句不知出处的引言，他查阅无数典籍……那册医书就像是一盘古老石磨的轴心，天文地理古今中外，凡是书中涉及的知识，祖父都用全部心血一一验证，直至确凿无疑。祖父的一生围绕着这册古医书旋转，从翩翩少年一直变作鬓发如雪。

按说祖父读了这许多医书，该能成为一代良医。但是，不。祖父的博学只为那一册医书服务，凡是验证正确的方剂，祖父就不再对它们有丝毫留恋，弃而转向新的领域探索。他只对未知事物和纠正谬误有兴趣，一生穷困艰窘，竟不曾用他验证过的神方，医治过病人，获得过收益。

到了祖父垂垂老矣的时候，他终于将那册古书中的几百处谬误，全部订正完了。祖父把眼睛从书上移开，目光苍茫，好像第一次发现自己已走到生命的尽头。

人们欢呼雀跃，毕竟从此这本伟大的济世良方，可以造福无数百姓了。

但敬佩之情只持续了极短的一段时间。远方出土了一座古墓，里面埋藏了许多保存完好的古简，其中正有甲书的原件。人们迫不及待地将祖父校勘过的甲书和原件相比较，结果是那样令人震惊。

祖父校勘过的甲书，同古简完全吻合。

也就是说，祖父凭借自己惊人的智慧和毅力，以广博的学识和缜密的思维，加之异乎寻常的直觉，像盲人摸象一般地在黑暗中摸索，将甲书在漫长流传过程中产生的所有错误，全改正过来了。

祖父用毕生的精力，创造了一项奇迹。

但这个奇迹，又在瞬忽之间，烟消灰灭，毫无价值。古书已经出土，正本清源，祖父的一切努力，都化为劳而无功的泡沫。人们只记得古书，没有人再忆起祖父和他苦苦寻觅的一生。

讲到这里，朋友久久地沉默着。

古墓里出土了乙医书的真书吗？我问。

没有。朋友答。

我深深地叹息说，如果你的祖父在当初选择的那一瞬间，挑选了乙书，结果就完全不一样啊。

朋友说，我在祖父最后的时光，也问过他这个问题。祖父说，对我来讲，甲书乙书是一样的。我用一生的时间，说明了一个道理，人只要全力以赴地钻研某个问题，就有可能最大限度地逼近它的真实。

祖父在上天给予的两个谜语之中，随手挑选了一个。他证明了人的努力，可以将千古之谜猜透。

这已经足够。

逃避苦难

万里迢迢，到了甘肃敦煌。鸣沙山像一个橙黄色的诱惑，半明半暗卧在傍晚的戈壁上。

人们像朝圣似的，扒下鞋袜，一步一滑地向沙顶爬去。

你是想后来居上吗？友人从五层楼高的沙坡上向我招手。

我抱着双肘，半仰着脸对她说：我不爬山。

那你怎么到达山那边如画的月牙泉？

雇一匹骆驼。

要是雇不到骆驼呢？友人从六层楼高的沙丘上向我喊话。

那就只好沿着山根转过去。

这可是鸣沙山啊！友人已经到了七层楼高的沙峰。

不管是什么山，只要给我选择的自由，我就不爬！

我憎恶爬山！

我对友人喊，她已经到了十几层楼高的沙崖，没有回头。

她没有听到我的话，听到了也不会赞同。

经历是我们爱憎的最初的和永远的源泉。

我曾经穿行于世界上最高的峰峦与旷野，山给予我太多的苦难。那个时候我十七岁，当现在的女孩儿娇嗔地把这个年龄称为“花季”的时候，我正在昆仑山上度着永远的冬季。

在最冷的日子里，我们去爬很多皑皑的雪山。我背着枪支、弹药、十字箱、雨布、干粮、大头鞋、皮大衣，还有背包，加起来六七十斤。

第一天行进的路程，只是爬一座山。那座山悬挂在遥远的天际，像一匹白马的标本。

还没有走到山脚下，我就一步也迈不动了。宿营地在山的那边，遥远得如同我已死去了的曾祖父母。我完全不知道自己将怎样走过这漫长的征途。

缺氧使我憋闷得直想撕裂胸膛，把自己的心像一穗玉米那样扒出，晾晒在高原冰冷的阳光中。

生命给予我的全部功能，都成了感受痛苦的容器，我的眼珠被冰雪冻住了，雪花六角形的芒刺，牢固地粘在眼皮上，绝不融化。眼睛便像两只雪刺猬。呼呼的风声将耳膜压得像弓弦一样紧张，根本听不到除此以外的任何声响。关节腔里所有的滑液都被冻住了，每走一步都感觉到冰碴粗糙的摩擦。手指全然失掉知觉，腕以下是光秃秃的空白……

时至夜半，我仍未走出那座山。我慢慢地、慢慢地倒向昆仑山万古不化的寒冰。我不走了，一步也不想走了。走比死亡可怕得多。枕着冰雪，仰望高海拔处才能见到的宝蓝色天空。我愿意永不复生。

参谋长几乎是用枪，逼迫我站起来重新走。

从此，我惧怕爬山，仅次于死亡。

惧怕爬山，实际上是惧怕苦难。山——这些地球表面疙里疙瘩的赘物，驱使我们抵抗地心强大的引力，以自身微薄的力量，把自己的体重举起来。当我们悬浮在距海平面很高渺的山峦上，以为自己很高大，其实我们不过是山的玩偶。

苦难是对人的肉体和心灵的酷刑。那些叫嚷热爱苦难的人，我总怀疑他们未曾经历过刻骨铭心的苦难。或者曾将苦难与苦难换取来的荣誉，同时置于跷跷板的两头，他们发现荣誉的头发高高地飘扬在半空，遮蔽了苦难黝黑的面庞。

他们觉得：值。

苦难是对人的信念最残酷的锤打。当你饥肠辘辘，当你衣不遮体，当你的尊严践踏于泥泞之中，当你纯洁的期冀被苦难蛀虫蚀得千疮百孔之时，你对整个人类光明的企盼，极有可能在这黑海洋中颠覆。命运之舟破碎了，只剩几块板状的残骸。即使逃脱困厄的风口，理想也受到致命的一击。再要抬起翅膀，需要积蓄永远的力量……

经受苦难而不萎靡，不沦落，不摇尾乞怜，不柔若无骨，不娼不盗，不偷不抢，不失魂落魄，不死去活来，是天才是领袖是超人，非平常人可比。

然而历史是平常人创造的。

幸亏人类害怕苦难，人类才得以不断进步不断发达不断繁荣。假如人类什么都不怕，什么都满足，至今还穴居山顶、茹毛饮血、火种刀耕。

最稚嫩最敏感的部位，最怕疼。例如我们的手指尖。粗糙它，磨砺它，指肚便会结出厚厚的茧子，这是一种悲哀的退化。

手指结茧可以消退，心灵的蛹若被苦难之丝包绕，善与美的蛾儿便难以飞出，多数窒息于黑暗之中。

当然，当苦难像飓风一样无以回避地迎面扑来时，我也会勇敢地迎上去，任沙砾打得遍体鳞伤，任头发像一面黑色的旗帜高高飘扬……

为了逃避苦难，我一生奋斗不息。

苦难也像幸福一样，分有许多层次，好像一条漫长的台阶。苦难宫殿里的至尊之王，是心灵的痛楚。

没有血迹，没有伤痕，假如心灵被洞穿，那伤口永世新鲜。

我相信在人类心灵国度里，通行痛苦守恒定律。无论怎样的皇亲国戚，无论怎样的花团锦簇，无论怎样的二八佳丽，无论怎样的鹤发童颜，都有潜藏的伤口，淌着透明的血。

逃避了食不果腹、衣不蔽体的小苦难，便滋生出建功立业壮志未酬的大痛苦，待功成名就踌躇满志之时，又生出孤独寂寞高处不胜寒的凄凉……人类只要存在感觉，苦难便像影子永远伴随。成功地逃避一次又一次苦难，人类就在进化的阶梯上匍匐向前了。

西域古道上，驼铃叮当。我骑着骆驼，绕到月牙泉。

没有爬上鸣沙山，你要后悔一辈子。友人气喘吁吁滑下沙丘对我说。

我不后悔。世界上的山是爬不完的，能少爬一座就少爬一座吧！

像逃避瘟疫一般，我逃避苦难。

兴趣就像食物，越丰富越好

一位营养学家曾对我说：“一个人每天摄入的食物，至少要超过十八种。”我吓了一大跳，叫道：“哎呀呀，那么多！肚子里岂不是要开一个杂货店？”营养学家说：“人的成长发育就像建造一座大厦，需要各种各样的材料，比如砖瓦木料、油漆水泥、瓷砖钢窗、浴缸水管……在一个人小的时候，营养越丰富越好，才能保证身体健康、骨骼强壮，长成优良的体魄。”

他的话，我思索了很久。从人的生理想到人的心理。如果说，一个孩子长身体的时候，食物越丰富越好，那么，在发展个人精神世界方面，也不应该偏食，需要从小培养起对世界广泛的兴趣。

小时候，我天性好动，每天到处跑来跑去，眼睛看到一个目标，脚步就不由自主地奔过去。眼光可比双腿跑得快多了，这样，人的重心就向前倾斜，接下来的事件就很可悲了，全身凌空飞起，一个大马趴，摔倒在地上。我对于“欲速则不达”这句话的体会，简直刻骨铭心。因为后面的事就不是到达目的地后如何满足好奇心，而是膝盖磕到地上，鲜血流淌，疼得直抽冷气。但这种凄惨的遭遇，并没有损耗掉我对未知事物的兴趣，只是以后慢慢地不那么毛躁了，眼睛在盯着目标的时候，也要关心脚下的路上是否有石子。

我喜欢语文，也喜欢数学。我觉得这两门功课都很重要，一种是说话的学问（我把写文章也放在广义的“说话”范围里，它指的是用笔把你心里要说的话，告诉别人），一种是计算的能力。人活在世上，离不开与人交流和科学技术两件大事，这就和语文、算术密切相关。要是你连自己的意见都表达不清，就很容易引起别人的误会，这样，一来耽误时间，二来也会增加许多不必要的麻烦。至于数学，是科学的奠基石，就不必我多说了。所以，对于必须掌握的功课，要从道理上明白它的重要性。兴趣和道理，像一对双胞胎，有时候，我们是先有了兴趣，才明白其中蕴含的道理，比如瓦特发明蒸汽机；有的时候，恰恰相反，是我们明白了道理，才逐渐地培养起兴趣。

我十六岁的时候，被分配去当卫生员。当时我伤心死了，觉得自己很倒霉，一天净和脓血、病菌打交道不说，见到的人还没有一个笑模样，都是唉声叹气、愁眉苦脸的病秧子。心想这样干下去，用不了多久，自己肯定也得变成一副苦瓜脸。但是我在理智上知道这个工作还是很光荣的，一个人得了病，就是他一生中最需要人帮助的时候。谁能保证自己一辈子永远健康呢？在别人最需要的时候，能够为人家做一点儿事情，就应该竭尽全力。我强迫自己认真地学习医学知识，热情为病人服务，慢慢地就对医学有了兴趣，病人都爱找我看病，说我是个好医生，我后来一直当到了内科主治医师。在从事医学工作二十年以后，因为写作的需要，决定暂时不当医生了。脱下穿了几十年的白色工作服时，我的心里充满了一种难舍难分的眷恋，我这才意识到，对医学的兴趣与热爱，已深深地融化在我的血液中。

人的兴趣也应该像吃饭一样，不挑食。世界是这样绚丽多彩，像一台大屏幕的彩色电视机。你要是把自己的兴趣局限在很小的范围，就像一台小小的黑白电视机，限制我们的视野。

爱好大自然，应该是我们所有爱好中最经久不息、永不褪色的选择。人类是自然之子，我们从自然中来，还要回到自然中去。自然教给我们很多书本上没有的知识，让我们感悟到生命的宝贵和时间的永恒。大自然会激起我们探索宇宙奥秘的信心，会荡涤我们在城市中变得迟钝的神经，会使我们变得善良宽容，与世界上的万物和平相处。

人的兴趣像一种奇怪的竹子，会在某个特定的时候猛地蹿出坚硬的土地，新生的笋芽见风就长，如果有了合适的水土，就会蓬勃地指向蓝天，长成一竿笔直的翠竹。记得那时我上小学五年级，读了一些天文学的书，突然对辽阔的星空产生了强烈的好奇，每个晴朗的晚上都仰着脖子，在城市明亮的灯光缝隙中，吃力地辨认着天上的星座，甚至希望自己也能发现一颗偶然闯过的小星，会以我的名字命名……我甚至给当时的北京天文台台长写了一封信，向他请教一个很专业的天文学问题，那是我从一本天文学著作中看到的一个迄今未解决的天文学疑案。我每天都到学校的传达室，焦急地询问有没有我的信，但是很可惜，直到我小学毕业，也没有收到台长的回信。我临离开学校的最后一件事，就是嘱咐看门的老大爷:“要是有了我的信，可千万要告诉我啊。”我始终没有收到印着“北京天文台”字样的信封(它不止一次在我的睡梦中翩翩飞来，信封是蓝色的，台长的字迹很大，可就是看不清写的是什么，真急死人)，不过，这一点儿也没让我灰心，我下定决心，长大后要投考大学里的天文系，亲自探索宇宙的秘密。要不是后来的“文革”，我们这一代人都失去了上学的机会，我一定会梦想成真。我一直保持着对自然科学浓厚的兴趣，可能和小时候的这段经历有关。

就像自然界存在着生态平衡，各种营养素之间需要互补一样，兴趣越是多样化，越能开阔我们的眼界，融会贯通，使我们心明眼亮，反应机敏。比如你热爱电子计算机，就要涉及软件、硬件许多领域，它促使你读外语、查字典，学习更多的科学技术。如果你热爱集邮，小小的方寸之地里，有纵横古今、驰骋八方的知识。如果你对体育有兴趣，它除了送你健康的身体和高超的技巧以外，还会锻炼你的友善与合作精神。如果你爱好书法和绘画，那就更是在文化和艺术的大海里游泳了……

一个人在少年时代，应该努力培养自己多方面的兴趣，尽力开拓自己的潜能。因为每个人都是与众不同的个体，一定有一个自己特别爱好、特别感兴趣的事物的种子，埋在我们的心底。有的人寻找一生，也不知道自己到底爱干什么，怎样才能干得更好。真正的兴趣，或许像一只狡猾的小狐狸，潜伏在草丛中睡不醒。只有“广泛爱好”这张巨大的网铺天盖地罩下来，才有可能把小狐狸捕获，让我们受益终生。

爱因斯坦说过，爱好是最好的老师。我对这句话的理解是——人凭着责任心，是可以把自己不爱好的事干好的；但人若是干自己爱好的事，再加上责任心这强有力的翅膀，他就会干得更出色。而且这个充满乐趣的工作，会使他满怀创造性劳动的自豪感，取得更好的成绩。

我从小就喜欢作文，那时并没有想到以后要当作家，只是觉得语言是一种很有趣的东西，可以把心里想的念头留在纸上，不管多长时间以后，只要你重读这些文字，以前的感觉就十分神奇地复活了。后来我当医生，很想使自己忘掉对语言的这种热爱，因为一个医生只要服务态度好，对病人能把他患病的情况深入浅出地解释清楚，也就说得过去了。但是我真的无法放弃对语言的这种关注，包括我写病历的时候，在力求精确迅捷的前提下，也总忘不了来一两个形容词。后来，当我终于有机会在写作和医学之间做一个选择的时候，我知道对我来说，继续做医生是很保险、轻车熟路的事，而写作是崭新的挑战，我很为难。

半夜醒来的时候，我对自己说："你是更喜爱医学，还是更喜爱写作呢？"

我听见自己的心灵在回答："我更喜爱写作。"

我听从了自己的兴趣和爱好。写作使我很辛苦，但也使我很快乐。"爱好"不单成了我的老师，简直就是我的军师。

PART 2

励志·启示篇

如果你自卑，
不要把这视为奇耻大辱。
人人都自卑，
只是我们战胜自卑的方法不一样。
承认自卑是正常的，
这就是胜利的第一步。

▼

没有一棵小草自惭形秽

被人邀请去看一棵树，一棵古老的树。大约有五千年的历史，已被唐朝的地震弯折了腰，半匍匐着，依然不倒，享受着人们尊敬的注视。

我混在人群中直着脖子虔诚地仰望着古树顶端稀疏的绿叶，一边想，人和树相比是多么的渺小啊。人生出来，肯定是比一粒树种要大很多倍，但人没法长得如树般伟岸。在树小的时候，人是很容易就把树枝包括树干折断，甚至把树连根拔起，树就结束了生命。就算是小树长成了大树，归宿也是被人伐了去，修成各种各样实用的物件。长得好的树，花纹美丽木质出众，也像美女一样，红颜薄命，被人劫掠的可能性更大，于是很多珍贵的树种濒临灭绝。在这一点上，树是不如人的。美女可以人造，树却是不可以人造的。

树比人活得长久，只要假以天年，人是绝对活不过一棵树的。树并不以此傲人，爷爷种下的树，照样以累累果实报答那人的孙子或是其他人的后代。

通常情况下，树是绝对不伤人的。即便如前几天报上所载一些村民在树下避雨，遭了雷击致死，那元凶也不是树，而是闪电，树也是受害者。人却是绝对伤树的，地球上森林数量的锐减就是明证，人成了树的天敌。

树比人坚忍。在人不能居住的地方，树却裸身生长着，不需要炉火或是空调的保护。树会帮助人的，在饥馑的时候，人扒过树的皮以充饥，我们却从未听到过树会扒下人的什么零件的传闻。

很多书籍记载过这棵古树，若是在树群里评选名人的话，这棵古树是一定名列前茅了。很多诗人词人咏颂过这棵古树，如果树把那些词句都当作叶子一般披挂起来，一定不堪重负。唐朝的地震不曾把它压倒，这些赞美会让它扑在地上。

树的寿命是如此长久，居然看到过妲己那个朝代的事情。在我们死后很多年，这棵古树还会枝叶繁茂地生长着。一想到这一点，无边的嫉妒就转成深深的自卑。作为一个人活不了那么久远，伤感让我低下头来，于是我就看到了一棵小草，一棵长在古树之旁的小草。只有细长的两三片叶子，纤细得如同婴儿的睫毛。树叶缝隙的阳光打在草叶的几丝脉络上，再落到地上，阳光变得如绿纱一样飘浮了。

这样一株柔弱的小草，在这样一棵神圣的树底下，一定该俯首称臣毕恭毕敬了吧？我竭力想从小草身上找出低眉顺眼的谦卑，最后以失望告终。这棵不知名的小草，毫无疑问是非常渺小的。就寿命计算，假设一岁一枯荣，古树很可能见过小草五千辈以前的祖先。就体量计算，古树抵得过千百万小草集合而成的大军。就价值来说，人们千里万里路地赶了来，只为瞻仰古树，我敢肯定，没有一个人是为了探望小草。

既然我作为一个人，都在古树面前自惭形秽了，小草你怎能不顶礼膜拜？我这样想着，就蹲下来看着小草。在这样一棵历史久远、声名卓著的古树身边为邻，你岂不要羞愧死了？

小草昂然立着，我向它吐了一口气，它就被吹得蜷曲了身子，但我气息一尽，它就像弹簧般伸展了叶脉，快乐地抖动着。我再吹一口气，它还是在弯曲之后怡然挺立。我悲哀地发现，不停地吹下去，有我气绝倒地的一刻，小草却安然。

草是卑微的，但卑微并非指向羞惭。在庄严的大树身旁，一棵微不足道的小草都可以毫不自惭形秽地生活着，何况我们万物灵长的人类！

你的身体里必有一颗成功的种子

在每个人的生命里，都有一个关于创造的秘密，等待着被发现。那将是你的第二次诞生。

你一定要相信，在你的身体里，有一颗种子，焦灼地盼望着阳光。至于它到底是一颗什么种子，在没有发芽之前，谁也不知道。

你的责任就是给它浇水，保护它不被鸟雀啄食，不因为干渴而失去生机，不会被人偷走，也不会在你饥肠辘辘的时刻被你炒熟了充饥。如果那样做了，你虽可一时果腹，却丧失了长久发展的原动力。

那颗种子可能藏在你的耳朵里，你就有灵敏的听觉。可能藏在你的手指甲里，你就有非凡的触觉。也可能在你的眸子里，也可能在你的肌肉中。当然了，更可能在你的大脑中、心脏里、双手中……

每个人在属于个人的成长经历中，早已获得了解决问题的丰富宝藏。请信任我们的潜意识，它必定能在正确的时机产生恰当的回应。告诉你一句悄悄话——有时候，信息也将以非语言的方式揭露真相。

找找吧。一定找得到！

身体里绝对有不少于一百种的功能，能保证你在浑然不觉中完成种种复杂的运作。但你不要以为功能们会一直老老实实地待在那里，它们是勤勤恳恳的，却不是任劳任怨的。如果你一直视它们的存在为理所当然，从来不照料它们，不维护和激励它们，或是过度使用，或置若罔闻，那么，它们不是反抗，就是消极怠工，也许集体突围，无声无息地溜走了，然而你误以为它们从来不曾居住在你的身体里。要知道，一辈子无意识地随波逐流，会导致你各种功能的退化。

成功并不像想象的那样难。因为我们不敢做，它才变得难起来。

目标要趁早

有一对夫妇有两个孩子，一个叫莎拉，一个叫克里斯蒂。当孩子还小的时候，父母决定为他们养一只小狗。小狗抱回来以后，他们想请一位朋友帮忙训练这只小狗。他们搂着小狗来到朋友家，安然坐下，在第一次训练前，女驯狗师问："小狗的目标是什么？"夫妻俩面面相觑，很是意外，他们实在想不出狗还有什么另外的目标，嘟囔着说："一只小狗的目标？那当然就是当一只狗了。"女驯狗师极为严肃地摇了摇头说："每只小狗都得有一个目标。"

夫妇俩商量之后，为小狗确立了一个目标——白天和孩子们一道玩，夜里要能看家。后来，小狗被成功地训练成了孩子的好朋友和家中财产的守护神。

这对夫妇就是美国的前任副总统阿尔·戈尔和他的妻子迪帕。他们牢牢地记住了这句话——做一只狗要有目标。推而广之，做一个人也要有目标。

在现实生活中，却有太多太多的人，没有目标。其实寻找目标并不是一件太难的事，关键是你要知道天下有这样一件唯此为大的事，然后尽早来做。正是你自己需要一个目标，而不是你的父母或是你的老师或是你的上级需要它。它的存在，和别人的关系都没有和你的关系那样密切。也就是说，它将是你最亲爱的伙伴，其血肉相连的程度，绝对超过了你和你的父母，你和你的妻子儿女，你和你的同伴和领导的关系。你可能丧失了所有的财产和所有的亲人，但只要你的目标还在，你就还有一个完整的系统存在，你就并不孤独和无望。

我们常常把别人的期待当成了自己的目标，在孩童的时候，这几乎是顺理成章的事情。但是，你会渐渐地长大，无论别人的期望是怎样的美好，它也不属于你。除非有一天，你成功地在自己的心底移植了这个期望，这个期望生根发芽，长成了你的目标。那时，尽管所有的枝叶都和原本的母本一脉相承，但其实它已面目全非，它的灵魂完完全全只属于你，它被你的血脉所濡养。

我们常常把世俗的流转当成自己的目标。这一阵子崇尚钱，你就把挣钱当成了自己的目标。殊不知钱只是手段而非目标，有了钱之后，事情远远没有结束。把钱当成目标，就是把叶子当成了根。目标是终极的代名词，它悬挂在人生的瀚海之中，你向它航行，却永远不会抵达。你的快乐就在这跋涉的过程中流淌，而并非把目标攫为己有。从这个意义上说，钱不具备终极目标的资格。过一阵子流行美丽，你就把制造美丽保存美丽当成了目标。殊不知美丽的标准有所不同，美丽是可以变化的，目标却是相当恒定的。美丽之后你还要做什么？美丽会褪色，目标却永远鲜艳。

有人把快乐和幸福当成了终极目标，这也值得推敲。快乐并不只是单纯的快感，类乎饮食和繁殖的本能。科学家们通过研究，发现最长远最持久的快乐，来自于你的自我价值的体现。而毫无疑问，自我价值是从属于你的目标感，一个连目标都没有的人，何谈价值呢！

一棵树的目标也许是雕成大厦的栋梁，也许是撑一把绿伞送人阴凉。也许是化作无数张白纸传递知识，也许是制成一次性筷子让人大快朵颐……还有数不清的可能性，我们不是树，我们不可能穷尽也不可能明白树的心思。我们是人，我们可以为自己确立一个目标，这是做人的本分之一。

卑微也是我们的朋友

如果你自卑，不要把这视为奇耻大辱。人人都自卑，只是我们战胜自卑的方法不一样。承认自卑是正常的，这就是胜利的第一步。

嘿！我常常收到很多人发来的信件，述说自己因为种种理由而自卑，比如个子矮小，家庭贫困，父母双亡或是单亲，受教育的程度太低，不知道某个常识而被人耻笑，开运动会买不起新的运动鞋，嗓子太粗，不能像夜莺般美妙，头太大了，说话带有明显的乡下口音等等。

如果说这些在一般人的印象中是弱项，从而成为自卑的理由，那么，我们比较容易理解。我还听到过有人因为自己太美丽而自卑。那姑娘讲，她付出努力所取得的一切成就，都被人归结为美貌带来的幸运，甚至还有人话里话外地敲打她是不是运用了某种潜规则。

这个清俊的女生满怀幽怨地说，我为我的相貌而深深自卑。我很想去整容，把自己整得丑陋一些，这样就可以抬起头来做人，人们就会认识到我是一个有内在价值的人。不骗你，我真的到整形医院去了，可整形师说从来没有接收过这样的病例，他想不出如何操作……

对于人人都自卑这件事，我是百分之百相信。你若是不信，可以抽空看看名人的传记。几乎没有一个名人不谈到自己是自卑的，而且按照咱们上面列举的自卑理由，他们也都是“师出有名”的。

“我不如别人。我自卑，所以，我不停地努力。当年从郑州到国家队的时候，没有一个人肯定我，他们全说一米五的我打球不会打得如何。为了证明给他们看，我快发了疯，每天都比别人刻苦，我知道我的个子不如别人，别人允许有失败的机会，我没有。我只能赢，所以我打球凶狠，那是逼出来的。后来我成功了，别人又说我没有大脑，只会打球。于是我发疯地学习，英语从不认识字母到熟练地和外国人对话。我不比别人聪明，我还自卑，但一旦设定了目标，就绝不轻言放弃。什么都不用解释，用胜利说明一切！”

这段话是谁说的啊？恐怕你看完了就会知道，这是获得过十八个世界冠军、得过四枚奥运金牌的邓亚萍说的。

也许你要说，这么伟大的人，我们就不好比了。那容我再来录上一段普通人的自卑史。

“我曾经是个非常自卑的人，即使是现在，自卑还常常在，我觉得自己很多地方不如人。我不如A聪明，不如B睿智，不如C有才，不如D美貌如花……我只是一个普通女子，不善言，不会搞各种关系，我只会写字，通过写字证明我自己。感谢我的自卑，它让我越挫越勇，让我觉得永远不如别人，让我不敢停步，让我在人生的路上一路坚强。”

这位女子的文章常常见诸报端，你打开《读者》《青年文摘》等刊物，经常会看到她的文章。

我手边看到的资料说到，获奖无数的演员梁朝伟就说自己一直是个非常自卑的人。名人尚且如此，遑论我等俗众！

哦，不要把自卑看得那么可怕，这是人人都享有的一个特点。其实这话说得有语病，既然是人人都有，就不能说是特点了，只能说是常数。对于一个规律性的东西，实在没有害怕的必要，从容对待就是了。因为渺小的人类对于浩瀚的宇宙来说是自卑的，羸弱的婴孩儿对于伟壮的成人来说是自卑的，短暂的生命对于无涯的时空来说是自卑的。我们的种种欠缺和无奈，对于光明的期望和理想来说是自卑的。

刚才说了这么多自卑的合理性，并非要大家对自卑安之若素。其实，你接纳了自卑，你把自卑当成一个朋友，它就会以你意料不到的方式来帮助你。

为了战胜自卑，我们就会更加努力。因为自卑的持续存在，我们或许会比较少骄横。因为自卑，我们记得渺小和尊崇，这未尝不是因祸得福呢！

阿尔弗雷德·阿德勒认为，从人一出生，自卑感就伴随左右，之后需要用一生的时间去提高自己的技能、优越感和对别人的重要性。

这样看来，卑微也是我们的朋友，卑微里也有不容小觑的力量。

我在寻找那片野花

一位女友，告诉我这样一件事。

上小学的时候，班上有个女同学，叫作荞，家境贫寒，是每学期都免交学杂费的。她衣着破烂，夏天总穿短裤，是捡哥哥剩下的。我和她同期加入少先队，那时候，入队仪式很庄重。新发展的同学面向观众，先站成一排，当然脖子上光秃秃的，此刻还未被吸收入组织嘛。然后一排老队员走上来，和非队员一对一地站好。这时响起令人心跳的进行曲，校长或请来的英模，总之是德高望重的长辈，口中念念有词，说着“红领巾是红旗的一角，是用烈士的鲜血染成的”等教诲，把一条条新的红领巾发到老队员手中，再由老队员把这一鲜艳的标志物绕到新队员的脖子上，亲手绾好结，然后互敬队礼，宣告大家都是队友了，隆重的仪式才算完成。

新队员的红领巾，是提前交了钱买下的。荞说她没有钱。辅导员说，那怎么办呢？荞说，哥哥已超龄退队，她可用哥哥的旧领巾。于是，那天授领巾的仪式，就有一点儿特别。当辅导员用托盘把新领巾呈到领导手中的时候，低低地说了一句。同学们虽听不清是什么，但也能猜出来——那是提醒领导，轮到荞的时候，记得把托盘里的那条旧领巾分给她。

满盘的新领巾好似一塘金红的鲤鱼，支棱着翅角。旧领巾软绵绵地卧着，仿佛混入的灰鲫，落寞孤独。那天来的领导，可能老了，不曾听清这句格外的交代，也许根本没想到还有这等复杂的事。总之，他一一发放领巾，走到荞的面前，随手把一条新领巾分给了她。我看到荞好像被人砸了一下头顶，身体矮了下去，灿如火苗的红领巾环着她的脖子，也无法映暖她苍白的脸庞。

那个交了新红领巾的钱，却分到一条旧红领巾的女孩儿，委屈至极。她当场不好发作，刚一散会，就怒气冲冲地跑到荞跟前，一把扯住荞的红领巾说，这是我的！你还给我！

领巾是一个活结，被女孩儿拽住一股猛拉就系死了，好似一条绞索，把荞勒得眼珠凸起，喘不过气来。

大伙扑上去拉开她俩。荞满眼都是泪花，窒得直咳嗽。

那个抢领巾的女孩儿自知理亏，嘟囔着，本来就是我的嘛！谁要你的破红领巾！说着，女孩儿把荞哥哥的旧领巾一把扯下，丢到荞的身上，补了一句——我们的红领巾都是烈士用鲜血染的，你的这条红色这么淡，是用刷牙刷出的血染的。

经她这么一说，我们更觉得荞的那条旧得凄凉。风雨洗过，阳光晒过，褪了颜色，布丝已褪为浅粉；铺在脖子后方的三角顶端部分，几乎成了白色；耷拉在胸前的两个角，因为摩挲和洗涤，絮毛纷披，好似炸开的锅刷头。

我们都为荞鸣不平，觉得那女孩儿太霸道了。荞却一声未吭，把新领巾折得齐整整，还了它的主人；又把旧领巾端端系好，默默地走了。

后来我问荞，她那样对你，你就不伤心吗？荞说，谁都想要新领巾啊，我能想通。只是她说我的红领巾是用刷牙刷出的血染的，我不服。我的红领巾原来也是鲜红的，哥哥从九岁戴到十五岁，时间很久了。真正的血，也会褪色的。我试过了。

我吓了一跳。心想，她该不是自己挤出一点儿血，涂在布上，做过什么试验吧？我没敢问，怕得到一个肯定的答复。

毕业的时候，荞的成绩很好，可以上重点中学，但因为家境艰难，只考了一所技工学校，以期早早分担父母的窘困。

在现今的社会里，如果没有意外的变故，接受良好的教育，是从较低阶层进入较高阶层的，不说是唯一，也是最基本的孔道。荞在很小的时候，就放弃了这种可能。她也不是国色天香的女孩儿，没有王子骑了白马来会她。所以，荞以后的路，就一直在贫困的底层挣扎。

我们这些同学，已接近了知天命的岁月。在经历了种种的人生，尘埃落定之后，屡屡举行聚会，忆旧兼互通联络。荞很少参加，只说是忙。于是，那个当年扯她领巾的女子说，荞可能是混得不如人，不好意思见老同学了。

荞是一家印刷厂的女工。早几年，厂子还开工时，她送过我一本交通地图。说是厂里总是印账簿一类的东西，一般人用不上的，碰上一回印地图，她赶紧给我留了一册，想我有时外出或许会用得着。

说真的，正因为常常外出，各式地图我很齐备，但我还是非常高兴地收下了她的馈赠。我知道，这是她能拿得出的最好的礼物了。

一次聚会，荞终于来了。她所在的工厂宣布破产，她成了下岗女工。她的丈夫出了车祸，抢救后性命虽无碍，但伤了腿，从此吃不得重力。儿子得了肝炎休学，需要静养和高蛋白。她在几个地方连做小时工，十分奔波辛苦。这次刚好到这边打工，于是抽空和老同学见见面。

我们都不知说什么好，只是紧握着她的手。她的掌上有很多毛刺，好像一把尼龙丝板刷。

半小时后，荞要走了。同学们推我送送她。我打了一辆车，送她去干活的地方。本想在车上多问问她的近况，又怕伤了她的尊严，正斟酌为难时，她突然叫起来——你看！你快看！

窗外是城乡接合部的建筑工地，尘土纷扬，杂草丛生，毫无风景。我不解地问，你要我看什么呢？

荞很开心地说，我要你看路边的那一片野花啊。每天我从这里过的时候，都要寻找它们。我知道它们哪天张开叶子，哪天抽出花茎，哪天早晨突然就开了……我每天都向它们问好呢！

我一眼看去，野花已风驰电掣地闪走了，不知是橙是蓝，看到的只是荞的脸，憔悴之中有了花一样的神采。于是，我那颗久久悬起的心，稳稳地落下了。我不再问她任何具体的事情，彼此已是相知。人的一生，谁知有多少艰涩在等着我们？但荞经历了重重风雨之后，还在寻找一片不知名的野花，问候着它们。我知道在她心中，还贮备着丰足的力量和充沛的爱，足以抵抗征程的霜雪和苦难。

此后，我外出的时候，总带着荞送我的地图册。

朋友这样结束了她的故事。

过去不等于未来

在美国新泽西州的一座小镇上，一个由二十六个孩子组成的班级被安排在教学楼最里面一间光线昏暗的教室里。他们中所有的人都有过不光彩的历史：有人吸过毒、有人进过管教所、有一个女孩子甚至在一年之内堕过三次胎。家长拿他们没办法，老师和学校也几乎放弃了他们。

就在这个时候，一个叫菲拉的女教师担任了这个班的辅导老师。新学年开始的第一天，菲拉没有像以前的老师那样，首先对这些孩子进行一顿训斥，给他们一个下马威，而是为大家出了一道题：

有三个候选人，他们分别是——

A. 笃信巫医，有两个情妇，有多年的吸烟史，而且嗜酒如命；

B. 曾经两次被赶出办公室，每天要到中午才起床，每晚都要喝大约一升的白兰地，而且曾经有过吸食鸦片的记录；

C. 曾是国家的战斗英雄，一直保持素食习惯，热爱艺术，偶尔喝点儿酒，年轻时从未做过违法的事。

菲拉给孩子们的问题是：

如果我告诉你们，在这三个人中，有一位会成为众人敬仰的伟人，你们认为会是谁？猜想一下，这三个人将来各自会有什么样的命运？

对于第一个问题，毋庸置疑，孩子们都选择了 C；对于第二个问题，大家的推论也几乎一致：A 和 B 的命运肯定不妙，要么成为罪犯，要么就是需要社会照顾的废物。而 C 呢，一定是一个品德高尚的人，注定会成为精英。

然而，菲拉的答案却让人大吃一惊。“孩子们，你们的结论也许符合一般的判断，但事实是，你们都错了。这三个人大家都很熟悉，他们是二战时期的三个著名人物——A 是富兰克林·罗斯福，他身残志坚，连任四届美国总统；B 是温斯顿·丘吉尔，英国历史上最著名的首相；C 的名字大家也很熟悉，他叫阿道夫·希特勒，一个夺去了几千万无辜生命的法西斯元首。”学生们都呆呆地瞅着菲拉，他们简直不相信自己的耳朵。

“孩子们，”菲拉接着说，“你们的人生才刚刚开始，以往的过错和耻辱只能代表过去，真正能代表一个人一生的，是他现在和将来的所作所为。

“每个人都不是完人，连伟人也有过错。从过去的阴影里走出来吧，从现在开始，努力做自己最想做的事情，你们都将成为了不起的优秀的人才……”

菲拉的这番话，改变了二十六个孩子一生的命运，如今这些孩子都已长大成人，他们中有的做了心理医生，有的做了法官，有的做了飞机驾驶员。

值得一提的是，当年班里那个个子最矮也最爱捣乱的学生罗伯特·哈里森，后来成了华尔街上最年轻的基金经理人。

“原来我们都觉得自己已经无可救药，因为所有的人都这么认为。菲拉老师第一次让我们觉醒：过去并不重要，我们还有可以把握的现在和将来。”

孩子们长大后这样说。

有一位心理学家说过这样的话：你对孩子怎样描述，他们就怎样以你描述的样子成长。你说他是个无赖，他就会慢慢变得像个无赖；你说他聪明，他就可能真的变得十分聪明。

许多成人不断在用自己的偏见扼杀孩子的美质，他们自己却一点儿都不知道。

所有的动力都来自内心的沸腾

一个人躺在地上，如果他不想起来，那么十个人也拉不起他来，即使起来了也马上会趴下。所有的动力都来自内心的沸腾。如果你做不到一件事，无论是搞好关系，还是寻找爱人，还是减肥，都是因为你还没有真正想做。

这是一个很有意思的心理小游戏。来，纠集起十来个人，然后找一个人来扮演那个躺在地上的人，不用找体重特别沉的，那样容易影响咱们这个游戏的真实感。请这位朋友赖在地上，大家用尽全力把他拽起来……

我见过三十来个人都拉不起一个人的，我本来在上文中想写这个数字，但又怕大家觉得太夸张了，就写了十来个人，这是千真万确的。只要你不想起来，没有人能把你拉起来。心理上的问题也是一样，只要你没有想通，只要你不是真的心服口服，那么所有外界的努力都是劳而无功的。

女子当了妈妈，对待自己的孩子时，要记得这个游戏。他虽然小，也有自己的独立意志，你要把道理给他讲清楚，而且要让他明白这样做的目的是什么，有人会觉得孩子还小，没必要讲那么多。可是，成长是一个逐渐发生的过程，你不能在一颗幼小的心里，种下强权的种子，以理服人而不是以力服人，这是要从小就养成的习惯。

你举目四望，很容易就能发现：很多人的生理和生物上的需求得到了满足，但他们仍然不满意，奔突不止，躁动不安，缺少一种能使他变得生机勃勃的动力，缺乏稳定祥和。像这样缺乏主动性的生活，无论表面上多么风光，都是不值得羡慕的。

那种使自己变得生机勃勃的动力是什么呢？谁来回答你呢？谁来帮你寻找呢？谁为你一锤定音？没有别人，只有你自己。

只有当理想的光芒照耀着我们，而且它和广大人群的福祉相连，我们才会有大的安宁和勇气。

你可曾体会种子的疼痛？那种挣开包裹自己的硬壳，顶出板结的土壤的苦难，对一粒柔弱的芽来说，可说是顶天立地的壮举。一个人觉醒时的力量，应该大于一颗种子啊！

有些人把梦想变成现实，有些人把现实变成了梦想。关键是，你的梦想是什么？你为你的梦想做了什么？

有梦想就不会寂寞，当你寂寞的时候，只要招招手，你的梦想就飞到了身边。剩下的事，就是琢磨怎样把梦想变成行动了。

发出声音永远是有用的

如果你遭到了很不公平的对待，请不要抱怨。这个世界就是如此地不平等，在你以前很久，就是这样了。在你以后很久，也会是这样。所以，它等待着你的降临和奋斗。你的降临和奋斗，也许什么也不能改变，也许能让它变得更美好一些，但起码这个世界因为有了你的存在，而有了希望。

有一年，我应邀到一所中学演讲。中国北方的农村，露天操场，围坐着几千名学生。他们穿着翠蓝色校服，脸蛋呈现出一种深紫的玫瑰红色。冬天，很冷。事先，我曾问过校方，不能找个暖和点儿的地方吗？校长为难地说，乡下学校，都是这种条件，凡是开全校大会，都在操场上。我说，其实不是在考虑自己，而是想孩子们可受得了。校长说，您放宽心好了，没事儿。农村孩子，抗冻着呢。

我从不曾在这样冷的地方讲过这么多的话。虽然，我以前在西藏待过，经历过零下四十摄氏度的严寒，但那时军人们急匆匆像木偶一般赶路，缄口不语，说话会让周身的热量非常快地流失。这一次，吸进冷风，呼出热气，在腊月的严寒中面对着一群眼巴巴的农村少年谈人生和理想，我口中吐冒一团的白烟，像老式的蒸汽火车头。

演讲完了，我说，谁有什么问题，可以写张字条。这是演讲的惯例，我有什么地方说得不妥当，请人家指正。孩子们掏出纸笔，往手心哈一口热气，纷纷写起来。老师只很负责地在操场上穿行，收集字条。

我打开一张字条。上面写着：我很生气，这个世界是不平等的。比如，我为什么是一个女孩儿呢？我的爸爸为什么是一个农民，而我同桌的爸爸却是县长？为什么我上学要走那么远的路，我的同桌却坐着小汽车？为什么我只有一支笔，他却有那么大的一个铅笔盒……

我看着那一排钩子一样的问号，心想这是一个充满了愤怒的女孩儿，如果她张嘴说话，一定像冲出了一股乙炔，空气都会燃起蓝白的火苗。

我大声地把她的条子念了出来。那一瞬，操场上很静很静，听得见遥远的天边，有一只小鸟在嘹亮地歌唱。我从台子上望下去，一双双乌溜溜的眼珠，在玫瑰红色的脸蛋上瞪得溜圆。还有人东张西望，估计他们在猜测字条的主人。

据说孩子们在妈妈的肚子里，就能体会到母亲的感情。很多女孩子从那个时候，就感受到了这个世界的不平等，因为你不是一个男孩儿，你不符合大家的期望。

这有什么办法吗？没有。起码在现阶段，没有办法改变你的性别。你只有认命。我在这里说的“命”，不是虚无缥缈的命运，而是指你与生俱来的一些不能改变的东西。比如你的性别，比如你的相貌，比如你的父母，比如你降生的时间地点……总之，在你出生以前就已经具备的这些东西，都不是你所能左右的。你只能安然接受。

不要相信别人对你说的这个世界是平等的那些话。在现阶段，这只是一厢情愿。不过，你不必悲观丧气。其实，世界已经渐渐在向平等的灯塔航行。比如一百年前，你能到学堂里来读书吗？你很可能裹着小脚，在屋里低眉顺眼地学做女红。县长的儿子，在那个时候，要叫作县太爷的公子了，你怎么可能和他成为同桌？在争取平等的路上，我们已经出发了。

没有什么人承诺和担保你一生下来就享有阳光灿烂的平等。你去看看动物界，就知道平等是多么罕见了。平等是人类智慧的产物，是维持最大多数人安宁的策略。你明白了这件事情，就会少很多愤怒，多很多感恩。你已经享受了很多人奋斗的成果，你的回报就是继续努力，而不是抱怨。

身为女子，你不要对这样的不平等安之若素，你可以发出声音。说了和没有说，在暂时的结果上可能是一样的，但长远的感受和影响是不一样的，对你性格的发展是不一样的。而且，只要你不断地说下去，事情也许就会有变化。记住，发出声音永远是有用的，因为它们可能会被听到并引发改变。

说实话，让一个受到忽视的女孩子，很小就发出对于自己不公平待遇的呐喊，几乎是不可能的。但我思索再三，还是决定保留这个期望。因为今天的女孩子，也可能变成明天的母亲。如若她们因循守旧，照样端起了不平等的衣钵，如若她们的女儿发出呼声，也许能触动她们内在的记忆，事情就有可能发生变化。当然了，如果女孩子长大了，到了公共场合，这一条就更要记住并择机实施。记住，呐喊是必需的，就算这一辈子无人听见，回声也将激荡久远。

比树更长久的

人们对于生命比自己更长久的物件，通常报以恭敬和仰慕。对于活得比自己短暂的东西，则多轻视和俯视。前者比如星空，比如河海，比如久远的庙宇和沙埋的古物。后者比如朝露，比如秋霜，比如瞬息即逝的流萤和轻风。甚至是对于动物和植物，也是比较尊崇那些寿命高渺的巨松和老龟，而轻慢浮游的孑孓和不知寒冬的秋虫。在这种厚此薄彼的好恶中，折射着人间对于时间的敬畏和对死亡的慑服。

妈妈说过，人是活不过一棵树的。所以我从小就决定种几棵树，当我死了以后，这些树还活着，替我晒太阳和给人阴凉，包括也养活几条虫子，让鸟在累的时候填饱肚子，然后歇脚和唱歌。我当少先队员的时候，种过白蜡和柳树。后来植树节的时候，又种过杨树和松树。当我在乡下有了几间小屋，有了一块属于自己的小园子之后，我种了玫瑰和玉兰，种了法桐和迎春。有一天，我在路上走，看到一节干枯的树桩，所有的枝都被锯掉了，树根仅剩一些凌乱的须，仿佛一只倒竖的鸡毛掸子。我问老乡，这是什么？老乡说，柴火。我说我知道它现在是柴火，想知道它以前是什么？老乡说，苹果树。我说，它能结苹果吗？老乡说，结过。我不禁愤然道，为什么要把开花结果的树伐掉？老乡说，修路。

公路横穿果园，苹果树只好让路。人们把细的枝条锯下填了灶坑，剩下这拖泥带土的根，连生火的价值都打了折扣，弃在一边。

我说，我要是把这树根拿回去栽起来，它会活吗？老乡说，不知道，树的心事，谁知道呢？我惊，说树也会想心事吗？老乡很肯定地说，会，如果它想活，它就会活。

我把鸡毛掸子种在了园子里。挖了一个很大的坑，浇了很多的水。先生说，根须已经折断了大部，根本就用不了这么大的坑，又不是要埋一个人。水也太多了，好像不是种树，是蓄洪。我说，坑就是它的家，水就是它的粮食。我希望它有一份好心情。

种下苹果树之后的两个月，我一直四处忙，没时间到乡下去。当我再一次推开园子的小门，看到苹果树的时候，惊艳绝倒。苹果树抽出几十枝长长短短的枝条，绿叶盈盈，在微风中如同千手观音一般舞着，曼妙多姿。

我绕着苹果树转了又转，骇然于生命的强韧。甚至不敢去抚摸它紫青色的树干，唯恐惊扰了这欣欣向荣的轮回。此刻的苹果树在我眼中，非但有了心情，简直就有了灵性。

当我看到云南个旧市老阴山上的文学林的时候，知道自己又碰上了一群有灵性的树。1983年的春天，丁玲、杨沫、白桦、茹志鹃、王安忆等二十多位作家，在这里种下了树。二十一年过去了，我看到一棵高高的杉树，上面挂着一个铭牌，写着“李乔”。李乔是一位彝族作家，已然仙逝。我没缘分见到他本人，但我看到了他栽下的树。以后当我想起他的时候，记不得他的音容笑貌，但会闪现出这棵高大的杉。李乔已经把生命的一部分嫁接到杉的枝叶里，这棵杉树从此有了自己的名姓。

也许是考虑到每人一棵树，不一定能保证成活，也不一定能保证多少年后依然健在，这次聚会，栽树的仪式改为大家同栽一棵树。这是一棵很大的树，枝叶繁茂。我也挤在人群中扬了几锹土，然后悄悄问旁人，这是一棵什么树？

是棕树的一种，国家二类保护树种呢！工作人员告诉我。

这棵树能活多少年呢？我又追问。

这个……不大清楚。想来，一百年总是有的吧。工作人员沉吟着。

我看着那棵新栽下的棕树，心想不管它的寿命多么长久，总有凋亡的那一天。也许是被雷火劈中，也许是山洪冲毁，也许是冰霜压垮，也许是盗木者砍伐……总之，一棵树也像一个人一样，有无数种死法，总之是不会永远长青的。

在栽树的时候，去谋划一棵树的死亡，这近乎是恶毒了。我不想诅咒一棵树。鉴于一个人总是要死的，人们寄希望于那些比个体生命更悠远的事物。但一棵树也是会死的，即使像我捡来的苹果树那样顽强且有好心情的树，也是会死的。既然树木无望，我们只有寄托于精神的不灭。

一个人是活不过一棵树的，然而再古老的树也有尽头。在所有的树的上面，飞翔着我们不灭的精神，而文学是精神之林的一片红叶。

积木别墅

人的血液里，流淌着热爱盖房子的愿望。证据是我们从小就爱玩积木。

那是一些多么美丽的小木块啊！方的、长的、绿的、黄的、腰鼓状的、半球状的……新积木紧紧地镶在漂亮的纸盒子里，上面有一张折叠的纸。

那是图纸，锲而不舍地告诉我们，用盒子里的这些材料可以搭出怎样的建筑。

纸上的模型自然很精彩。但是属于我的那些积木，直到尖锐的棱角磨得圆钝，表层的彩漆脱落尽，都没有一次按图索骥组装成纸上的模样。

我不喜欢现成的图案。纸上已经画出来了，就像挖掘好的河道，思维的小船只能在里面慢慢漂。那样我们就降为工匠，而不是设计师了。

有一次幼儿园里举行搭积木比赛，要求是用尽给你的积木搭一所好看的房子。

我趴在桌上，将我的那堆积木看了半天，然后很快开始干活。

我把一块红色的长方形积木和一块同样形状的绿色积木并排立起来，它们就组成了一个别致的正方形。然后，把一个金色的三角形积木搁在上面，第一间小房子就宣告竣工。

我还依次搭了一些同样分散而小巧的建筑，精致的小亭子、带钟表的小阁楼等。最后，还剩了一块淡蓝色的柱形积木，不知道干什么用好，我就把它直直地戳在建筑群的正当中。

比赛时间到了。我偷着觑了一眼旁边的小朋友。那是一个胖胖的男孩儿。

他倾其所有的家当，搭了一座牌坊似的塔楼。风一吹，扇形的积木墙就摇摇晃晃。他奓着两只手，既不敢扶，又不敢不扶，悬空护卫着他的作品。

老师走到我的部落前，说，你搭的这是什么呀？是别墅吗？这么浪费地方！

这是我生平第一次听到“别墅”这个名词。

她接着拨拉那块矗立着的淡蓝色小积木，又说，你怎么剩了一块砖？

我说，那不是砖。

老师说，那你说说，它到底是什么？

我说，是一个人啊。他正好从房间里走出来，要穿过这个小月亮门到拱桥上去……

老师仔细地听完了我的解释，然后公布我的邻桌是此次比赛的第一名，而我是最后一名。

胖男孩儿得意地望着我，我惭愧地一把将自己的别墅晃倒。

他的高楼也应声倒了。没有人碰它，高楼弱不禁风。

随着年龄的增长，我也终于明白了自己的不合时宜。我们的国家土地那么少，人口那么多，普通人哪里能享得别墅的奢侈。

我在地震的年代又看到了那个胖男孩儿，他变得很消瘦，在一家工厂当工人。

一夜间，起了那么多防震棚。各家各户的男子汉好像都是上好的建筑师。因陋就简，瓜菜代砖，顺手牵羊，拆了东墙补西墙……人们一时间焕发出惊人的聪明才智，各家的小房子像雨后的毒蘑菇，色彩斑斓，争奇斗艳。

我站在他搭的小房子里，身旁是用裁了图钉后剩的洋铁板钉成的窗户。那边角碎料，通常是用来做简易暖瓶的外壳的，制成窗户，别有一番情趣。

我原以为阳光透过这种“玻璃”还不得被切割得支离破碎，在地面留下麻子一般的光点。其实完全不是这样。

强烈的阳光穿过铁皮的空隙，倏地变淡了，好像钻进一层镂花的窗帘。它均匀而温柔地洒在不久前还是旷野的土地上，使没有被铲净的小草根冒出嫩绿。

这样简易的窗户自然是没有纱窗的。寒暄之后，我问主人，铁皮上这么大的窟窿眼，得飞进多少苍蝇蚊子？

主人说，苍蝇飞不进来。

我说，不能吧？这么大的洞，挤一挤，两只苍蝇可并排通过。主人笑了，说，苍蝇没有人聪明，它们不会振了翅膀飞。所以无论从理论上讲还是实践验证，我这间自盖的小窝棚里，从没飞进过苍蝇。

我不甘心地问，那么蚊子呢?

主人叹了一口气说，假如晚上点灯，蚊子见了亮，就会飞进来。

我说，假如摸黑坐着，蚊子就不会来了吧?

主人说，也不行。蚊子能闻见人血的气味，照样飞进来咬你。

我说，那就只有在棚子里多喷点儿杀虫药了。主人苦笑了一下，说，四面漏风的小房子，药味早就随风飘散了。

我说，那就搬回正经房子里住吧。

他说，搬不回去了。弟弟已经用他俩合住的房子结了婚。新人说，他们不怕地震，只怕没房。

我不知再说什么，主人反过来安慰我。他说，住在自己亲手盖的房里，再小也令人得意。假如有了足够的地方、足够的材料，他能盖一栋最舒适的房子。通过这回实地操作，他发现自己的手艺挺不错。

就盖一座你当年挨了批评的别墅吧。他用玩笑结束了自己的话。

他还记得那件事，他还是那么爱盖房子!

又是许多年过去了，社会在不断地进步着。我们已经可以比较自由地选择我们的食物、衣服、发式和室内的装饰(假如不是太奢侈的话)。

我再没有见到那个原先很胖后来消瘦了的邻桌。有时在夏天有蚊子飞过的夜晚，看到很壮观的高楼或很精巧的别墅，我就会想起他。

但愿将来有一天，他能按照自己的愿望，盖一座理想中的房子。

顽强比坚强更重要

人对自己的生活，肯定是要有规划的，但当新的事件发生的时候，你要有能力修改自己的计划。当然，我这里说的是比较短期的计划，而不是讲你的人生目标翻手为云、覆手为雨地变个不停。如果你不能放下已经规划好的生活，就无法迎接那些等待着你的新的生活。

走错了，能不能回到开始的那一点，重新开始？有的时候可以，大部分时候不可以，因为你已经输掉了信任和时间。人不可能重新踏入同一条河流，更不要说同一个起点了。每一个变数都会影响发展的方向和进程，对此，我们要有充分的思想准备。

那些非常善于逃跑的人，第一次，跑就跑了吧。第二次，也容他再跑一次吧。但第三次，就不应该再放任自己或是他人了。总是放弃，断没有前进。

创造力充沛的人，通常要有一颗小孩子一样的心，充满了好奇感。好奇这个品质，在小孩子是天然，在大人就需要刻意保持。我所说的刻意，不是让你处处装出大惊小怪的样子，而是一种发自内心的、探索这个世界的乐趣。这并不难，因为世界本来就充满了未知的领域，你只要不有意磨灭自己探索的眼光，好奇心就会像忠诚的宠物，寸步不离。

要有幽默感，幽默感的产生，来源于对自己的接纳，对人类境况的接受，而后就有了玩笑感。幽默应该是没有敌意的，有敌意的那就叫作挖苦了。如果你不会幽默，这也没什么好自卑的，也不需要特意去学习。保持你原来的样子就好，不必太在意。

对一个成功的人来说，其实顽强比坚强更重要。“坚”的意思是摧不垮的，但顽强，除了硬度这一条，还特别强调了千百次的概念。“顽”是什么意思？冥顽不化啊。

相信自己，决不改变。

PART 3

心理·表情篇

痛则大悲，

喜则大笑，

只要是从心底流出的对世界的真情感，

都是生命之壁的摩崖石刻，

经得起岁月风雨的推敲，

值得我们久久珍爱。

▼

致不美丽的女孩子

有一天，我收到了一封读者来信，撕开之后，落下来一张照片。先看了照片，没什么特别的感觉，待看了信件之后，心脏的部位就有些酸胀的感觉。我赶快伏案，写了一封回信（是手写的，不是用电脑打出来的。我在回信这件事上，坚持手工操作）。

现在征得那位女孩子的同意，把她的信和我的回复一并登出来，但愿她的父母会看到。

毕阿姨：

您好！

我有一个痛入心肺的问题。我的爸爸妈妈都长得很好看，简直就是美女和帅哥的超级组合（他们那个年代还没有这样时髦的词，好像用的是“秀丽”和“精干”这两个形容词）。人们都以为他们会生出一个金童玉女来，可惜我就恰恰取了他们的缺点组合在一起了，长得一点儿也不漂亮。我从小就习惯了人们见到我时的惊讶——哟，这个小姑娘长得怎么一点儿也不像她的爸爸妈妈啊！最令人伤感的是，我爸爸妈妈也经常会这么说，同时面露极度的失望之色。为此，我非常难过，也不愿和他们在一起走。现在唯一的希望就是他们快快老起来，那时候，他们就不会太好看了，而我还年轻，是不是可以弥补一下先天的不足啊？您说呢？寄上一张我的照片，但愿不会吓着您。

肖晓

肖晓：

你好！

我看到了你寄来的照片，情况不像你说的那样悲惨啊！相片上，你是一个很可爱很阳光的少女哦！也许你的父母真是美男子和美女的超级组合（遗憾你没有寄来一张合影，那样的话，我也可以养养盯着电脑太久而昏花的双眼了），在这样的父母笼罩之下，真是很容易生出自卑的感觉，此乃人之常情，你不必觉得这是自己的错。不过，如果你的父母也这样埋怨你，你尽可以据理力争。找一个至爱亲朋大聚会的场合，隆重地走到众人面前，一本正经地说："嘿，大家请注意，我是一件产品，内在的质量还是很好的，至于外表，那是把我制造出来的设计师的事，你们如果有意见，就找他们去提吧，或者把产品退回去要求返修，把外观再打磨一下。"但愿当你说完这番话之后，大家会面面相觑，微笑着不再说什么了。

人们总是非常愿意评价他人的长相，有时单凭长相就在第一时间做出若干判断。这也许是从远古时代就流传下来的一种近乎本能的习惯，那时候的人会凭借着长相判断对方和自己是不是同属于一个部落和宗族，是不是有良好的营养和体力，甚至性情和脾气也能从面部皱纹的走向看出端倪来。现代人有了很多进步，但在以貌取人这方面，基本上还在沿用旧例，改变不大。有一句流传很广的话是这样说的——人的长相这件事，在三十五岁之前是要父母负责的，但在三十五岁之后就要自己负责了。我有时在公园看到面目慈祥很有定力的老女人，心中就会充满了感动。要怎样的风霜才能勾勒出这样的线条和风采，我们看到的不再是先天的美貌桑叶，它们已经被岁月之蚕噬咬得只剩下筋络，华贵属于天地的精华和不断蜕皮的修炼。

从相片上看你还很年轻，长相的公案，目前就推给你的父母吧。我希望你健康地长大，但中年以后的事恐怕就要你自己负责了。如果你实在不想再听这些议论了，唯一的办法是找到一卷无边无际的胶带，牢牢地封住他们的嘴巴。看到这里，我猜你会说，你开的这个方子好是好，可我现在到哪里去找那卷无边无际的胶带呢？就是找到了，我能不能买得起？

这卷胶带在哪里，我也不知道。它是怎样的价钱，我也不知道。找找看吧，到网上搜索一番，请大家一齐帮忙找。如果实在是上穷碧落下黄泉也找不到，就只有最后一个法子，那就是让人们说去吧，你可以我行我素，依然快乐和努力地干自己想干的事。

毕淑敏

你究竟说了些什么

某天，一位朋友给我打电话，说，你到哪里去了？我找得你好苦啊！因为是很好的朋友，我也和她开玩笑说，你是不是要请我吃饭啊？我欣然前往。她着急地说，吃饭有什么难啊，事成之后，我一定大宴于你。只是我们现在要把事情做完，每拖延一天，损失就太大了。

我听出她语气中的急迫，也就收敛起调侃，问道，到底出了什么事？

她不容置疑地说，我要请你做心理咨询。我松了一口气，说，你要做心理咨询，这很好啊，看来大家是越来越重视自己的心理健康了。只是我们是朋友关系，我不能给你做心理咨询。我会为你介绍一位很好的心理咨询师，由她给你做。

朋友说，这个病人不是我，是我的一位同事的亲戚的朋友的孩子。说实话，我并不认识这个病人，我们也没有多么密切的关系，人家信任我，我才来穿针引线。

我说，你真是古道热肠，拐了这么多的弯，还把你急成这样。给你个小小的纠正，来做心理咨询的人不是病人，我们通常称他们为来访者。

朋友说，这有什么很大的不同吗？叫病人比较顺嘴。

我说，很多人来做心理咨询，并不是因为有了心理疾病，而是为了寻求更好的发展潜能和更亲密的人际关系。

朋友说，但我说的这个孩子确确实实是病了，当然不是身体上的病，他的身体棒得能参加奥运会，却不肯去上学。再有两个月就要高考了，这是多么关键的时刻，可他说不上就不上了，谁劝也没用。一家人急得爸爸要跳楼、妈妈要上吊，他却无动于衷，整天把自己关在屋里玩电脑，任谁都不见。家里人急着要找心理医生，但这个孩子主意太正了，根本就不答应去。后来，他家里人找到我，让我跟你联系。那孩子说如果是毕淑敏亲自接待他，他就前来咨询。现在总算联系上了，你千万不能推托。你什么时候有时间呢？让他父母带着他来见你……

我一边听着朋友的述说，一边查看工作日程表。最近的每一个时段都安排得满满的，只有七天后的傍晚有一小时的空闲。

我把这个时间段告知了朋友，请她问问那位中学生届时有没有空。

朋友大包大揽道，只要你能抽出时间，那边还有什么好说的？他们一定会来的。

我很严肃地对她说，请你一定把我的原话传过去。第一，要再次确认那位中学生是自己愿意来谈谈他的想法，而不是被父母强迫而来的。第二，征询那个时间对他合不合适。如果他有重要的事情，我们还可以再约另外的时间。第三句话就不必传了，只和你有关。

朋友说，前两件我都会原汁原味地传达到。只是这第三句话是什么，我很想知道，怎么把我这个穿针引线的人也包括进去了？

我说，第三句话就是，你的任务就到此为止了，因为你已经卷入了这种特殊就诊方式的开头部分。关于进展和结尾，恕我保密。你若是好奇或是其他原因追问我下文，我会拒绝回答，到时候，请你不要生气。不是我不理睬你，友情归友情，工作是工作，保密是原则问题，祈请见谅。

朋友说，好，我把你的话传到就算使命截止。我会尊重你们的工作规定。

一周后的傍晚，一对衣着光鲜的夫妻押着儿子来了。我之所以用了“押”这个词，是因为夫妇俩一左一右贴身护卫着那个高大的年轻人，好像怕犯人逃跑的衙役。年轻人走进咨询室的时候，他们俩也想一并挤入。

接待人员递给我咨询表格，轻声对他们说，你们并不是整个家庭接受咨询。

年轻人说，对，这是我一个人的事。说完，他懒懒散散走进了咨询室，一屁股坐在沙发上，目光直率地打量着我，我也打量着他。

他叫阿伦，身高大约一米八三，双脚不是像旁人那样安稳地倚着沙发腿放置，而是笔直地伸出去，运动鞋像两只肮脏的小船翘在地板中央。他身上和头发里发出浓烈的龌龊汗气，让人疑心置身于一家小饭馆的烂鸡毛和果皮堆的混合物旁。我抑制住反胃的感觉，不动声色地等着他。

你为什么不先说话？他很有几分挑衅地开始了。

我说，为什么我要先说话呢？这里是心理咨询室，是你来找的我，当然需要你先说出理由了。

他突然就笑了，露出很整齐却一点儿也不白的牙齿，说，你说得也有几分道理啊，不过，是他们要我来见你的。

我问，他们是谁？

阿伦歪了歪鼻子，用鼻尖点向候诊室的方向，在墙的那一边，走动着他焦灼不安的父母。

我表示明白他的所指，把话题宕开，问道，你好像比他们的个子都要高？

他好像受到了莫大的夸奖，说，是啊，我比他们都高。

我说，力气好像也要比他们大啊！

阿伦很肯定地点头说，那是当然啦！我在三年前掰腕子就可以胜过我父亲了。

我把话题一转，如果你不愿意来，你的父母是无法强迫你到心理咨询师这里来的。

阿伦愣了一下，说，对，我是自愿的。

我说，既然你是自愿来的，那你有什么问题要讨论呢？

阿伦说，我其实没有问题，是他们觉得我有问题。我不过是上上网，玩玩电子游戏，有什么了不起的？

我不想跟阿伦在到底是谁有问题的问题上争执不休。因为第一次咨询的任务，最主要是咨询师要和来访者建立起良好的关系，培养起信任感并了解情况。我说，你一天上网的时间是多少呢？

他说，大约十八个小时吧。

我无法掩饰自己的惊讶，问道，那你何时吃饭、何时睡觉呢？

阿伦说，饿了就吃，一顿饭大约用三分钟。实在熬不住了，就睡，每次睡十五分钟再起来战斗。我发现人一天睡五小时就足够了，说睡八小时那是农耕时代的懒惰。

我说，首先恭喜你——

我的话还没有说完，就被阿伦打断了，您不是在说反话吧？

我很惊奇地反问他，你从哪里觉得我是在说反话呢？

阿伦说，所有的人知道我这样的作息时间之后，都说我鬼迷心窍，哪能一天只睡五小时呢？

我说，我要恭喜你的也正是这一点。因为通常的人是需要每天睡眠八小时，如果你进行了正常的工作学习而只需要五小时睡眠就能恢复精力，这当然是值得庆贺的事情。每天能节约出三小时，一辈子就能节约出若干岁月，你要比别人富余很多时间呢，当然可喜可贺。

阿伦点点头，看来相信我说的是真心话。我紧接着问道，那你何时上学做功课呢？

阿伦皱起眉头说，您是真不知道还是假装不知道呢？我已经整整二十八天不去上学了。

我发现当他说到“二十八天”这个日子的时候，眼睫毛低垂了下去。

我说，看来，你还是非常在意上学这件事的。

他立刻抗议道，谁说的？我再也不想回到学校了，那是我的伤心之地。

我说，你连每一天都计算得这样清楚，当然是重视了。只是我不知道，在二十八天以前发生了什么重大的事情，让你做出了不再上学的决定，直到今天还这样愤怒伤感？阿伦很警觉地说，你到学校调查过我了？

这回轮到我笑起来说，你真是高估了我。你以为我是克格勃？我哪有那个本事！

阿伦还是放不下他的戒心，说，那你怎么知道二十八天以前发生过什么重大的事情？

我收起笑容说，能让你这么一个身高体壮、智力发达、反应灵敏的年轻人做出不上学的决定，当然是一件重大的事情啦！

阿伦说，你猜得不错。二十八天之前，正好是我们模拟报高考志愿的时候。我看到发下来的报名表，想也没想就填上了“清华大学”。当然了，我的成绩距离上清华还有很大的差距，但我想，距离考试还有几个月的时间，谁说我就不能创造出点儿奇迹呢？再有，士气可鼓而不可泄呢，这也是兵法中常常教导我们的策略嘛！

没想到代课老师走到我面前，斜眼看了看我的志愿，说，就你这德行也想报清华，你以为清华是自由市场啊？

那天正好我们的班主任因病没来，要是班主任在，也许就不会出事了。这位代课老师因为我有一次打篮球没看见她，忘了问好，就被她记了仇。

我说，怎么啦，清华就不能报了？

老师说，也不看看自己的成绩，别给学校丢人了，这样的报考单送到区里做摸底统计，人家不说你不知天高地厚，反倒说是老师没教会你量力而行。

如果老师单单说到这里就停止，我也就忍气吞声了。学校里，老师挖苦学生是天经地义的事，我们都麻木了，我低下了头。老师不依不饶，她撇着嘴说，就凭你这样的人还想为校争光，那我就大头朝下横着走！

听到这里，我忍不住插话道，这位老师如此伤害你的自尊心，我听了很生气。

阿伦没理我，自顾自说下去。

不知为什么，老师这句话强烈地刺激了我，我一想起面目可憎的老师能像个螃蟹似的头抵着土在地上爬行，就不由自主地哈哈大笑。老师摸不着头脑，但是能感觉到我的笑声和她有关，就厉声命令我不要笑。但我依旧大笑不止，她束手无策。那天我笑得天昏地暗，从学校一直笑回了家，闹得父母很吃惊，以为我考了一百分。

我走火入魔似的陷入了这种想象之中，但是要让老师真的趴在地上，是有条件的，我必须得为校争光。真能考上清华吗？我没有这个把握，若是考不上，岂不验证了老师对我的评判？我就滋生了放弃高考的念头。一场考试，如果我根本就没有参加，就像武林高手不曾刀光剑影华山论剑，你就无法说谁是武林第一，但是放弃了高考，我用什么来证明自己呢？我想到了网络游戏。

说到这里，阿伦抬起头，问道，您玩网络游戏吗？

我老老实实地回答，不玩。我老眼昏花的，根本就反应不过来。

阿伦同情加惋惜地叹口气说，那您也一定不知道“魔兽”“部落”“联盟”这些术语了？

我说，真的很遗憾，我不知道。但我很想向你学习。

我说的是真心话。既然我的来访者是这方面的高手，既然他沉迷于网络不能自拔，我当然要向他请教，我要走入他的世界，我要感同身受地体验到他的快乐和迷惘，我必须了解到第一手的资料和感受。

阿伦说，那我就要向您进行一番普及教育了。他说着，有点儿似信非信地看着我。

我马上双手抱拳，很恭敬地说，阿伦老师，请你收下我这个学生。只是我年纪大了，脑袋瓜也不大好使，还请老师耐心细致地讲解，不要嫌弃我笨。如果有不明白的地方，我会提出来，也请老师深入浅出地回答。

他快活地笑起来，说，我一定会耐心传授的。说完，他就一本正经地向我解释起经典游戏的玩法。我非常认真地听他讲授，重要的地方还做了笔记。说实话，专心致志的劲头，只有当年在医学院做学生听教授讲课的时候才有这般毕恭毕敬。

交流平稳地推进着，离结束只有十分钟时间了。按照咨询的惯例，我要进入“包扎”阶段。也许在不同的流派里，对于这段时间的掌握和命名各有不同，但我还是很喜欢用“包扎”这个术语。咨询的过程，在某种程度上就是打开了来访者的创伤，在来访者离去之前，一个负责任的心理咨询师要把这伤口消毒与缝合，让来访者在走出咨询室的时候不再流血和呻吟。心理创伤和生理创伤一样，陈年旧疾和深入的刀口，都不是一朝一夕可以愈合如初的。心理咨询师要有足够的耐性和准备，第一次咨询主要是建立起真诚的信任关系和了解情况，其余的工作来日方长。

我说，谢谢你如此精彩的讲解，现在，我对网络游戏多了些了解。

阿伦轻快地笑起来，说，能和您这样谈话，真是很愉快啊。我还要再告诉您一个重要的秘密，我就要代表中国和韩国的选手比赛了，如果我们赢了，那就真是为国争光了！

我伸出手来祝贺他说，你在游戏中充满了爱国精神。

他紧紧地握住了我的手，说，您说的是真心话吗？

我说，当然，你可以使劲儿握住我的手，你可以感觉到我手的力量。如果我的话是假的，我会退缩。

阿伦真的握住了我的手，我感觉到他的手在轻轻地发抖。

分手的时间到了，我对阿伦说，谢谢你对我的信任，告知我那么多的知心话，我会为你保守秘密的。也谢谢你耐心地为我这样一个游戏盲讲解游戏，让我对此有了一定的了解。我希望在下个星期的这个时间能够看到你来，咱们还要讨论为国争光的问题呢！

阿伦脸上的神色突然变得让人捉摸不透，他对我说，原谅我下个星期的这个时间不能来到您这里了。

我尊重阿伦的意见，因为如果来访者自己不愿意咨询了，无论咨询师多么有信心也无法继续施行帮助计划了。

我表示理解地点点头。

阿伦突然扬起了眉毛，说，下个星期的这个时候，我想我是在学校上晚自习吧。您知道，毕业班的功课是非常紧张的。

我大吃一惊。说实话，在整个咨询过程里都不曾探讨上课的事，我认为时机未到。

阿伦是个无比聪明的孩子，他看出了我的困惑，说，我知道爸爸妈妈领我来的意思，谢谢您没有说过一句让我回去上课的话。在来的路上我就想好了，如果您也千篇一律地劝我的话，我会扭头就走。谢谢您，什么也没说。您向我讨教游戏的玩法，我很感动。从小到大，还没有一个成年人如此虚心地向我求教过，这样耐心地听我说话。还有，您最后祝愿我为国争光，我非常高兴，您终于理解我不上学其实只是想证明自己是有能力做一些事情并且能做好的。对了，您还表示了对那个老师的愤慨，让我觉得很开心，觉得自己不再孤独和愚蠢……现在，我不需要再用网络游戏来证明什么给那个老师看了，我要回到书本中去了。我知道这也是您希望的，只是您没有说出来。

我们紧紧握手，这一次，他的手掌都是汗水，但不再抖动。

过了暑假，那位朋友跟我说，你用了什么法子让那个网络成瘾的孩子改邪归正的？他的父母非常感谢你，因为他考上了重点大学，真是考出了最好的成绩呢！他们想请你吃饭，邀我作陪。

我说，咱们可是有言在先的，我不能向你透露任何相关的信息，也不能赴宴。如果你馋虫作怪，我来请你吃饭好了。

朋友说，我看他们感谢你还不是最主要的目的，主要是想探听出你究竟跟他们的儿子说了些什么，能有这么大的功效。

我说，那一天，我说得很少，阿伦说得很多。其余的，无可奉告。

任何成瘾都是灾难

有个年轻人，名叫安澜，他说自己干什么都会成瘾。

我要详细了解情况，就说，请打个比方。

他说："我上学的时候就对网络成瘾。那时候，我每天起码有五小时要趴在网上，网友遍布全世界。"

我插嘴道："全世界？真够广泛的。"

安澜说："是啊。人们都说上网对学习有影响，可那时我的英文水平突飞猛进，因为要和国外的网友聊天，你要是英文不利索，人家就不理你了。"

我说："一天五小时，你还是学生，要保证正常上课，哪里来的这么多时间啊？"

安澜说："很简单，压缩睡眠，我每天只睡五小时。我有单独的房间，电脑就在床边。我每天做完作业后先睡下，四小时之后，准时就醒了，一骨碌爬起来就上网。神不知鬼不觉的，到了天快亮的时候，再睡一小时回笼觉。爸爸妈妈叫我起床的时候，我正睡得香甜。很长时间，家里人看我白天萎靡不振的，都以为是上学累的，殊不知我的睡眠是个包子，外面包的皮是睡觉，里面裹的馅儿就是上网。”

我说：“青少年正是长身体的时候，你这样睡眠不足，是要出大问题的。”

安澜说：“还真让您说对了。后来，我就得了肾炎。因为不能久坐，我只好缩减了上网的时间。我休了学，急性期过了以后，医生建议我开始做一些缓和的室外活动，慢慢地增强体力，我就到郊外或是公园散步。一个人在外面闲逛，就是风景再美丽、空气再新鲜，也有腻的时候。我爸说，要不给你买个照相机吧，一边走一边拍照，就不觉得烦了。家里先是给我买了个数码的傻瓜相机。果然，照相让人觉得时间过得很快，一只狗正在撒尿，一只猫正在龇牙咧嘴地向另外一只猫挑衅，都成了我的摄影素材。白天照了相，晚上就在电脑上回放，自己又开心一回。很快，这种简陋的卡片机就不能满足我的愿望了。我开始让家里人给我买好的机子，买各式各样的镜头……把自己认为好的照片放大。城周围的景物照烦了，就到更远的地方去，我又迷上了旅游。后来我爸说，我这是豪华型患病，花在照相和旅游上的钱，比吃药贵多了。不管怎么样，我的病渐渐地好了。因为错过了高考，我就上了一所职业学校，学市场营销。毕业以后，我进了一家玩具公司。玩具这个东西，利润是很大的，只要你营销搞得好，拿比例提成，收入很可观。这时候，因为时间有限，到远处旅游和照相，变得难以实现，我就迷上了请客吃饭……”

我虽然知道咨询师在这时应该保持足够的耐心倾听，还是不由自主地小声重复——迷上了请客吃饭？

说句实话，我见过各种上瘾的症状，要说请客吃饭上瘾，还真是第一次碰上。

安澜说："是啊。我喜欢请客时那种向别人发出邀请，别人受宠若惊的感觉。喜欢挑选餐馆，拿着点菜单一页页翻过时的那种运筹帷幄的感觉，好像点将台上的将军，尤其是喜欢最后结账时一掷千金舍我其谁的豪爽感。"

我思忖着说："你为这些感觉付出的代价一定很高昂。"

安澜垂头丧气地说："谁说不是呢？去年年底，我拿到了七万块钱的提成奖励，结果还没过完春节，就都花完了，我可给北京的餐饮业做出了杰出的贡献。最近，我们又要发季度提成了，我真怕这笔钱到了我的手里，很快就灰飞烟灭。而且，酒肉朋友们散去之后，我摸着空空的钱包，觉得非常孤单。可是下一次，我又会重蹈覆辙，不能自拔。我爸和我妈提议让我来看心理医生，说我这个人爱上什么都没节制，很可怕。将来要是谈上女朋友也这样上瘾，今天一个明天一个，就变成流氓了。我自己也挺苦恼的，一个人，要是总这样管不住自己，也干不成大事啊，您能告诉我一个好方法吗？"

我说："安澜，我知道你现在很焦虑，好方法咱们来一起找找看。你能告诉我像上网啊、摄影啊、旅游啊、请客吃饭啊这些活动带给你的最初的感觉是什么吗？"

安澜说："当然是快乐啦！"

我说："让咱们假设一下，如果在那个时候，来了位医生抽一点儿你的血，化验一下你的血液成分，你觉得结果会怎么样？"

安澜困惑地吐了一下舌头，说：“估计很疼吧？结果是怎样的，就不知道了。”

我说：“抽血有一点儿疼，不过很快就会过去。我以前当过很久的医生，对化验这方面有一点儿心得。当人们在快乐的时候，内分泌系统会有一种物质产生，叫作内啡肽。”

安澜很感兴趣说：“您告诉我是哪几个字。”

我在一张纸上写下了“内啡肽”几个字。

安澜仔细端详着，说：“这个‘啡’字，就是咖啡的‘啡’吗？”

我说：“正是，咖啡也有一定的兴奋作用。”

安澜说：“您的意思是说，每当我开始那些让我上瘾的活动的时候，我身体里都会分泌出内啡肽吗？”

我说：“安澜，你很聪明，的确是这样的。内啡肽让我们有一种不知疲劳、忘却忧愁、精神焕发的感觉。这在短期内当然是很令人振奋的，但长久下去，身体就会吃不消。这就是很多染上了网瘾的人，最后茶饭不思、精神萎靡不振、体重大减、面黄肌瘦的原因啊。而且，因为人上瘾时，对其他的事情不管不顾，考虑问题很不理性，就会出现严重的后果，这也就是你在请人吃完饭之后精神十分空虚的症结。有的人工作成瘾，就成了工作狂。有的人盗窃成瘾，就成了罪犯。有的人飞车成瘾，就成了飙车一族。有的人权力成瘾，就成了独裁者……”

安澜说：“这样看来，内啡肽是个很坏的东西了。”

我说：“也不能这样一概而论。人体分泌出来的东西，都是有用的。比如当你跑马拉松的时候，只要冲过了身体那个拐点，因为体内开始有内啡肽的分泌，你就不觉得辛苦，反倒会有一种越跑越有劲儿的感觉。比如有的科学家埋头科学实验，为了整个人类的发展做出了卓越贡献。在那种非常艰难困苦的条件下能够坚持下来，他的内啡肽也功不可没啊！”

安澜说：“听您这样一讲，我反倒有点儿糊涂了。”

我说：“任何事情都要有节制。比如，温暖的火苗在严冬是个好东西，可要是把你放到火上烤，结果就很不妙。如果你不想变成烤羊肉串，就得赶快躲开。再有，在干燥的沙漠里，泉水是个好东西，但要是发了洪水，让人面临灭顶之灾，那就成了祸害。对于身体的内分泌激素，我们也要学会驾驭。这说起来很难，其实，我们一直在经受这种训练。比如你肚子饿了，经过一个烧饼摊，虽然烤得焦黄的烧饼让你垂涎欲滴，但是如果你没买下烧饼，你就不能抢上一个烧饼下肚。如果你看到一个美丽的姑娘，你也不能上去就拥抱人家。所以，学会控制自己的内啡肽，也是成长的必修课之一啊。”

听到这里，安澜若有所思地拿起那张纸，看了又看，说：“这个内啡肽的‘啡’字和吗啡的‘啡’字，也是同一个字。”

我说：“安澜，你看得很细，说得也很正确。成瘾这件事，最可怕的是毒品成瘾。吗啡和内啡肽有着某种相似的结构，当有些人靠着毒品达到快乐巅峰的时候，他们就步入了一个深渊，这就更要提高警惕了。当然了，网瘾和毒品成瘾还是有一定的区别的。不过，一个人要身体健康和心理健康，对所有那些令我们成瘾的事物都要提高控制力，要有节制。”

那天告辞的时候，安澜说，我记住了，任何成瘾都是灾难。

流露你的真表情

学医的时候，老师问过一道题目：人和动物，在解剖上的最大区别是什么？

当学生的，争先恐后地发言，都想由自己说出那个正确的答案。这看起来并不是个很难的问题。

有人说，是站立行走。先生说，不对。大猩猩也是可以站立的。

有人说，是懂得用火。先生不悦道，我问的是生理上的区别，并不是进化上的异同。

更有同学答，是劳动创造了人。先生说，你在社会学上也许可以得满分，但请听清我的问题。

满室寂然。

先生见我们混沌不悟，自答道，记住，是表情啊。地球上没有任何一种生物，有人类这样丰富的表情肌。比如笑吧，一只再聪明的狗，也是不会笑的。人类的近亲猴子，勉强算作会笑，但只能做出龇牙咧嘴一种状态。只有人类，才可以调动面部的所有肌群，调整出不同规格的笑容，比如微笑，比如嘲笑，比如冷笑，比如狂笑，以表达自身复杂的情感。

我在惊讶中记住了先生的话，以为是至理名言。

近些年来，我开始怀疑先生教了我一条谬误。

乘坐飞机，起飞之前，每次都有航空小姐为我们演示一遍空中遭遇紧急情形时，如何打开氧气面罩的操作。我乘坐飞机数十次，每一次都凝神细察，但从未看清过具体步骤。小姐满面笑容地屹立前舱，脸上很真诚，手上却很敷衍，好像在做一种太极功夫，点到为止，全然顾及不到这种急救措施对乘客是怎样的性命攸关。我分明看到了她们脸上悬挂的笑容和冷淡的心的分离，升起一种被愚弄的感觉。

我有一位相识许久的女友，原是个敢怒敢恨敢涕泪滂沱敢笑逐颜开的性情中人。几年不见，不知在哪里读了专为淑女规范言行的著作，同我谈话的时候，身子仄仄地欠着，双膝款款地屈着，嘴角勾勒成一个精致的角度。粗一看，你以为她时时在微笑，细一看，你就琢磨不透她的真表情，心里不禁有些毛起来。你若在背后叫她，她是不会立刻回了脸来看你，而是端端地将身体转了过来，从容地瞄着你。说是骤然地回头，会使脖子上的肌肤提前老起来。

她是那样吝啬地使用她的表情，虽然她给你一个温馨的外壳，却没有丝毫的热度溢出来。我看着她，不由得想起儿时戴的大头娃娃面具。

遇到过一位哭哭啼啼的饭店服务员，说她一切按店方的要求去办，不想却被客人责难。那客人匆忙之中丢失了公文包，要她帮助寻找。客人焦急地述说着，她耐心地倾听着，正思谋着如何帮忙，客人竟勃然大怒了，吼着说我急得火烧眉毛，你竟然还在笑！你是在嘲笑我吗？！

我那一刻绝没有笑。服务员指天咒地对我说。

看她的眼神，我相信是真话。

那么，你当时做了怎样一个表情呢？我问。恍恍惚惚探到了一点头绪。

喏，我就是这样的……她侧过脸，把那刻的表情模拟给我。

那是一个职业女性训练有素的程式化的面庞，眉梢扬着，嘴角翘着……

无论我多么的同情于她，我还是要说——这是一张空洞漠然的笑脸。

服务员的脸已经被长期的工作，塑造成她自己也不能控制的形状。

表情肌不再表达人类的感情了。或者说，它们只表达一种感情，这就是微笑。

我们的生活中曾经排斥微笑，关于那个时代，我们已经做了结论。于是我们呼吁微笑，引进微笑，培育微笑，微笑就泛滥起来。银屏上著名和不著名的男女主持人无时无刻不在微笑，以至于使人不得不疑问——我们的生活中真有那么多值得微笑的事情吗？

微笑变得越来越商业化了。他对你微笑，并不表明他的善意，微笑只是金钱的等价物。他对你微笑，并不表明他的诚恳，微笑只是恶战的前奏。他对你微笑，并不说明他想帮助你，微笑只是一种谋略。他对你微笑，并不证明他对你的友谊，微笑只是麻痹你警惕的一重帐幕……

这样的事，见得太多之后，竟对微笑的本质怀疑起来。

亿万年的进化，我们的身体本身就成了一本书。

人的眉毛为什么要如此飞扬，轻松地直抵鬓角？那是因为此刻为鏖战的间隙，我们不必紧皱眉头思考，精神霍然舒展。

人的提上睑肌为什么要如此松弛，使眼裂缩小，眼神迷离，目光不再聚焦？那是因为面对朋友，可以放松警惕敞开心扉，懈怠自己紧张的神经，不必目光炯炯。

人的口角为什么上挑，不再抿成森然的一线？那是因为随时准备开启双唇，倾吐热情的话语，饮下甘甜的琼浆。

因为快乐和友情，从猿到人，演变出了美妙动人的微笑，这是人类无与伦比的财富。笑容像一只模型，把我们脸上的肌肉像羊群一般驯化了，让它们按照微笑的规则排列着，随时以备我们心情的调遣。

假若不是服从心情的安排，只是表情肌机械的动作，那无异噩梦中腿肚子的抽筋，除了遗留久久的酸痛，与快乐是毫无关联的。

记得小时候读过大文豪雨果的《笑面人》。一个苦孩子被施了刑法，脸被固定成狂笑的模样。他痛苦不堪，因为他的任何表情，都只能使脸上狂笑的表情更为惨烈。

无时无刻不在笑——这是一种刑法。它使“笑”——这种人类最美丽最优秀的表情，蜕化为一种酷刑。

现代自然是没有这种刑法了。但如果不表达自己的心愿，只是一味地微笑着，微笑像画皮一样黏附在我们的脸庞上，像破旧的门帘沉重地垂挂着，完全失掉了真诚善良的原始含义，那岂不是人类进化的大退步，大哀痛！

人类的表情肌，除了表达笑容，还用以表达愤怒、悲哀、思索、惆怅以至绝望。它就像天空中的七色彩虹，相辅相成。所有的表情都是完整的人生所必需的，是生命的元素。

我们既然具备了流泪本能，哀伤的时候，就听凭那些满含盐分的浊水淌出体外。血管贲张，目眦俱裂，不论是为红颜还是为功名，未必不是人生的大境界。额头没有一丝皱纹的美人，只怕血管里流动的都是冰。表情是心情的档案啊，如果永远只是一页空白的笑容，谁还愿把最重要的记录留在上面？

当然，我绝不是主张人人横眉冷对。经过漫长的隧道，我们终于笑起来了，这是一个大进步。但笑也是分阶段，也是有层次的。空洞而浅薄的笑，如同盲目的恨和无缘无故的悲哀一样，都是情感的赝品。

有一句话叫作“笑比哭好”，我常常怀疑它的确切性。笑和哭都是人类的正常情绪反应，谁能说黛玉临终时的笑比哭好呢？

痛则大悲，喜则大笑，只要是从心底流出的对世界的真情感，都是生命之壁的摩崖石刻，经得起岁月风雨的推敲，值得我们久久珍爱。

藏獒与虎皮鹦鹉

一天，咨询室来了一位少女，相貌平平，身材中等，神情也很寡淡，没有热情，也没有强烈的拒绝或是好奇。她穿着一身浑浊的白色纯棉衣服，带着很多口袋和皱褶，让人不由得想起一块微潮的抹布，既不可能很快燃烧，也拧不出水来。

陪同她来的是她的母亲，一位富态而考究的中年妇女。当着妈妈的面，这女孩儿是委顿和沉默的。妈妈被留在门外之后，她坐在沙发上，面孔始终向着窗户的方向，好像随时准备站起身来钻窗而去。

她说自己叫桑如，是被妈妈强逼着来看心理医生的。

我问她，你多大了？（其实，我手旁就放着她的登记表，那上面写着她的年龄。但我愿意请她亲口再次说出自己的岁数，这样，有利于提醒她对自己负起责任。）

我上高一,十六岁半了。桑如回答说。

我点点头，说，对于一个十六岁的人来说，是可以自己决定要不要看心理医生的。如果你非常不愿意，我觉得你可以走了，至于你母亲那里，由我来和她解释。我会说，我们要尊重一个十六岁的年轻人对自己的判断，如果她觉得自己不需要心理医生的帮助，自己完全可以解决问题，那很好。现在，如果你想离开，门在那边。

这个建议的确不是我个人的心血来潮。在美国访问的时候，美方心理医生告诉我，对于十岁以上的少年，他们都会征询来访者的意见。如果该少年强烈地拒绝接受心理医生的辅导，他们便不会强迫他们。这是很有道理的——心理医生是助人自助的工作，如果某人拒绝帮助，那么你就是有再大的热情，也是枉然。

桑如对我的回答，显得很意外，甚至有点儿不知所措。她反问道，这是真的吗？

我说，当然是真的了。

她愣了半天，好像对突然获得的自由很有点儿不习惯，站起身来，又坐下了，说，如果您真让我决定，那我就不走了。我觉得您和别的成年人不一样，居然让我自己做决定。

我笑起来，说，你指的别的成年人是谁呢？

桑如用手指点点门外，说，比如说我的爸爸妈妈啊。他们不让我做这个，不让我做那个，什么都要听他们的，连我用的卫生巾买什么牌子，都得我妈妈说了算。真是太烦了！

我深深地点点头，表示明白了她的心境。我说，谢谢你这样信任我。既然你愿意接受我的咨询，那么，咱们今天要讨论什么问题呢？

桑如说，我妈妈本来是想让我和您谈谈人际关系的事。我不愿意和别的同学交往，自己也很苦恼，我不知道如何和别人相处。

可我今天不想谈这个问题，我希望您能帮我决定一下，到底养个什么宠物好。说完，桑如充满期待地看着我。

现在，轮到我稍稍忐忑了。养宠物？这对我真是一个新问题，第一个念头是——我不是兽医，怎么会知道哪种宠物好，好在我很快整理好了自己的思绪，捕捉到这个问题的核心——不在于桑如到底养一只什么样的宠物，而在于她为什么生出这个念头。

不过目前我不能走得太快，只能跟随在桑如后面。我说，好啊，我很愿意帮你出出主意，你打算养的宠物备选名单是什么？

桑如一下子变得兴致勃勃，说，我最想养的是藏獒。

我吓得差点儿没从沙发上跌落下来。我在西藏当过兵，见过这种凶悍无比的犬类。它们高大威猛，极端吃苦耐劳和忠于主人，为了保护羊群，甚至可以和群狼搏斗。藏獒当然是值得尊敬的，但面前这样一个清瘦女孩儿要把藏獒当宠物养，恐怕并不相宜。

我说，藏獒需要很大的活动场地，属于旷野。再说它们是大型犬，城里不让养的。价钱也很贵，我记得看过一篇报道，一只好的藏獒要很多钱呢。

桑如立刻说，那么，我养一只哈巴狗如何？

藏獒和京巴，在性格上实在是南辕北辙，桑如居然这么快就改弦易辙，这让我对她养宠物的初衷更纳闷。我说，你为什么又改养哈巴狗呢？

桑如说，我喜欢藏獒的忠诚，但城里不让养，我也没办法。哈巴狗对人非常友善，而且，你让它干什么，它就干什么，整天围着你的裤腿转，可会讨好人了。

原来是这样！我说，京巴倒是可以养的。只是，你会每天喂它吗？你每个星期给它洗澡吗？你愿意清扫它的狗窝、清理它的粪便吗？还有，每天都要带着它到外面去撒欢，如果用行话来说，就是“遛狗”。狗还要按时打预防针，如果你的哈巴狗把你自己或是别人咬伤了，就要马上到医院注射狂犬疫苗，并且不是一次就能完成，要好几次。

桑如吓得吐了吐舌头，说，哟！这么复杂！

我说，还有更多的事情等着你。如果它病了，你要抱着它到宠物诊所看病，如果它需要手术，你要守候在它身边……

桑如听到这里，连连摆手说，天啊！这么麻烦！那我不养狗了，我改养一只猫，这就简单了吧？

我说，恐怕也不像你想的那样简单。首先，猫像狗一样，也要大小便，这样你收拾它们排泄物的工作并不能免掉。猫也要洗澡，也要到外面玩耍。它们在外面的时候，你不知道它们会捕获什么猎物，也许是虫子，也许是小鸟，这是猫的天性，你不能阻止它们，它们也许会带回来一些病菌。春天是猫繁殖的季节，它们会大声叫，如果你不想让它们叫，就要给猫做手术。而且，猫为了磨它们的爪子，一般都会撕纸，这也是它们的天性。

桑如惊叫起来说，我的作业本！我的书！如果猫不管不顾地撕坏了它们，我要重写一遍吗？天哪，我不养猫了，我养一对小鹦鹉成不成呢？

我说，当然可以啦！

桑如说，我会训练它们说话，有它们和我做伴，我就不会寂寞了。

我心中一动，明白了症结就在这里，但此刻不是点破的好时机。顺着桑如的思路走，我说，是那种翠绿的虎皮鹦鹉吗？

桑如说，对啊，就是有绿色、蓝色、黄色羽毛的小鹦鹉，好像穿着丝绸的外套，闪闪发光。

我字斟句酌地说，鹦鹉的羽毛是需要经常打扫的，不然飘落在地上变成粉尘，很容易传播疾病。我记得有一种很著名的传染病，就叫“鹦鹉热”。另外，据我所知，这种花色绚烂的小鹦鹉并不会说话，会说话的那种叫作“鹩哥”。就算有个别极其聪明的小鹦鹉，你训练到它能说话了，估计也是非常简单的“你好”之类，并不如你想象的那样可以陪你聊天。就算最棒的鹩哥，能说的话也很有限，它们只是模仿，并不会动脑子。

桑如生起气来，打断我的话，说，您这也不让养，那也不让养，处处给我设障碍！

我说，桑如，我并不是不让你养宠物，我没有这个权力。只是，我认为，每一个预备养宠物的人，都要事先搞清楚宠物的脾气，知道它们的习性，觉得自己能够担当得起，再来和宠物相处。如果因为自己有很多问题解决不了，以为养了宠物就可以逃避现实，那不但是对自己不负责任，也是对宠物不负责任。毕竟，人间的问题，只能在人间解决。

桑如听了我的话，许久不做声，看得出非常沮丧。

我轻轻地问，桑如，能告诉我你为什么要养宠物吗？

就这样一句普通的问话，却让桑如哭泣起来。她说，我太孤独了，同学们都不愿意和我玩，他们说我是一个没意思的人。我不知道如何交往，就想，哼，你们不理我，我也不理你们，我要和小动物一起生活。只有它们不会嫌弃我，不会嘲笑我，会很忠于我。我让它们干什么，它们就会干什么，绝不会背后议论我……它们是多么安全可靠的朋友啊……

原来，桑如想养宠物的初衷，是为了解决自己的人际关系问题。看来，桑如母亲的判断并没有出错，只是，桑如的母亲也许不知道，女儿的怯懦无趣正是和她对桑如的过度保护有关。在母亲眼里，桑如永远是长不大的小女孩儿，一切都要由母亲做主。这一切，让桑如不曾学会如何同小伙伴们相处，到了青春逆反期，就越发孤独。桑如很苦恼，她要为自己寻找一个突破口，找到温暖与信任，找到安全与友爱，于是，她只有求助于宠物。

我全神贯注地倾听桑如的痛苦，听她断断续续地说被同学奚落和孤立……第一次的咨询时间很快就过去了。临走的时候，桑如怯生生地说，我下周还可以来看您吗？

我说，当然可以了。不过，这要你自觉自愿，不要妈妈陪着。

桑如破涕为笑说，当然是我自愿的。私下里，我同桑如的妈妈谈了一次。当然，我并没有把和桑如的具体谈话内容告诉她妈妈，只是希望桑如妈妈能正视女儿已经十六岁了这个现实，该放手的时候就要大胆放手。桑如妈妈答应了。

经过若干次的咨询以后，桑如渐渐灵动起来，她开始学会和同学们友好相处，甚至还准备了一些小笑话，打算在春游的时候讲给同学们听。咨询时，她说，我先试着把笑话讲给您听听，如果您笑了，我就敢对着同学们讲了。

我认真地听完了桑如的笑话，开心地笑了。说实话，不是因为桑如的笑话有多么可笑，实在是我看到了她的成长，充满欢愉。

桑如后来说过一句让我长久不能忘怀的话，她说——人最好的宠物，其实就是自己。

心灵拒绝创可贴

我有过若干次讲演的经历，在北大和清华，在军营和监狱，在农村土坯搭建的课堂和美国最奢华的私立学校……面对从医学博士到纽约贫民窟的孩子等各色人群，我都会很直率地谈出对问题的想法。在我的记忆中，有一次的经历非常难忘。

那是一所很有名望的大学，约过我好几次了，说学生们期待和我进行讨论。我一直推辞，我从骨子里不喜欢演说。每逢答应一桩这样的公差，就要莫名地紧张好几天。但学校方面很执着，在第 **N** 次邀请的时候说：该校的学生思想之活跃甚至超过了北大，会对演讲者提出极为尖锐的问题，常常让人下不了台，有时演讲者简直是灰溜溜地离开学校。

听他们这样一讲，我的好奇心就被激励起来，我说，我愿意接受挑战。于是，我们就商定了一个日子。

那天，大学的礼堂挤得满满的，当我穿过密密的人群走向讲台的时候，心里涌起怪异的感觉，好像是“文革”期间的批斗会场，不知道今天将有怎样的场面出现。果然，从我一开始讲话，就不断地有条子递上来，不一会儿，就在手边积成了厚厚一堆，好像深秋时节被清洁工扫起的落叶。我一边演讲，一边充满了猜测，不知树叶中潜伏着怎样的思想炸弹。讲演告一段落，进入回答问题阶段，我迫不及待地打开了堆积如山的纸条，一张张阅读。那一瞬，台下变得死寂，偌大的礼堂仿若空无一人。

我看完了纸条说，有一些表扬我的话，我就不念了。除此之外，纸条上提得最多的问题是——“人生有什么意义？请你务必说真话，因为我们已经听过太多言不由衷的假话了。”

我念完这张纸条以后，台下响起了掌声。我说：“你们今天提出的这个问题很好，我会讲真话，我在西藏阿里的雪山之上，面对着浩瀚的苍穹和壁立的冰川，如同一个茹毛饮血的原始人，反复地思索过这个问题。我相信，一个人在他年轻的时候，是会无数次地叩问自己——我的一生，到底要追索怎样的意义？

“我想了无数个晚上和白天，终于得到了一个答案。今天，在这里，我将非常负责地对大家说，我思索的结果是：人生是没有任何意义的！”

这句话说完，全场出现了短暂的寂静，如同旷野。但是，紧接着就响起了暴风雨般的掌声。

那是我在讲演中获得的最激烈的掌声。在以前，我从来不相信有什么“暴风雨”般的掌声这种话，觉得那只是一个拙劣的比喻，但这一次，我相信了。我赶快用手做了一个“暂停”的手势，但掌声还是绵延了若干时间。

我说：“大家先不要忙着给我鼓掌，我的话还没有说完。我说人生是没有意义的，这不错，但是——我们每一个人要为自己确立一个意义！”

是的，关于人生意义的讨论，充斥在我们周围。很多说法，由于熟悉和重复，已让我们从熟视无睹滑到了厌烦。可是，这不是问题的真谛。真谛是别人强加给你的意义，无论它多么正确，如果它不曾进入你的心理结构，它就永远是身外之物。比如我们从小就被家长灌输过人生意义的答案。在此后漫长的岁月里，谆谆告诫的老师和各种类型的教育，也都不断地向我们批发人生意义的补充版。但是，有多少人把这种外在的框架，当成了自己内在的标杆，并为之下定了奋斗终生的决心？

那一天结束讲演之后，我听到有同学说，他觉得最大的收获是听到有一个活生生的中年人亲口说，人生是没有意义的，你要为之确立一个意义。

其实，不单是中国的青年人在目标这个问题上飘忽不定，就是在美国的著名学府哈佛大学，也有很多人无法在青年时代就确立自己的目标。我看到一则材料，说某年哈佛的毕业生临出校门的时候，校方对他们做了一个有关人生目标的调查，结果是百分之二十七的人完全没有目标；百分之六十的人目标模糊；百分之十的人有近期目标；只有百分之三的人有着清晰而长远的目标。

二十五年过去了，那百分之三的人不懈地朝着一个目标坚忍努力，成了社会的精英，而其余的人成就要相差很多。

我之所以提到这个例子，是想说明在人生目标的确立上，无论中国还是外国的青年，都遭遇到了相当程度的朦胧或是混沌状态。有人会说，是啊，那又怎么样？我可以一边慢慢成长，一边寻找自己的人生意义啊。我平日也碰到很多的青年朋友，诉说他们的种种苦难。我在耐心地听完那些折磨他们的烦心事之后，把渴求的目光撇在一旁，我会问：“你的人生目标是什么？”

他们通常会很吃惊，好像怀疑我是否听懂了他们的愁苦，甚至恼怒我为什么对具体的问题视而不见，而盘问他们如此不着边际的空话。更有甚者，以为我根本就没有心思听他们说话，自己胡乱找了个话题来搪塞。

我会迎着他们疑虑的目光，说：“请回答我的这个问题，你为什么而活着呢？”

年轻人一般会很懊恼地说：“这个问题太大了，和我现在遇到的事没有一点儿关联。”我会说：“你错了。”世上的万事万物都有关联。有人常常以为心理上的事只和单一的外界刺激有关，就事论事，其实心理和人生的大目标有着纲举目张的紧密接触。很多心理问题，实际上都是人生的大目标出现了混乱和偏移。

举个例子。一个小伙子找到我，说他为自己说话很快而苦恼，他交了一个女朋友，感情很好。但女孩子不喜欢他说话太快。一听他口若悬河滔滔不绝地说个没完，女孩儿就说自己快变成大头娃娃了。还说如果他不改掉这毛病，就不能把他引荐给自己的妈妈，因为老人家最烦的就是说话爱吐唾沫星子的人。

您说我怎么才能改掉说话太快的毛病？他殷切地看着我，闹得我都觉得如果不帮他这个忙，简直就成了毁掉他一生爱情和事业的凶手。

我说：“你为什么要讲话那么快呢？”

他说："如果慢了，我怕人家没有耐心听完我的话。您知道，现在的社会，节奏那么快，你讲慢了，人家就跑了。"

我说："如果按照你的这个观点发挥下去，社会节奏越来越快，你岂不是就得说绕口令了？你的准丈母娘就不是这样的人啊，她就喜欢说话速度慢一点儿并且注意礼仪的人啊。"

他说："好吧，就算您说的这两种人都可以并存，但我还是觉得说话快一些，比较占便宜，可以在单位时间内传达更多的信息。"

我说："那你的关键就是期待别人能准确地接受你的信息。你以为只有快速发射信息才是唯一的途径。你对自己的观点并不自信。"

他说："正是这样。我生怕别人不听我的，我就快快地说，多多地说。"当他这样说完之后，连自己也笑起来。我说："其实别人能否接受我们的观点，语速并不是最重要的。而且，你能告诉我，你为什么这样在意别人是否能接受你的观点？"

这个说话很快的男孩儿突然语塞起来，忸怩着说："我把理想告诉你，你可不要笑话我。"

我连连保证绝不泄密。他说："我的理想是当一个政治家。所有的政治家都很雄辩，您说对吧？"

我说："这咱们就比较接触到了问题的实质。要当一个政治家，第一要自信。他们的雄辩不是来自速度，而是来自信念。一个自信的人，不论说话快还是慢，他们对自我信念的坚守流露出来，会感染他人。我知道你有如此远大的理想，这很好。你要做的事，不是把话越说越快，而是积攒自己的力量，让自己的信念更加坚强。”

那一天的谈话就到此为止。后来，这个男生告诉我，他讲话的速度就慢了下来，也被批准见到了自己的准丈母娘，听说很受欢迎。

这边刚刚解决了一个说话快的问题，紧接着又来了一位女硕士，说自己的心理问题是讲话太慢，周围的人都认为她有很深的城府，不敢和她交朋友，以为在她那些缓慢吐出的话语背后，隐藏着怎样的阴谋。

“我试了很多方法，却无法让自己说话快起来，烦死了。”她慢吞吞地对我这样说，语速的确有一种压抑人的迟缓，好像在话的背后还隐藏着另一句话。

我看她急迫的神情，知道她非常焦虑。

我说：“你讲每一句话是否都要经过慎重的考虑？”

她说：“是啊。如果不考虑，讲错了话，谁负得了这个责？”

我说：“你为什么特别怕讲错话？”

女硕士说：“因为我输不起。我家庭背景不好，家里有人犯了罪，周围的人都看不起我；家里很穷，从小靠亲戚的施舍我才能坚持学业。我生怕一句话说差了，人家不高兴，就不给我学费了。所以，连问一句‘你吃了吗’这样中国人最普通的话，我也要三思而后行。我怕人家说‘你连自己的饭都吃不饱，也配来问别人吃饭问题’。”

听到这里，我说我明白了。你觉得自己的每一句话都可能引致他人的误解，给自己造成不良影响。

女硕士连连说：“对对，就是这样的。”

我笑了，说：“你这一句话说得并不慢啊。”

她说：“那我是相信你不会误会我。”

我说：“这就对了。你说话速度慢，不是一个技术性的问题，是你不能相信别人。你是否准备一辈子都不相信任何人？如果是这样的话，我断定你的讲话速度是不会改变的。如果你从此相信他人，讲话的速度自然会比较适宜，既不会太慢，也不会太快，而是能收放自如。”

那个女生后来果然有了很大的改变，她的人际关系也有了进步。

今天我们从一个很大的目标谈起，结果要在一个很小的地方结束。我想说，一个人的心理是一座斗拱飞檐的宫殿，这座宫殿的基础就是我们对自己人生目标的规划和对世界、对他人的基本看法。一些看起来是技术和表面的问题，其实内里都和我们的基本人生观有着千丝万缕的联系。心理问题切不可头痛医头、脚痛医脚，那样如同创可贴，只能暂时封住小伤口，却无法从根本上让我们的精神强健起来。

首选护林员

我有一套表格，是根据一个人的性格、爱好、才能、本领等特征预测职业选择趋向。当然，结果仅供参考。朋友们知道了，有时会说，嘿，把你那沓表借咱使使，看看天生是从事何种职业的料子，现在还有没有转轨变形的可能性。我嫌麻烦，就说，人家国外都是给大学毕业生或待业青年找工作时才做这种测验，您都七老八十的喽，不说事业有成，也算轻车熟路了，怎么着，还真想重打鼓另开张啊？再说啦，这种表格是外国人设计的，统计数据也是海外的，简单移植过来，不一定准的。

我劝阻。但是，几乎没有一个人收回他们的要求，坚持着，从请求到恳求，甚至……哀求（假装的），直到我答应。我从中得到很惊奇的发现——现今社会中，有把握确认所从事的工作，正是自己爱好和擅长的人，少得令人叹息。现代人对于职业，普遍在一种不肯定、不确信的状态中游弋，懵懂茫然，期待着来自外界的确认或改变。测验结果，令人瞠目。一位优秀企业家，他的最佳职业选择应是动物学家。一位兢兢业业的公务员，所得结果是民间艺人。一位电脑工程师，竟是农场主。一位警察，干脆提示他可以试试做个神职人员。 凡此种种，南辕北辙，有的还不符合国情，闹得我对该表很没几分信心了。朋友们的反应，更叫人难以捉摸。不摇头也不点头，讪讪的，淡淡的。更有甚者，神秘莫测地笑笑，一反当初的诚恳和迫切，顾左右而言他，好似我辛辛苦苦做出的结果和他不相干。

次数多了，我也意兴阑珊。一天，一位很要好的朋友又求做这个表。我懒懒地说，做，可以。只是我做完了之后，无论那个结果怎样出乎你的意料，你都得把真实想法告诉我。她想了有二十五秒，说，好!

她是一家律师楼的合伙人。早年我一听到“合伙人”这个词就想笑，觉得像开卖瓜子的小杂货店，这两年不敢笑了。朋友在业内已声名卓著，物质也大大丰富了，出入香车。我到她郊外巍峨的别墅看过银河（北京城里通常是看不到星星的）。

用处理法律文书的严谨和节奏，她填完了表格。我把测验完成之后，先检查了两遍，然后盯着她问：“还记着咱俩的约定吧？”

她敲敲自己的头说，律师的脑壳，是电脑加文件柜。

我说，你可以兑现了。

我把测验结果递给她。在职业选择的顺序表上赫然列着——首选护林员。

寂静。在我和她之间，犹如隔着一片被烈火焚烧过的旷地，没有林涛，也没有鸟鸣。我说，反悔了，是不是？我也不明白怎么得出了这个结果。你是多么出色的律师啊。我见过你出庭，唇枪舌剑胜似闲庭信步。最大的可能性，是这个表错了。

女律师看着我，目光好似看一个嫌犯。她用我从来没听过的声调缓缓说，哦，那表没错，错的是我曾经的选择。刚才那一刻，只有一个念头，就是想掉眼泪。滚滚红尘中，没人知道我的心，包括我的父母和我的丈夫。远远的异国，却有一张不知何人打造出的表格直穿我胸襟，让我和我的灵魂有了一个突然而痛楚的接触，才知道这一生的真爱在百般打压之下依然安在。我愿被遮天蔽日的绿色掩埋，喜欢与世隔绝的静谧和亘古不变的安详。在与人屏蔽的大自然里，听蚯蚓爬过蘑菇根和蝴蝶须子拍破露珠的声响……我从来没对任何人说过这个心愿，以为成功地将它谋杀在少年时代。没想到，它如此鲜活地蛰伏在我内心最幽暗的水塘里，直到这张表钓它到阳光下。我每天忙着，为了许许多多的利益和功名，至今没有机缘走入原始森林一步。我能为树木所做的唯一的事，就是节省几张复印纸。哦，护林员，多好听的名字啊！念起它的时候，喉头充满了松脂的爽滑，连肺也像白纱裙一样鼓胀开来，可惜，我吸进的依然是城市嗅过千百次的废气……

轮到我不知如何回应，唯有沉思。方明白一个人的职业，如果能和爱好契合，将是怎样的幸福。如果背道而驰，不管他依仗智力的超拔和人格的卓绝，凭借外力的援送和机遇的佳美，到达怎样精彩的高度，他内心总不能无拘无束地快活。一个苦苦的祈盼，在沉沉掩埋下愈老而弥坚。如同三千年的古莲子，在枯燥与黑暗中坚守，期待有朝一日冲决而出重绽花朵。

你何时回你的森林？分手时我问。特别用了“回”这个字眼。那儿是她心灵的家园。

以眼前这个忙法，等退休以后了。她捋捋满头的青丝，苦笑着说。又补充一句，找的人这么多，只怕退了也安生不下来。只有一个办法，把骨灰撒在白桦树下。魂灵也要看守森林，上车时她说。

如果生气是一匹野马

人是不可能不生气的。人完全不生气，和死人差不多。但人又不能总生气，那样真真会被气死。

如果生气是一匹野马，我们不能被他驮着疯跑，而是要驾驭它。

咱们先做个小测验。请您一路看下来我写在下方的这些字词。

生气、负气、赌气、怄气、不满、动火、发怒、愤慨、冒火、震怒、恼羞成怒、怒火中烧、火冒三丈、气急败坏、怒气冲冲、雷霆大发、暴跳如雷、怒发冲冠、义愤填膺、勃然大怒、怒不可遏……

唔，怎么样？您会不会不由自主地呼吸增快，心跳增强，情绪开始动荡，负面感觉聚集……

瞧，这还不是真遇到了让您生气的事儿，只是看了一些描写我们生气程度渐增的词语，我们的身体就做出了不愉悦的反应。

说起“生”这个字，身世足够古老。在甲骨文中，就有它的踪影。它是象形的，上面是初生的草木，下面代表土壤。也就是说，它的本意是个动词，表示草木从大地生发而出，并将继续成长。

在中国第一部系统分析汉字字形和考究字源的《说文解字》里，这样说到“生”——生，进也。像草木生出土上。

用现代语言表述，这个“生”就代表着一切可以发育的物体。先是在一定条件下具有了最初的体积和重量，然后能发展长大。比如“诞生”“生育”“生死相依”。

知道了“生”字的来历，我们再来琢磨生气这件事，就有了基础。刚才那个小测验可以证实，生气可以显著影响我们的生理指标，粗暴地干涉身体各个系统的正常运作。

首当其冲的是大脑。生气是一个突发情况，令思维脱离常规，进入到紧张应激的状态。人们常说，怒火冲昏了头脑，大脑一片空白。指的就是在这种突变中，人类古老的反射弧被紧急启动，攻击性行为很容易被诱发，听凭本能支配行动，造成反应过度。在犯罪心理学的范畴内，有一个词叫“激情犯罪”，说的就是当事人在绝望、暴怒等剧烈情绪状态下，受冲动支配迅速暴发的犯罪行为。细查那些犯罪人的起因，往往就是因为缺乏自制力，将生气急速转为暴怒，继而发生严重罪行，造成极恶劣的后果。

第二个因生气受伤害的，非心脏莫属。心脏任劳任怨不舍昼夜地为全身服务，是个既守规矩又勤勉的劳动模范。它又是敏感多情的，一有风吹草动，它就会未雨绸缪地加快跳动，以备紧急需要时输送更多的氧气到全身。经常生气，心脏总是加班加点，就像常年处于春运高峰的火车头，容易积劳成疾，出现心血管系统的病象。

经常生气的人，内分泌系统也会不堪重负。这个系统是幕后英雄，默默无声地维系着整个机体的正常运转，紧急时刻会“招之即来来之能战”，顷刻分泌出大量激素，以帮助身体战胜危难。不过你要是总生气，它就一次又一次全力以赴地动员所有能调动的力量来辅佐你。不堪重负的系统，就会一步步紊乱直至崩溃。

生气伤肺更是不消说的。生气的人呼吸急促、憋闷喘息，长久生闷气还会气逆、气喘、咳嗽，引发呼吸系统的慢性病。

怒伤肝更是中医的基本理论之一。人经常处于气愤愁闷状态，必然导致肝气不畅、肝胆不和、右肋部疼痛等等病症。

肾也是生气的受害者。常常生气的人，可使肾气不畅，闭尿或尿失禁都可能发生。

伤胃更是司空见惯。人们生气的时候，常常会说：“气得我吃不下饭！”这就说明胃肠系统在强烈的精神负面刺激下，消极怠工以至罢工了。

生气还会令我们生机枯萎，颜面可憎。因为人对这世界经常横眉立目，久而久之，脸上就挂了凶相。大家会觉得这是一个苛刻严酷的人。生气的时候脸会气得不是发红就是发白，这都是微血管紧张后的不良反应。长此以往，肯定会造成皮肤营养不良，当然让人颜面憔悴，双眼浮肿，皱纹丛生。

生气会引起失眠，更是每个人都深有体会的。晚上睡不好，白天就无精打采神志恍惚。

生气的害处还有很多很多……恕我不一一列举了。看到这里，我猜您一定会说，知道了害处，可我们怎样才能不生气呢？

我认为绝对的不生气，其实做不到。人间百态，世态炎凉，怎么会总如深潭古井，永是波涛不兴呢！所以，偶尔的生气，也并没有什么了不起。力求做一个完全不生气的人，就是因噎废食。除了极个别的人，我们的身体也没有那样娇气，连一次义愤填膺的奋起都经受不住。不过若是长久地沉浸在生气中，终日气息难平，就要找找原因，想想对策，让自己摆脱生气的控制，让自己成功地控制住生气。

驾驭生气最重要的前提，是要认识到生气并不是解决问题的方法，而只是我们的情绪在向自我发起攻击的愚蠢之举。从根本上来讲，这是一种对现实状况无补且有害的对应方式。出了问题，总要解决，生气是最简单无能的举措。它的矛头不是指向如何解决问题，而是一厢情愿地发泄内心怨怼。人在什么时候思考最有成效？当然是心平气和冷静缜密之时。只有在这种时候，我们所有的意识和潜意识都活跃而高效，集思广益群策群力才有好对策浮现出来。如果一味被生气这匹无缰之马牵着鼻子走，办法想不出来，局面无法彻底改变，身体大受其伤，一旦出了昏着，也许会雪上加霜。

所以，你可以生气，但不能让它成为常态。你要做生气马背上的好骑手。生气的时候，拉紧缰绳，小步策马，徐徐缓进。让火气渐渐消弭于无形，让理智重新升帐把控局面。从此，做情绪的主人，而不是它的奴隶。

等待你的第二颗糖

时间：很多年前的一个稍稍有点闷热的午后。

地点：得克萨斯州的一个小镇小学的校园里。

氛围：空气中弥漫着苹果花的气味。

人物：这所小学中某个班的八名同学，他们是被随意挑出来的，并不是成绩特别的好或是特别的坏。总之，他们是普通的孩子，活泼好动，充满好奇。

故事就在漫不经心中开始了。老师领着他们，走进了校长室旁边一间很大的房子，房子有明晃晃的落地窗，看得见长尾巴的喜鹊和跳跃的小松鼠。孩子们都很高兴，与众不同总是令人兴奋的，为什么没有挑中别的孩子呢？为什么仅仅是我们八个人呢？一定要发生点什么的，在这春天的午后。

但是，在相当长的时间内，什么事情也没有发生。正当孩子们开始不安的时候，老师来了。老师不是单独的一个人，跟在她后面的是一个三十多岁的男子，孩子们谁也不认识他。不过，这个男人看起来很和气，他笑眯眯地走到八个孩子中间，给每个人发了一颗穿着美丽外衣的糖果。这名男子说：“这颗糖果是我送给你的，从现在开始，它就属于你啦！”

一个孩子欢呼跳跃起来，说：“那我就可以把它吃掉了？”

男人说：“当然啦，它是你的，你可以随时吃掉它，一点问题也没有。不过啊，一会儿我会出去一趟。如果谁能坚持着不吃掉这颗糖，而是等我回来后再吃，就会得到两颗同样的糖果作为奖励。”说完，他和老师一起转身离开了。

漫长的等待开始了，尤其对小孩子来说，面对一颗诱人糖果的等待，简直可算是残酷折磨。那个谁也不认识的男人走出去好像很久了，谁知道他说的话算不算数呢？他到底还会不会回来呢？他回来以后，真的还会带回来同样好吃的糖果分给大家吗？

没有人回答孩子们的问题，许诺像一滴洇开的墨水，随着时间水域的扩大，越来越模糊了。只有那颗美丽的糖果，真真切切地横在每个孩子的面前，证明刚才的那个男人确实出现过，时间一分一秒地过去，男人石沉大海，糖果在孩子们的眼里，变得越来越大。

终于，有一个孩子忍不住了，他伸手剥掉了精美的糖纸，把糖一口放进了自己的嘴巴，并且不由自主地“吧嗒”出声来。就算他不出声，空气中立刻飘荡起来的美妙气味，也让别的孩子垂涎欲滴。既然每个人都有一颗糖，既然这颗糖本来就是自己的，既然已经有人开始吃了，并且如此好吃，我为什么不吃呢？

榜样的力量是无穷的，又有几个孩子忍不住了，他们抓起自己眼前的精美糖果，三下五除二剥开了糖果外衣，空中充溢着甜香，糖纸如彩蝶飘落在地。不过，并不是所有的孩子都吃了糖，仍有一半以上的孩子，拼命咽着口水，忍受着诱惑，控制着自己。等得天荒地老啊，那个陌生而和蔼的男人，终于回来了。而且他真的抱着一个糖罐，那些坚守着没有吃糖的孩子们，每人又得到了两颗糖。

现在，局面发生了逆转。那些抵御住了诱惑并坚持等待的孩子，一共得到了三颗糖。那些早早地就把自己的那颗糖咽到肚子里去的孩子，只剩下一张皱缩的糖纸。

这个等待的时间有多久呢？四十分钟。四十分钟对一个成人来说，算不了太久，但对于一个世事懵懂的孩子来说，相当于数年。

这是心理学上的一个经典的实验，名字叫作“延迟满足”。上面所说的过程，并不是实验的全部，而只是一个稍带悬念的开始。那个陌生的男人是一位心理学家，他像影子一样，开始跟踪这八个孩子，时间长达二十年。最后的研究成果证明，凡是能够抵御短暂的诱惑，达到“延迟满足”的学生，数学、语文的成绩要比那些熬不住、早早就吃了糖的学生，平均要高出二十分。这还不算，等到参加工作后，能够做到“延迟满足”的人，基本上不会在困难面前低头，他们比较坚韧，多能走出困境获得成功。

这个实验证明，能够抵御唾手可得的利益，是一种优良的心理素质。通过努力得到许诺，并不是一件容易的事情。很多人等不住，被眼前的蝇头小利诱惑，一叶障目，不见泰山，最后反倒是因小失大两手空空。

也许有人说，如果有人告诉我，一定会有好的前程在远方等待，那么我也是能等的。最怕的是你等了很久很久，却没有等到你的第二颗糖。

是的，当我第一次得知这个实验的时候，也心存疑惑。人生并没有一个和蔼的老者或者中年人，发给我们第一颗糖。也不曾许诺在遥远或是并不遥远的将来，一定会有第二颗糖，披着彩衣款款而来。生活充满了未知数，却并不都是甜蜜。

那么，这个实验的真髓是什么呢？

是忍耐和等待。在未知结果的情形下，安之若素地坚守。如果你早早知道了结果，那坚守的过程更像是投资或是投机。因为你知道你的每一分钟都会有回报，骨子里是一种交换。对于这样成色不纯的忍耐，我的敬意就会打折扣。

真正的坚守是没有人给予你任何承诺的，流逝的只是岁月，孑存的还有信念。一种苍凉中的无望守候，维系意志的只有心的一往无前。

人总要信点什么，这不是别人的要求，纯粹是自发的本能。如果你什么都不信，那你靠什么来规定自己本能之上的追索呢？你必得信点什么，最主要是坚信我们的生命是有意义的。这个意义不在于有没有外在的奖励，有没有别人的评价，只在于我们一心，对岁月的敬畏，对岁月的仰视。

今日正好是端午节，带着青苇的香和裹着膨胀的粽子，如同刚进城的乡下娃娃，壮硕而见棱见角地端了上来。那五色的丝线，因为淋了水，姹紫嫣红如蚂蚱的腿和公鸡的冠。遥想生命，虽然没有彩线的捆扎，没有丰润的糯软，没有绿的叶和红枣豆沙的甜馅儿，却依然是上天普赐的礼物，是值得珍惜着好好过下去的。也许我们始终等不到那第二颗糖，但等待依然是有意义的，因为无限的可能性存在于等待的分分秒秒中。

让我们倾听

我读心理学博士方向课程的时候，书写作业，其中有一篇是研究“倾听”。刚开始我想，这还不容易啊，人有两耳，只要不是先天失聪，落草就能听见动静。夜半时分，人睡着了，眼睛闭着，耳轮没有开关，一有月落乌啼，人就猛然惊醒，想不倾听都做不到。再者，我做内科医生多年，每天都要无数次地听病人倾倒满腔苦水，鼓膜都起茧子了。所以，倾听对我应不是问题。

查了资料，认真思考，才知差距多多。在“倾听”这门功课上，许多人不及格。如果谈话的人没有我们的学识高，我们就会虚与委蛇地听。如果谈话的人冗长烦琐，我们就会不客气地打断叙述。如果谈话的人言不及义，我们会明显地露出厌倦的神色。如果谈话的人缺少真知灼见，我们会讽刺挖苦，令他难堪……凡此种种，我都无数次地表演过，至今一想起来，无地自容。

世上的人，天然就掌握了倾听艺术的人，可说凤毛麟角。

不信，咱们来做一个试验。

你找一个好朋友，对他或她说，我现在同你讲我的心里话，你却不要认真听。你可以东张西望，你可以搔首弄姿，你也可以听音乐梳头发干一切你忽然想到的事，你也可以王顾左右而言他……总之，你什么都可以做，就是不必听我说。

当你的朋友决定配合你以后，这个游戏就可以开始了。你必要拣一件撕肝裂胆的痛事来说，越动感情越好，切不可潦草敷衍。

好了，你说吧……

我猜你说不了多长时间，最多三分钟，就会鸣金收兵。无论如何你也说不下去了。面对着一个对你的疾苦你的忧愁无动于衷的家伙，你再无兴趣敞开襟怀。不但你缄口了，而且你感到沮丧和愤怒。你觉得这个朋友愧对你的信任，太不够朋友。你决定以后和他渐疏渐远，你甚至怀疑认识这个人是不是一个错误……

你会说，不认真听别人讲话，会有这样严重的后果吗？我可以很负责地告诉你，正是如此。有很多我们丧失的机遇，有若干阴差阳错的讯息，有不少失之交臂的朋友，甚至各奔东西的恋人，那绝缘的起因，都系我们不曾学会倾听。

好了，这个令人不愉快的游戏我们就做到这里。下面，我们来做一个令人愉快的活动。

还是你和你的朋友。这一次，是你的朋友向你诉说刻骨铭心的往事。请你身体前倾，请你目光和煦。你屏息关注着他的眼神，你随着他的情感冲浪而起伏。如果他高兴，你也报以会心的微笑。如果他悲哀，你便陪伴着垂下眼帘。如果他落泪了，你温柔地递上纸巾。如果他久久地沉默，你也和他缄口走过……

非常简单。当他说完了，游戏就结束了。你可以问问他，在你这样倾听他的过程中，他感到了什么？

我猜，你的朋友会告诉你，你给了他尊重，给了他关爱。给他的孤独以抚慰，给他的无望以曙光。给他的快乐加倍，给他的哀伤减半。你是他最好的朋友之一，他会记得和你一道度过的难忘时光。

这就是倾听的魔力。

倾听的“倾”字，我原以为就是表示身体向前斜着，用肢体语言表示关爱与注重。翻查字典，其实不然。或者说仅仅做这样的理解是不够全面的。倾听，就是“用尽力量去听”。这里的“倾”字，类乎倾巢出动，类乎倾箱倒箧，类乎倾国倾城，类乎倾盆大雨……总之殚精竭虑毫无保留。

可能有点儿夸张和矫枉过正，但倾听的重要性我以为必须提到相当的高度来认识，这是一个人心理是否健康的重要标识之一。人活在世上，说和听是两件要务。说，主要是表达自己的思想情感和意识，每一个说的话人都希望别人能够听到自己的声音。听，就是接收他人描述内心想法，以达到沟通和交流的目的。听和说像是鲲鹏的两只翅膀，必须协调展开，才能直上九万里。

现代生活飞速地发展，人的一辈子，再不是蜷缩在一个小村或小镇，而是纵横驰骋漂洋过海。所接触的人，不再是几十一百，很可能成千上万。要在相对短暂的时间内，让别人听懂了你的话，让你听懂了别人的话，并且在两颗头脑之间产生碰撞，这就变成了心灵的艺术。

现今鼓励青年励志的书很多，教你怎样展现自我优点，怎样在第一时间给人一个好印象，怎样通过匪夷所思的面试，怎样追逐一见钟情的异性……都有不少绝招。有人就觉得人际交往是一个充满了技术的领域，可以靠掌握若干独门功夫就能翻云覆雨的领域。其实，享有好的人际关系，学会交流，听比说更重要。

从人的发展顺序来看，我们是先学着听。我之所以用了“学着”这个词，是指如果没有系统的学习，有的人可能终其一生，都没能学会如何“听”。他可以听到雪落的声音，可他感觉不到肃穆。他可以听到儿童的笑声，可他感受不到纯真。她可以听到旁人的哭泣，却体察不到他人的悲苦。她可以听到内心的呼唤，却不知怎样关爱灵魂。

从婴儿开始，我们就无意识地在听。听亲人的呼唤，听自然界的风雨，听远方的信息，听社会的约定俗成。这是一种模糊的天赋，是可以发扬光大也可以湮灭无闻的本能。有人练出了发达的听力，有人干脆闭目塞听。有很多描绘这种状态的词语，比如“充耳不闻”“置若罔闻”……对“闻”还有歧视性的偏见，比如“百闻不如一见”。

听是需要学习的。它比“说”更重要。如果我们没有听到有关的信息，我们的“说”就是无的放矢。轻率的人，容易下车伊始就叽里呱啦地说，其实沉着安静地听，是人生的大境界。

只有认真地听，你才能对周围有更确切的感知，才能对历史有更深刻的把握，才能把他人的智慧集于己身，才能拓展自己的眼界和胸怀。

读书是一种更广义的倾听。你借助文字，倾听已逝哲人的教诲。你借助翻译，得知远方异族的灵慧。

倾听使人生丰富多彩，你将不再囿于一己的狭隘贝壳，潜入浩瀚的深海。倾听使人谦虚，知道山外有山天外有天。倾听使人安宁，你知道了孤独和苦难并非只莅临你的屋檐。倾听使人警醒，你知道此时此刻有多少大脑飞速运转，有多少巧手翻飞不息。

倾听着是美丽的。你因此发现世界是如此五彩缤纷。倾听是幸福的一种表达，因为你从此不再孤单。

倾听是分层次的。某人在特定的时刻，讲了特定的话。只有当我们心静如水，才能听到他的话后之话。年轻人最易犯的毛病是——他明白所有倾听的要素，也懂得做出倾听的姿态，其实呢，他在想着自己待会儿要说的话。他关注的不是述说者，而是自己。“佯听”是很容易露馅的，只要他一开口讲话，神游天外的破绽就败露了。两个面对面述说的人，其实是最危险的敌人。一切都被心灵记录在案。

倾听是老老实实的活儿，来不得半点儿虚假和做作。倾听是对真诚直截了当的考验。所以，如果你不想倾听，那不是罪过。如果你伪装倾听，就不单是虚伪，而且是愚蠢了。

当我深刻地明白了倾听的本质而不是仅仅把它当成讨好的策略后，倾听就向我展示了它更加美丽的内涵，它无处不在，息息相关。如果你谦虚，以万物为师长，你会听到松涛海啸雪落冰融，你会听到蚂蚁的微笑和枫叶的叹息。如果你平等待人，你的耐心就有了坚实的基础，你可以从述说者那里获得宝贵的馈赠。这就是温暖的信任和支撑。

年轻的朋友们，让我们学会倾听吧。当你能够沉静地坐下来，目光清澄地注视着对方，抛弃自己的傲慢和虚荣，微微前倾你的身姿，那么你就能听到心与心碰撞的清脆音响，宛若风铃。

拍卖你的生涯

朋友参加过一堂很别致的讲座，对我详细地描绘了一番。

她说：讲座叫作“拍卖你的生涯”。外籍老师发给每人一张纸，其上打印着数十行字：

1. 豪宅

2. 巨富

3. 一张取之不尽用之不竭的信用卡

4. 美貌贤惠的妻子或英俊博学的丈夫

5. 一门精湛的技艺

6. 一个小岛

7. 一座宏大的图书馆

8. 和你的情人浪迹天涯

9. 一个勤劳忠诚的仆人

10. 三五个知心朋友

11. 一份价值五十万美元并每年可获得百分之二十五纯利收入的股票

12. 名垂青史

13. 一张免费旅游世界的机票

14. 和家人共度周末

15. 直言不讳的勇敢和百折不挠的真诚

……

大家先是愣愣地看着这些项目，之后交头接耳地笑，感觉甚好，本来嘛，全世界的美事和优良品质差不多都集中在此了。

老师拿起一把小槌子，轻敲讲台，蜂房般的教室寂静下来。老师说（他能讲不很普通的普通话），我手里是一把旧槌子，但今天它有某种权威——暂时充当拍卖槌。我要拍卖的东西，就是在座诸位的生涯。

课堂顿起混乱。生涯？一个叫人生出沧桑和迷茫的词语。我们大致明白什么是生存，什么是生活，但不很清楚什么是生涯。我们只是一天天随波逐流地过着，也许七十岁的时候，才恍然大悟，生涯已在朦胧中越来越细了。

老师说，一个人的生涯，就是你人生的追求和事业的发展。它可以掌握在你自己手中。性格就是命运。生涯从属于你的价值观。通常当人们谈到生涯的时候，总觉得有太多的不可把握性，埋藏在未知中。其实它并非想象中那般神秘莫测。今天，我想通过这个游戏，让大家比较清晰地看到自己的爱好，预测自己的生涯。

大家听明白了，好奇地跃跃欲试。

我相信在每一个成人的内心深处，都潜伏着一个爱做游戏的天真孩童，只不过随着时光流逝，蒙上了世故的尘土。成年以后的我们，远离游戏，以为那是幼稚可笑的玩闹。其实好的游戏，具有开蒙人的智慧，通达人的思维，启迪人的感悟，反省人的觉察的力量。当我们做游戏的时候，就更接近了真我。

老师说，我现在象征性地发给每人一千块钱，代表你一生的时间和精力。我会把这张纸上所列的诸项境况，裁成片，一一举起，这就等于开始了拍卖。你们可以用自己手中的积蓄，购买我的这些可能性。一百块钱起价，欢迎竞价。当我连喊三次，无人再出高价的时候，槌子就会落下，这项生涯就属于你了。注意，我说的是可能性，并非真正的事实。它的意思就是——你用九百九十九元竞得了豪宅，但并不等于你真的拥有了一片仙境般的别墅，只是说你是将穷尽一生的精力，来为自己争取。相信只要你竭尽全力，把目标当成整个生涯的支撑点，达至的可能性甚大。

教室里的气氛，骚动之后有些沉凝。这游戏的分量举轻若重，它把我们人生的繁杂目的，约分并形象化了——拼此一生，你到底要什么？

老师举起了第一项拍卖品——拥有一个岛。起价一百元。

全场寂静。一个小岛？它在哪里？南半球还是北半球？大西洋还是太平洋？面积若何？人口多少？有无石油和珊瑚礁？风光怎样？

疑声鹊起，大家迫切希望提供更详尽的资料，关于那个小岛，关于风土人情。老师一脸肃然，坚定地举着那个纸片，拒绝做更进一步的解说。

于是，我们明白了。小岛，就是小小的平平凡凡的一个无名岛。你愿不愿以一生作赌，去赢得这块海洋中的绿地？

终于，一个平日最爱探险、充满生命活力的女生，大声地喊出了第一个竞价——我出二百！

一个男生几乎是下意识地报出：五百！他的心思在那一瞬很简单，买下荒凉岛屿这样的事件，就该是男子汉干的勾当。

但那名个子不高但意志顽强的女生志在必得了。她涨红着脸，一下子喊出了……一千！

这是天价了。每个人只有一千块钱的贮备，也就是说，她已定下以毕生的精力，赢得这个小岛的决心。别的人，只有望洋兴叹了。

那个男生有些悻悻地，说，竞价应该一点点攀升，比如她要出六百，我喊七百……这样也可给别人一个机会。

老师淡然一笑说，我们只是象征性地拍卖，所以可能不合规矩。大家要记住，生涯也如战场，假如你已坚定地确认了自己的目标，就紧紧锁定它。机遇仿佛闪电的翎毛。

大家明白了竞争的激烈，肃静中有了潜藏的紧迫和若隐若现的敌意。

拍卖的第二项是美貌贤惠的妻子或英俊博学的丈夫。

我原以为此项会导致激烈的竞拍，没想到一时门可罗雀。也许因为它太传统和古板，被其他更刺激的生涯吸引，大伙不愿在刚开场不久，就把自己的一生拴入伴侣的怀抱。好在和和美美的家庭，终对人有不衰的吸引力，在竞争不激烈的情形下，被一位性情温和的男子以七百元买去。

我把指关节攥得紧紧的，如果真有一把钞票，会滴下浑浊的水来。到底用这唯一的机会，买回怎样的生涯？扒拉一下诸样选择中，自己中意的栏目有限，和同志们所见略同也说不准。定谋贵决，一旦确立了自己的真爱，便须直捣黄龙，万不可游移吝惜。要知道，拍的过程水涨船高步步为营。倘若稍一迟缓，被他人横刀夺爱，就悔之莫及了。

拍到“取之不尽用之不竭的信用卡”时，引起空前激烈的争抢。聪明人已发现，所列的诸项，某些外延交叉涵盖，可互相替代。有同学小声嘀咕，有了信用卡，巨富不巨富的，也不吃紧了，想干什么，还不如同探囊取物？于是信用卡成了最具弹性和热度的饽饽。一时群情激昂，最后被一奋勇女将自重围中掳走。

其后的诸项拍卖，险象环生。有些简直可以说是个人价值取向甚至隐秘的大曝光。一位众人眼中极腼腆内向的男同学，取走了免费旅游世界的机票，让人刮目相看。一位正在离婚风波中的女子，选择了和情人浪迹天涯，于是有人暗中揣测，她是否已有了意中人？一位手脚麻利助人为乐的同学，居然选了勤劳忠诚的仆人，让全体大跌眼镜，细一琢磨推算，可能他总当一个勤快人，已经厌烦，但又无力摆脱这约定俗成的形象，出于补偿的心理，干脆倾其所有，买下对另一个人的指挥权吧。一旦咀嚼出这选择背后的韵味，旁观者就有些许酸涩。

一位爱喝酒的同仁，一锤定音买下了“三五个知心朋友”，让我在想象中，立即狠狠掴了自己一掌。从前，我劝过他不要喝那么多的酒，他笑说，我喜欢和朋友在一起。我不死心，便再劝，他却一直不改。此番看了他的选择，我方晓得朋友在他的心秤上如此沉重。我决定——该闭嘴时就闭嘴吧。

光顾了看别人的收成，差点耽误了自己地里的活计。同桌悄悄问，你到底打算买何种生涯？

我说，没拿定主意啊。我想要那座图书馆。

同桌说，傻了不是？我看你不妨要那张价值五十万美元且年年递增百分之二十五的股票，要知道这可是一只会下金蛋的火鸡。只要有了钱，什么图书馆置办不出来呢？你要把图书馆换成别的资产，就很困难了。如今是信息时代，资料都储藏在光盘里，整个大英博物馆也不过是若干张碟的事。图书馆是落后的工业时代的遗物了……

他话还没说完，老师举起了新的一张卡片。他见利忘友，立刻抛开我，大喊了一声：嗨！这个我要定了。一千！

我定睛一看，他倾囊而出购买回来的是：一门精湛的技艺。

我窃笑道，你这才是游牧时代的遗物呢，整个一小农经济。

他很认真地说，我总记着老爸的话，家有千金，不如薄技在身。

我暗笑，哈，人啊，真是环境的产物。

好了，不管他人瓦上霜了，还是扫自己门前的雪吧。同桌的话也不无道理。有了足够的钱，当然可以买下图书馆或是任何光碟。但你没有这些钱之前，你就干瞪眼。钱在前？还是图书馆在前？两者的顺序便有了原则的不同。我愿自己在两鬓油黑耳聪目明之时，就拥有一座窗明几净汗牛充栋庭院深深斗拱飞檐的图书馆。再说，光碟和图书馆哪能同日而语？我不仅想看到那些古往今来的智慧头脑留下的珍珠，还喜欢那种静谧幽深的空间和气氛，让弥漫在阳光中的纸张味道鼓胀自己的肺……这些，用钱买来的新书和光碟，仿得出来吗？正这样想着，老师举起了“图书馆”，我也学同桌，破釜沉舟地大喊了一声：一千！

于是，宏大的图书馆就落到了我的手中。那一刻，虽明知是个模拟的游戏，心中还是扩散起喜悦的巨大涟漪。

拍卖一项项进行下去，场上气氛热烈。我没有参加过实战，不知真正的拍卖行是怎样的程序，但这一游戏对大家心灵的深层触动，是不言而喻的。

当老师说，游戏到此结束。教室一下静得不可思议，好像刚才闹哄哄的一干人，都吞炭为哑或羽化成仙去了。

老师接着说，有人也许会在游戏之后，思索和检视自己，产生惊讶的发现和意料外的收获。有一个现象，不知大家发现没有，有三项生涯，当我开价一百元之后，没有人应拍，也就是说，不曾成交。这种卖不出去的物品，按规矩，是要拍卖行收回的。但我决定还是把它们留下。也许你们想想之后，还会把它们选作自己的生涯目标。

这三项是：

1. 名垂青史

2. 和家人共度周末

3. 直言不讳的勇敢和百折不挠的真诚

同学大眼瞪小眼，刚才都只专注于购买自己的生涯，不曾注意被遗落冷淡的项目。听老师这样一说，就都默然。

我一一揣摩，在心中回答老师。

和家人共度周末。

老师别恼。不曾购买它以作自己的生涯，原因可能是多方面的。有人以为这是很平淡的事，不必把它定作目标。凡夫俗子们，估摸着自己就是不打算和家人共度周末，也没有什么地方可去。一件被迫的几乎命中注定的事，何必要选择？还有的人，是一些不愿归巢的鸟，从心眼里不打算和家人共度周末。现今只有没本事的人，才和家人共度周末。有本事的人，是专要和外人度周末的。

青史留名？

可叹现代人（当然也包括我），对史的概念已如此脆弱。仿佛站在一个修鞋摊子旁边，只在乎立等可取，只在乎急功近利。当我们连清洁的水源和绵延的绿色，都不愿给子孙留下的时候，拥挤的大脑中，如何还存得下一块森严的石壁，以反射青史遥远的回声。

勇敢和真诚？

它固然是人类曾经自豪和骄傲的源泉，但如今怯懦和虚伪，更成了安身立命的通行证。预定了终生的勇敢和真诚，就把一把利刃悬在颅顶，需要怎样的坚忍和稳定？！我们表面的不屑，是因为骨子里的不敢。我们没有承诺勇敢的勇气，我们没有面对真诚的真诚。

游戏结束了，不曾结束的是思考。

在弥漫着世俗气息的“我”之外，以一个“孩子”的视角，重新剖析自己的价值观和生存质量，内心就有了激烈的碰撞和痛苦的反思。

在节奏纷繁的现代社会，我们一天忙得视丹成绿，很难得有这种省察自我的机会。这一瞬让我们返璞归真。

人生的重大决定，是由心规划的，像一道预先计算好的框架，等待着你的星座运行。如期改变我们的命运，请首先改变心的轨迹。

看着别人的眼睛

很小的时候，如果我有了过失，说了谎话，又不愿承认的时候，妈妈就会说：看着我的眼睛。如果我襟怀坦荡，我就敢看着她的眼睛，否则就只有羞愧地低头。

从此，我面对别人的时候，看着他的眼睛。

当我失败的时候，看着亲人的眼睛，我无地自容。但悲伤会使我的眼睛噙满泪水，却不会使我闭上眼睛。看着批评我的目光，我会激起正视缺点的勇气与信念。我会仔细回顾我走过的路，看看自己是怎样跌倒的，今后避开同样的危险。

当我得到表扬的时候，我也快乐地注视着别人的眼睛。我不喜欢假装谦虚把睫毛深深地垂下，一个人回到僻静处悄悄地乐。我愿意把心中的喜悦像满桶的水一样溢出来，和我的朋友们分享。在我的亲人、我的朋友的眼睛里，我读出他们的快活和对我更高的希冀。表扬不仅没有使我忘乎所以，反倒使我感到肩上的担子更加沉重。成功好比是一座小山，一个准备走很远的路的旅人，站得高了，才会看到目的地的篝火。他会加快自己的脚步。

当我面对陌生人的时候，我会格外注视他的眼睛。眼睛是心灵的窗户，这已经是被说腻了的古话，可我要说眼睛不仅仅是窗户，它还是心灵的家。假如陌生人的目光坦诚而友好，我会向他伸出我的手。假如陌生人的目光犹疑而彷徨，我断定他是一个没有主见的人，不能与他成为朋友。假如陌生人的目光躲闪而阴暗，我会退避三舍，在心里敲起警钟。假如陌生人的目光孤苦无告，我愿意提供力所能及的帮助。

当我面对熟识的人的时候，我会观察他的眼睛有没有变化。岁月会改变一个人的眼光，就像油漆的家具会变色一样。但是有些老朋友的眼光是不会变的，像最清澈的水晶，晶莹一生。但他们的眼睛会随着喜怒哀乐变换颜色，作为朋友，我愿与他们分担。假如他们悲哀，我愿为他们宽心。假如他们喜悦，我愿与他们分享。假如他们焦虑，我愿出谋划策。假如他们忧郁，我愿陪着他们沿着静静的小河走很远很远。

当我独自一人面对镜子的时候，我严格地审视自己的眼睛。它是否还保持着童年人的纯真与善良？它是否还凝聚着少年人的敏锐与蓬勃？它在历尽沧桑以后，是否还向往人世间的真善美？面对今后岁月的风霜雨雪，它是否依旧满怀勇气与希望？

当我面对森林的时候，我注视着森林的眼睛。它就是树干上斑驳的年轮和随风摇曳的无数嫩叶。它们既苍老又年轻，流露出大自然无限的生机。

当我在月夜里面对星空的时候，我注视着宇宙的眼睛。那是苍穹无数的星辰。天是那样幽蓝而辽阔，周围是那样静寂而悠远。作为一个单独的人，我们是多么渺小啊！但正是看似微不足道的人类，开始了征服宇宙的长征。在这个意义上，人类有时那样伟大而悲壮。每一个孤立的人，都像小星星一样微弱，但集结起来，就可以给迷途的人指引方向，就可以在黑暗中放出光明。

我注视着滔滔的流水，浪花就是它的眼睛。生命在于运动，假如大海没有了波涛，就结束了它浩瀚博大的使命，大海就瞎了，成为死水一潭，再也不能负载舟楫远航，再也不能任海鸥翱翔，再也不能繁养无数的水族，再也不能驮着我们在海滩上嬉戏……

世界上所有的生灵都有它们的眼睛，就看你用不用心寻找，就看你有没有勇气和它对视。

当我刚刚开始学习注视别人的眼睛的时候，心中很有些不安。我觉得自己是个小小的孩童，我怎么敢看着别人的眼睛？那不是太不尊敬人了吗？我对妈妈讲了我的顾虑。她笑了，说，那你明天试着看看老师的眼睛。

第二天，在课堂上，我开始注视着老师的眼睛。好怪啊，老师好像专门给我一个人讲课似的。我的思维紧紧地跟随老师的讲解，在知识的密林里寻觅。当讲到重要的地方，我看到老师的眼睛里冒出精彩的火花，我知道自己一定要记住它。当老师的眼光像湖水一样平静的时候，我知道这只需要一般掌握。当我在读老师的眼睛的时候，老师也在读我的眼睛。假如我显现出迷惘与困惑，老师就会停顿他讲解的步伐，在原地连兜几个圈子，直到我的目光重又明亮如洗。假如我调皮地向他眨眨眼睛，他会突然把讲了一半的话咽进嘴里。他知道我已心领神会，可以继续向下讲了。

我这才知道，眼睛对眼睛，是可以说话的。它们进行无声的交流，在这种通行的世界语里，容不得谎言，用不着翻译。它们比嘴巴更真实地反映出一个人隐秘的内心世界。

随着年龄的增长，我明白了注视着别人的眼睛是一种郑重，是一种尊敬，是一种信任，是一种坦诚。

当然了，这种注视不是死瞪瞪地盯着人家看，那样可真有点儿傻乎乎并且不文雅了。注视的目光应该是宁静而安然的，好像是我们在晴朗的天气眺望远处的青山。

如果我听懂了他的话，我会轻轻地点头。如果我需要他详细解说，我会用目光传达出这种请求。

注视着别人的眼睛，也给自己提出了更高的要求。

当我注视着别人的眼睛说“谢谢你”的时候，我必须发自内心地真诚。

当我注视着别人的眼睛说“对不起”的时候，我必须传递由衷的歉意。

当我注视着别人的眼睛说“我能把这件事做好”时，我一定要有“下一个必胜”的信心。

当我注视着别人的眼睛说“请相信我”时，我觉得自己陡然间增长了才干和胆魄。

医学家证明，人在说谎的时候，无论他多么历练老辣，他的眼睛都会泄露他的秘密。他的瞳孔会扩散变大，他的视线会游移，眼睑也会不由自主地下垂。

为了我们能够勇敢地注视别人的眼睛并且不怕被别人注视，让我们做一个襟怀坦荡、心灵像水晶般透明的人。

你站在金字塔的第几层

美国心理学家马斯洛有一段名言："如果你有意地避重就轻，去做比你尽力所能做到的更小的事情，那么我警告你，在你今后的日子里，你将是很不幸的。因为你总是要逃避那些和你的能力相联系的各种机会和可能性。"每逢读到，我总是心怀战栗的感动。

一个人就像是一粒种子，天生就有发芽的欲望。只要是一颗健康的种子，哪怕是在地下埋藏千年，哪怕是到太空遨游过一圈，哪怕被冰雪封盖，哪怕经过了鸟禽消化液的浸泡，哪怕被风剑霜刀连续宰杀，只要那宝贵的胚芽还在，一到时机成熟，它就会在阳光下探出头来，绽开勃勃的生机。

现代心理学有很多精彩的论证，这些论证不能像实证的物理化学，拿出若干铁一般的证据，心理学的很多假说，建立在对人的行为的推断和研究之上，被千千万万的人所证实。

马斯洛先生所创建的人的基本需要的"金字塔"理论，就是这样一个伟大的学说。他研究了很多人的行为和动机，特别是那些自我实现程度很高的人，之后得出了一个结论。简言之，就是在我们人类的精神内核中，存在着一个内在需要的金字塔，分成了五个台阶。

在第一个台阶上，是我们的温饱需要——最基本的生存之道。饥肠辘辘，你今晚吃什么饭？是人的第一考虑。寒冬腊月的，你今夜睡在哪里？是火车站的长凳还是马路上的水泥管？这都是头等大事。

当这个需要满足之后，紧接着就是安全的需要了。你有了吃有了住，你今天的生命是有了保障了，可是如果你被其他的人或是动物或是自然界的恶劣条件所侵犯，你远期的生命就陷在水深火热之中了。因此，一旦温饱不成问题之后，人马上就考虑安全系数。这一点，如果你不相信，尽可以放眼看去。马上能看到富人区森严的保安和世上风行的形形色色的自卫器械。当你从一个熟识的环境换到一个新环境，那不安和紧张，与陌生人交谈时的畏葸和不自在……都从另一个方面证实了安全对人的重要性。

现在我们已经到了金字塔的第三阶梯。在这个阶梯上大大地写着“爱”。这不仅是男女之爱，亲子之爱，手足之爱……这些源于血缘和繁衍的爱意，还有同伴之爱、集体之爱、祖国之爱、民族之爱、文化之爱……总之，这里所提到的“爱”，有着宽泛的含义，但它是那样不可或缺，是人类精神活动的高级需要。我们常常说，一个不懂得爱的人，是灰暗和孤独的。就是说人的精神需要如果不能完成这种超越和提升，就是饱含瑕疵的半成品。

爱之高处，就是尊严感了。人是一种特殊的动物，人是有尊严感的。一条虫子可以没有尊严，一株树木可以没有尊严，但是一个人，不是这样。如果丧失了尊严感，那就不是一个完整的人了。中国的古话里有“不吃嗟来之食”，有“士可杀不可辱”，有“君子一言，驷马难追”等等，讲的都是尊严的问题。

在金字塔的最高点，屹立着自我价值的体现和追求。什么是自我价值的最高体现——那就是充满了创造性的劳动。我以为劳动是有高下之分的，不是指在价值层面上，而是指在带给人的由衷喜悦程度上。你可以想象并同意一个科学家，在得不到任何报酬的情形下，不倦地研究某一个与现实相隔十万八千里的学术问题，比如“哥德巴赫猜想”，为自己换不到一块窝头，但毫无疑问陈景润乐在其中。你基本上不能同意一位老农在得知三年没人收购麦子的情况下，除了自己够吃之外还会不辞劳苦地广撒麦种。在前者，创造性的劳动里面蕴含着强大的挑战和快乐，在后者，则充斥着重复性劳动的艰辛和疲惫。

人类精神需要的金字塔，在某种意义上讲，是一种铁律，几乎是不可逃避的。

当然，我们不能想象一个人在自己的温饱都得不到保障的时候，能够像斯蒂芬·霍金那样去研究宇宙大爆炸这样的问题。这也就是鲁迅先生所说的：年轻人，一是要生存，二是要发展。有一个顺序，有孰先孰后的问题。在解决了温饱和安全这些最基本的生存需要之后，你必定要不满足，你必定要有新的追求。人类精神发育的法则你是绕不过去的。你吃的饱了，你睡的暖了，你有大房子了，你安居乐业了，你很有安全的保障了。可是，我敢说，你在心底最深邃的地方，你有火焰一样的躁动，你如果无法满足它，你就没有恒久的快乐。

让我们回到本文开端所引用的马斯洛的那段话。你以为你逃避了风险，你以为你躲避了责任，你以为你成功地掩饰了自己的才华，你以为你心甘情愿地收敛包裹自己，你就可以在人们的艳羡之中，安安稳稳地过此一生了吗？我相信你可以用奢华的装备和风流倜傥的举止，成功地欺骗几乎所有的人，包括和你至亲至爱之人，但是，每每月朗星稀之时，你永远欺骗不了的一个人，就会在你独处的时候，顽强地站在你的面前，拷问你，鞭挞你，谴责你，纠正你……这个人不是别人，正是你自己！由于每一个人都是那样的与众不同，由于你所具有的内在生命力一直在熊熊燃烧，所以，当你完成了自己人生的台阶之后，你就要向上攀登。你只有在这种不倦的探索中，才能丰富自己的人生，才能得到生命的欢愉，才能感到自己内在的充实和价值。

人是追求创造性快乐的动物，如同飞越大洋的候鸟的脑内罗盘，掌控着我们的一系列选择和决定。你一生将成为怎样的人？在你的价值体系里，是怎样的顺序？这些看起来很浩大很空茫的标准，实际上很细致地决定着我们的工作学习生活的各个层面。

记得我在北大讲演的时候，递上来一个纸条，上面写着："我智商很高，从小到大一直是班干部，考上北大更证明了我的实力。只要我愿意，继续读硕士和博士都不成问题。你说我选择金钱作为我一生奋斗的大目标，你看怎样？"

我把这个纸条念了。我说我很感谢这位同学对我的信任，我说人生的价值是多元的，以金钱为自己终生的奋斗目标，也大有人在。但我以为，金钱只是手段，在它之后，还有更为深在的目标在导引着你。如果你唯钱是图，那么，你的周围将没有真正的朋友。因为古往今来，已经无数次地证明了，在金钱的旗帜下，会聚拢来很多无耻小人。同时，你很可能得不到真正的爱情。因为爱情可以被金钱所出卖，却不可被金钱所购买。那个爱上你的人，有可能不是爱你本人，而是爱上了你的信用卡。如果你把金钱当成了证明你的自我价值的工具，我要说，除了单一和狭隘，还有一种盲从。你用世俗的标准代替了内在的准星。

我翻阅了几期《华融之声》，看到华融人的志气和理想。谈到从工商行调到华融来的理由，最主要的是期望自己的能力得到更好的发展。我觉得这是很好的理由，是内心和外在的统一，是朝着自我实现路上的迈进。当然了，自我实现的路，绝不会是一帆风顺的。我们常常会遭遇到挫折和失败。但人生的价值并不在永远是胜利和成功，而在于这个过程当中，我们得到了独一无二的属于自己的体验。

在生存之道解决之后，在工作中得到乐趣，就是一个极好的选择。要知道，我们每个人，一生用于工作之中的时间，大于七万个小时。可不要小瞧了这七万个小时，如果你是在快乐和创造中，你是在自我寻找价值的挑战中，你的人生就会过得很充实。如果你只是为了更多的钱，更宽敞的房子，更多的应酬和名声上的虚荣，你将在七万个甚至更多的时间里，委屈着自己，扼杀着自己，毁灭着自己的自由。

我在美国印第安人的保留地，遇到一位印第安心理学家。她说，在我们古老的印第安人那里，有一个风俗，即使是自己的温饱没有解决，我们也会用自己的食物拯救他人。因为，对我们来说，帮助别人是精神的传统。

她说，我并不是要挑战马斯洛，我只是说，精神有时比肉体更重要。这是那位印第安心理学家最后留给我的话。

PART 4

亲情·少年篇

在爱中领略被爱，
会有加倍的丰收。
孩子渐渐长大，
一个爱自己、
爱世界、
爱人类也爱自然的青年，
便喷薄欲出了。

▼

孩子，我为什么打你

有一天与朋友聊天，我说，就是在“文化大革命”中当红卫兵，我也没打过人。我还说，我这一辈子，从没打过人……

你突然插嘴说：妈妈，你经常打一个人，那就是我……

那一瞬间屋里很静很静。那一天我继续同客人谈了很多的话，但所有的话都心不在焉。孩子，你那固执的一问，仿佛爬山虎无数细小的卷须，攀满我的整个心灵。

面对你纯真无邪的眼睛，我要承认：在这个世界上，我只打过一个人。不是偶然，而是经常，不是轻描淡写，而是刻骨铭心。这个人就是你。

在你最小最小的时候，我不曾打你。你那么幼嫩，好像一粒包在荚中的青豌豆。我生怕任何一点儿轻微的碰撞，将你稚弱的生命擦伤。我为你无日无夜地操劳，无怨无悔。面对你熟睡中像合欢一样静谧的额头，我向上苍发誓：我要尽一个母亲所有的力量保护你，直到我从这颗星球上离开的那一天。

你像竹笋一样开始长大。你开始淘气，开始恶作剧……面对你摔破的盆碗、拆毁的玩具、遗失的钱币、污脏的衣着……我都不曾打过你。我想这对于一个正常而活泼的儿童，就像走路会跌跤一样应该原谅。

第一次打你的起因，已经记不清了。人们对于痛苦的记忆，总是趋向于忘记。总而言之那时你已渐渐懂事，初步具备童年人的智慧：它混沌天真又我行我素，它狡黠异常又漏洞百出。你像一匹顽皮的小兽，放任无羁地奔向你向往中的草原，而我则要你接受人类社会公认的法则……为了让你记住并终生遵守它们，在所有的苦口婆心都宣告失效，在所有的夸奖、批评、恐吓以及奖赏都无以建树之后，我被迫拿出最后一件武器——这就是殴打。

假如你去摸火，火焰灼痛你的手指，这种体验将使你一生不会再去抚摸这种橙红色抖动如绸的精灵。孩子，我希望虚伪、懦弱、残忍、狡诈这些最肮脏的品质，当你初次与它们接触时，就感到切肤的疼痛，从此与它们永远隔绝。

我知道打人犯法，但这个世界给了为人父母者一项特殊的赦免——打是爱。世人将这一份特权赋予母亲，当我行使它的时候臂系千钧。

我谨慎地使用殴打，犹如一个穷人使用他最后的金钱。每当打你的时候，我的心都在轻轻颤抖。我一次又一次问自己：是不是到了非打不可的时候？不打他我还有没有其他的办法？只有当所有的努力都归于失败，孩子，我才会举起我的手……

每一次打过你之后，我都要深深地自责。假如惩罚我自身可以使你汲取教训，孩子，我宁愿自罚，哪怕它将苛烈十倍。但我知道，责罚不可以替代也无法转让，它如同饥馑中的食品，只有你自己嚼碎了咽下去，才会成为你生命体验中的一部分。这道理可能有些深奥，也许要到你为人父母时，才会理解。

打人是个重体力活儿，它使人肩酸腕痛，好像徒手将一千块蜂窝煤搬上五楼。于是人们便发明了打人的工具：戒尺、鞋底、鸡毛掸子……

我从不用那些工具。打人的人用了多大的力，便要遭受到同样的反作用力，这是一条力学定律。我愿在打你的同时我的手指亲自承受力的反弹，遭受与你相等的苦痛。这样我才可以精确地掌握数量，不至于失手将你打得太重。

我几乎毫不犹豫地认为：每打你一次，我感到的痛楚都要比你更为久远而悠长。因为，重要的不是身累，而是心累……

孩子，我多么不愿打你，可是我不得不打你！我多么不想打你，可是我一定要打你：这一切，只因为我是你的母亲！

孩子，听了你的话，我终于决定不再打你了。因为你已经长大，因为你已经懂得了很多的道理。毫不懂道理的婴孩儿和已经很懂道理的成人，我以为都不必打，因为打是没有用的。唯有对半懂不懂、自以为懂其实不甚懂道理的孩童，才可以打，以助他们快快长大。

孩子，打与不打都是爱，你可懂得？

儿子方程式

儿子渐渐长大，常有惊人之语，逼你不断地想到“代沟”这个词。

很想同他好好地谈谈“异性”这个问题。做母亲的，就像一只老狐狸，什么都想教给孩子。

只是怎么谈呢？亲近有时是一道纱屏障，影影绰绰又无法挑开。

机会终于来了。海外的朋友寄来刊物，内有一份面向少男少女的问卷。题目是：“异性的哪种特质最吸引你？”回答方式类似考试的多项选择题，列了诸条标准，你只需一一回答“是”还是“否”。通篇做下来，你对异性的标准就昭然若揭了。

我对儿子说：“喂！这里有一份很有趣的表格，你不想填一填吗？”

他拿过刊物，飞快地掠了两眼，说：“我知道你想了解我的心。可是我拒绝回答你。”便把表格掷还。

我一点儿都不意外这回答。这个年纪的孩子，常以“不服从”来向世界证实自己的价值。我说：“我作为一个母亲，想了解你的心，并不是什么不可思议的事。一个人应当心底无私天地宽。大丈夫，端的是襟怀坦白无事不可对人言。若以兴国为己任，不扫一室何以扫天下？”

对付这种混沌初开的少年，我知道他们既自负又极易受他人影响，既鄙弃权威又崇拜名言。于是我也因地制宜，五色杂糅，中西合璧来个地毯式轰炸。

果然，他默不作声，表示在思考。我审时度势，再烧一把火。

不过，要换一个角度。

我说："嘿！这表中有一个词，我不懂。诚心诚意请教你。"

儿子一下来了情绪，问："哪个词？"

"喏，就是这表上的第十四条：你是否喜欢'酷'——是残酷的意思吗？这真是个可怕的问题。不管男孩儿女孩儿，都不该喜欢残酷。"我很严肃地说。

儿子嘻嘻笑了。"吓！连'酷'都不懂，还算什么作家？'酷'就是冷峻漠然的样子，是个好词。"

我说："喔，但是不管怎样，我还是不喜欢这个'酷'。"

儿子叹了一口气，是少年人那种没有忧愁意味的短促叹息。说："我们班很多同学喜欢'酷'的，可是我不喜欢。"

我趁热打铁，说："人和人的看法有时很不同。这样吧，我捋着这表格读出它列的种种品质，你简单地回答'是'还是'否'就行了。好，我们现在就开始。"我不给他以喘息抉择的机会，擎着表念起来。

"你觉得异性最吸引你的特质是——第一条：健康？"

儿子不知不觉中已纳入我的轨道。他几乎毫不迟疑地回答："不。健康不重要。我不在乎是不是健康。"

我像被一下子塞了半个冷窝头，瞪着眼，噎在那里。

真是少年不知愁滋味啊，他居然敢说健康不重要！真羡慕展开在他面前的无边无际的青春，可容这般挥霍。

镇静了一下，我问第二个问题："最吸引你的异性特质——聪明？"

"不。聪明也不重要。女孩子不需要太聪明，况且她们也都不太聪明。"儿子轻描淡写地说。

好一个少年大男子主义。我无可奈何地问第三项："美、俊。"

儿子略微沉吟了一下，说："这不重要。"

我不由自主地点了点头，以示嘉许。看来学校里心灵美的教育已深入人心。

"第四条是：温柔，有爱心。"我说。

儿子第一次认真地答复："是。"接着又补充了一句："一个女孩子要是没有爱心，比男孩子如此还令人不能接受。"

"第五条是有才华。"

"这不重要。"

"再下一条是勤奋用功。"

"这也不重要。"儿子果决地说，全然不顾我有所暗示的沉痛语调。

"第七条是幽默。"我照本宣科。"嗨！这一条可是太重要了。女孩子一定要幽默。"他跳起来说。

我说："刚才忘记告诉你了，一个人只能在各种特质里选择三项。你现在已经选了两项了，最后的选择可要慎重。"

"就像童话里的宝葫芦，只能使用三次吗？"儿子一脸顽皮地说。

"没那么严重。但为维持测验的准确性，我们还是遵守规则的好。"我顿一顿说："稳重。"

"啪死。"儿子一挥手。

我好惋惜。我始终认为稳重是一个好女孩儿极为要紧的标志，却被儿子这般轻易地否决。

"整洁。"

"啪死。"儿子想也不想地回答。

天啊，我简直想哭泣。这孩子怎么会认为整洁不重要呢？我不得不插话扭转局势："请再考虑一下，你难道喜欢一个肮脏的女孩儿吗？"

他潇洒地一甩头发说："您不是常说我也不很整洁吗？要是喜欢太整洁的女孩儿，她会挑剔我的。还是半斤对八两的好。"

我瞠目结舌又无可奈何。

"再下一条：慷慨。"

儿子踌躇了一下，还是挥挥手说："啪死吧。慷慨这个美德，还是留给自己拥有吧。"

"有气质。"

"有气质……这当然很重要……"儿子沉思着，问："后面还有几项？"

我数了数说，“还有四项。”

“那么这样好了，要是没有更中意的，我就选气质了。如果有，这条就不算了。暂且保留，妈，您再往下念。”

“活泼……”

“这条毫无意义，女孩子基本都活泼。”

“随和，好相处。”我用手指头点着说。

“这一条本意不错的，但是和有气质相比，还是弱些。”

“第十四条就是我们刚才说过的‘酷’了。”

“这条我们已经否掉了。妈妈，快念最后一条吧。”手里还握着最后一道选择权，儿子摩拳擦掌。

“这第十五条是：鬼点子多，有创意。”我多少有些不屑地说。我不喜欢变幻莫测的女孩儿。

“哇！这一条多么好！我想是该有这样一条的，我一直在等着这一条……”儿子喜上眉梢，一副他乡遇故知之感。

我哭笑不得，诱导他说：“你再考虑考虑……”

儿子说：“噢，妈妈。我知道您是不会赞成我的，所以一开始才不答应和您做这个游戏。现在您知道我的心了。我不想改变，我要去做作业了。”说完，义无反顾地忙自己的事去了。

我抚摸着那张表光洁的纸面，看着儿子在众多的条款中筛选出的三条：

1. 温柔有爱心；

2. 幽默；

3. 鬼点子多，有创意。

它们像清脆的风铃，在我耳边响个不停。这是儿子为他自己列出的一道方程式，使我陌生。

细细想来，这几项有些矛盾。比如又温柔又鬼点子多，似乎很难和谐地统一在一个人身上。温柔的后面像影子一般追随的多是敦厚，而太敦厚的人是想不出精彩的鬼点子来的……儿子还小，他不知道人类的某些品质原是相生相克的。

还有幽默。当今的中国女孩儿中，有多少人享有这种智慧与襟怀的结晶呢？恕我悲观，只怕凤毛麟角。

但是，你不得不承认，儿子是崭新的一代。

方程式已然列出，答案需他们自己寻求。

在儿子考试成绩不好的时候

沉重而陌生的脚步声在门口停住了，却又久久不见人摁门铃。这是谁呢？我从门镜向外窥去，来人个子很矮，看不见面目，只见一团乱糟糟的头发。我知道门外是刚放学的儿子，显然他做错了什么事。

“妈妈，我的语文测验考坏了，只得了七十八分……”

七十八分！这怎么可能呢？儿子芦淼虽然才九岁，可已经是五年级的学生了。平时成绩相当不错，如果说数学考试还有临场马虎、发挥失常的情形出现，语文是不应该出现这种情况的。前不久，他还代表学校参加过区里的作文比赛呢！我不是那种一见成绩不好便火冒三丈、连打带骂的家长，但孩子得了从未有的低分，这使我震怒了。我尽量稳住自己的神色。孩子已经学会察言观色，尤其是你知道消息后的第一分钟。假如你不想让他埋下撒谎、推诿、怨天尤人的种子，你必须保持冷静。

我开始看他的卷子，想找出应该吸取的教训。问题远比我预想的复杂。重点题是一篇挺有意思的童话：小鸟病了，猫化装成医生想去吃掉小鸟。小鸟发现了猫露在白口罩边的胡子，识破了猫的伪装，猫只得扫兴而归。要求写出本文的主题思想。我那宝贝儿子写道："要想达到目的，应该努力把事情做得更仔细。"从卷子上划破纸面的大红"×"，可以想见老师的恼怒。

"妈妈，我错了。主题应该是不要被敌人的花言巧语所欺骗，要善于识别敌人的伪装……我太喜欢猫了……"儿子低着头说。

事情就这样结束了吗？好像并不那么简单。我觉得在孩子明显谬误的结论里，有一种难得的求异思维萌芽存在着。世界上的万物是复杂的，如果从猫的那一方面去看问题呢？他的想法也不无道理。扼杀掉这种萌芽，自然是很容易的，再不允许他想入非非就是。但循规蹈矩的结果，在得到一些东西的同时，也失去了一些东西。也许，是更可贵的东西。

这是一个很难掌握的分寸，尤其是对一个才九岁的孩子。我说："童话里的猫和生活中的猫不是一回事。"他点点头。

"我们分析一件事情要先把爱憎搞清楚。猫要吃小鸟，你还能为猫出主意想办法吗？"这一次，他没有点头，小小的眉毛聚在一起，像要永远记住这句话。"如果猫和小鸟在玩游戏，你的答案不但不算错，还是一个小创造呢！比方说对牛弹琴这个成语，原意是讥笑听琴人不懂音乐，我们放进尊重听琴者的意思，就是弹琴人的不对了，为什么要不看对象给牛弹琴呢！但是，你要记住，永远不能同情邪恶的人和事情。"

"妈妈，我懂了。"儿子的眼光很清澈明亮。

真懂了吗？恐怕没那么容易。谁知道他那小脑袋瓜儿里还会产生多少异想，也许他还会搞错的。我和孩子一块努力吧。他学做好孩子，我学做好妈妈。

妈妈，“请跟上”

儿子和我同启电脑蒙。近来电脑故障，请专家会诊，儿子在旁，不断插言。告别时，专家对我说，电脑再出毛病，不必病急乱投医了，身边就有好大夫。我说，谁？他说，你儿子。

后来我对儿子说，咱俩是脚前脚后的同学啊，你何时修炼成精？儿子说，这许多年来，你对电脑，是只知其然，不知其所以然。好比一个蹩脚的司机，只管开车，并不学习机械原理。通常情况下，还能开着摇摇摆摆地走，荒漠野外遇到抛锚，就一筹莫展。再比如，一个使用傻瓜相机的人，一般也可凑合拍出能看的照片，但想要表现特殊的情调和效果，鞭长莫及。打个比方……

我说，别举一反三了，咱们还是就事论事吧。

儿子说，多年来，我冷眼旁观你的态度，觉得你把电脑看得太神圣了。这也不敢碰，那也动不得。你们这些当妈妈的人，学习的最大心障，就是把电脑奉若神明。

我辩解道，谁敢小看电脑？别的不说，起码它是咱家最贵重的不动产啊。

儿子说，再贵重它也是一种工具，就该听人使唤。你们这一代啊，总把物看得比人更重要。

他这句话激我想了很多。

孩子，你说的对，也不对。

我们这一代人，是在爱护公物的教育里长大的。有了家，家里的东西好像也是公物，私自损坏不得的。小时候，丢失一块头巾一支钢笔，受到的责骂和内心的歉疚，刻骨铭心。但是，我们用肩将这历史的负荷承住，并未转嫁于后代。

孩子，我承认把物看得比自己重，但不曾把它看得比你重。你不能否认，自己是在宽松的环境下长大的。你小时把东西搞坏搞丢了，哭丧着脸，等我回家，只要告诉了我，我拍拍你的头，说，好啦，不要紧。你就立刻万事大吉，无忧无虑地玩去了。损物不受苛责，需要经济和爱意的双份支撑，今天的母亲比旧时的母亲宽裕了，所以你们这一代才酿出视物为草的胆量。孩子，我们是在不同环境下生长的植物，妈在寒带，你在温带。所以，夏虫不可语冰。

如今我当家做主，坏了东西再无人指责，但也无人再来宽恕。对于勤俭成性的妈妈来说，律己的心非但未见轻松，反倒更苛求了。

中年女人学电脑，也许首要破除的就是太珍惜物品的习气。不但要宽容后代的探索，也要给自己备出足够的学费。我们要原谅孩子，更要原谅自己。辛劳已半生，机体疲惫不堪，反应不再神速，指法不再轻盈。我们不必懊恼，不必幻想，不必惆怅，不必羡慕。更要学会关爱自己，珍视自己，循序渐进，不期望在某个早上万事如意。

不要在敲打键盘的时候，不由自主地联想电脑不菲的价值，手下因此留情。

不要在机器万一故障的时候，怨天尤人，从此缩手缩脚。

不要因为未能听懂老师的术语，而自惭形秽，无颜再问。

不要因为指法的粗钝和反应的迟缓，羞于人前演示，独自暗中摸索，以至事倍功半。

不要以“女人天生不是学电脑的料”，来为自己的畏葸辩解，暗中逃避。

不要以“年纪老了，忘性比记性大”，制作一面面盾牌，遮挡自己的惰性和消极。

太阳过午，我们的记忆力已伤痕累累。要在这块拥挤的土地上辟出葱翠的电脑园地，需下更大的心气耕种，施更厚重的肥料滋养地力。

有一句口号叫作“跟上你的孩子”。我总是不无悲观地认为，孩子是跟不上的。正因为一代代的成人跟不上孩子，世界的轮子才滚滚向前。妈妈们，要不断地“跟上”啊，不仅仅是为了孩子，更是为了跟上明天，跟上自己。

教你生病

儿子比我高了。

一天，我看他打蔫，就习惯地摸摸他的头。他猛地一偏脑袋，表示不喜欢被爱抚。但我已在这一瞬的触摸中，知道他在发烧。

“你病了。”我说。

“噢，这感觉就是病了。我还以为我是睡觉少了呢。妈妈，我该吃点儿什么药？”他问。

孩子一向很少患病，居然连得病的滋味都忘了。我刚想到家里专储药品的柜里找体温表，突然怔住。因为我当过许多年的医生，孩子有病，一般都是自己在家就治了。他几乎没有去过医院。

“你都这么大了，你得学会生病。”我说。

“生病还得学吗？我这不是已经病了吗？”他大吃一惊。

“我的意思是你必须学会生病以后怎么办。”我说。

“我早就知道生病以后该怎么办。找你。”他成竹在胸。

“假如我不在呢？”

“那我就打电话找你。”

“假如……你终于找不到我呢？”

“那我就……就找我爸。”

也许这样逼问一个生病的孩子是一种残忍。但我知道总有一天他必须独立面对疾病。既然我是母亲，就应该及早教会他生病。

“假如你最终也找不到你爸呢？”

“那我就忍着。你们早晚反正会回家。”儿子说。

“有些病是不能忍的，早一分钟是一分钟。得了病以后最应该做的事是上医院。”

“妈妈，你的意思是让我今天独自去医院看病？”他说。

虽然在病中，孩子依然聪敏。“正是。”我咬着牙说，生怕自己会改变主意。

“那好吧……”他扶着脑门说，不知是虚弱还是思考。

“你到外面去‘打的’，然后到 ×× 医院。先挂号，记住，要买一个本……”我说。

“什么本？”他不解。

“就是病历本。然后到内科，先到分号台，护士让你到几号诊室你就到几号，坐在门口等。查体温的时候不要把人家的体温表打碎。叫你化验你就到化验室去，要先划价，后交费。等化验结果的时候，要竖起耳朵，不要叫到了你的名字没听清……”我喋喋不休地指教着。

“妈妈，你不要说了。”儿子沙哑着嗓子说。

我的心立刻软了。是啊，孩子毕竟是孩子，而且是病中的孩子。我拉起他滚烫的手说：“妈妈这就领着你上医院。”

他挣开来，说：“我不是那个意思，我是说我要去找一支笔，把你说的这个过程记下来，我好照着办。”

儿子摇摇晃晃地走了。从他刚出门的那一分钟起，我就开始后悔。我想我一定是世上最狠心的母亲，在孩子有病的时候，不但不帮助他，还给他雪上加霜。我就是想锻炼他，也该领着他一道去，一路上指指点点，让他先有个印象，以后再按图索骥。虽说很可能留不下记忆的痕迹，但来日方长，又何必在意这病中的分分秒秒。

时间艰涩地流动着，像沙漏坠入我忐忑不安的心房。两个小时过去了，儿子还没有回来。我虽然知道医院是一个缓慢的地方，心还是疼痛地收缩成一团。

虽然我几乎可以毫无疑义地判定儿子患的只是普通的感冒，如果寻找什么适宜做看病锻炼的病种，这是最好的选择，但我还是深深地谴责自己。假如事情重来一遍，我再也不会教他独自去看病。万一他以后遇到独自生病的时候，一切再说吧。我只要这一刻他在我身边！

终于，走廊上响起了熟悉的脚步，只是较平日有些拖沓。我开了门，倚在门上。

“我已经学会了看病。打了退烧针，现在我已经好多了。这真是件挺麻烦的事。不过，也没有什么。”儿子骄傲地宣布。又补充说：“你让我记的那张纸，有的地方顺序不对。”

我看着他，勇气又渐渐回到心里。我知道自己将要不断地磨炼他，在这个过程中，也磨炼自己。

孩子，不要埋怨我在你生病时的冷漠。总有一天，你要离我远去，独自面对包括生病在内的许多苦难。我预先能帮助你的，就是向你口授一张路线图。它也许不那么准确，但聊胜于无。

额头与额头相贴

如今，家家都有体温表。苗条的玻璃小棒，头顶银亮的铠甲，肚子里藏一根闪烁的黑线，只在特定的角度瞬忽一闪。捻动它的时候，仿佛打开裹着幽灵的咒纸，病了或者没病，高烧还是低烧，就在焦灼的眼神中现出答案。

小时候家中有一支精致的体温表，银头，好似一粒扁杏仁。它装在一支粗糙的黑色钢笔套里。我看过一部反特小说，说情报就是藏在没有尖儿的钢笔里，那个套就更有几分神秘。

妈妈把体温表收藏在我家最小的抽屉——缝纫机的抽屉里。妈妈平日上班极忙，很少有工夫动针线，那里就是家中最稳妥的所在。

七八岁的我，对天地万物都好奇得恨不能放到嘴里尝一尝。我跳皮筋回来，经过镜子，偶然看到我的脸红得像在炉膛里烧好可以夹到冷炉子里去引火的炭。我想，我一定发烧了，觉得自己的脸可以把一盆冷水烧开，我决定给自己测量一下体温。

我拧开黑色笔套，体温表像定时炸弹一样安静。我很利索地把它夹在腋下，冰冷如蛇的凉意从腋下直抵肋骨。我耐心地等待了五分钟，这是妈妈惯常守候的时间。

终于到了。我小心翼翼地拿出来，像妈妈一样眯起双眼把它对着太阳晃动。

我什么也没看到，体温表如同一条宁澈的小溪，鱼呀虾呀一概没有。

我百般不解，难道我已成了冷血动物，体温表根本不屑于告诉我了吗？

对啦！妈妈每次给我夹表前，都要把表狠狠甩几下，仿佛上面沾满了水珠。一定是我忘了这一关键操作，体温表才表示缄默。

我拈起体温表，全力甩去。我听到背后发出犹如檐下冰凌折断般的清脆响声。回头一看，体温表的“扁杏仁”裂成了无数亮白珠子，在地面轻盈地溅动……

罪魁是缝纫机板锐利的折角。

怎么办呀？

妈妈非常珍爱这支体温表，不是因为贵重，而是因为稀少。那时候，水银似乎是军用品，极少用于寻常百姓，体温表就成为一种奢侈。楼上楼下的邻居都来借用这支体温表，每个人拿走它时都说：“请放心，绝不会打碎。”

现在，它碎了，碎尸万段。我知道，任何修复它的可能都是痴心妄想。

我望着窗棂发呆，看着它们由灼亮的柏油样棕色转为暗淡的树根样棕黑色。

我祈祷自己发烧，高高地烧。我知道，妈妈对得病的孩子格外怜爱，我宁愿用自身的痛苦赎回罪孽。

妈妈回来了。

我默不作声。我把那只空钢笔套摆在最显眼的地方，希望妈妈主动发现它。我坚持认为被别人察觉错误比自报家门要少些恐怖，表示我愿意接受任何惩罚，而不是凭自首减轻责任。

妈妈忙着做饭。我的心越发沉重，仿佛装满水银（我已经知道水银很沉重，丢失了水银头的体温表轻飘得像支秃笔）。

实在等待不下去了，我就飞快地走到妈妈跟前，大声说："我把体温表打碎了！"

每当我遇到害怕的事情，我就迎头跑过去，好像迫不及待的样子。

妈妈把我狠狠地打了一顿。

那支体温表消失了，它在我的感情里留下一个黑洞。潜意识里我恨我的母亲——她对我太不宽容！谁还没失手打碎过东西？我亲眼看见她打碎了一只很美丽的碗，随手把两片碗碴儿一摞，丢到垃圾堆里完事。

大人和小人，是如此不平等啊！

不久，我病了。我像被人塞到老太太裹着白棉被的冰棍箱里，从骨头缝里往外散发寒气。"妈妈，我冷。"我说。

"你可能发烧了。"妈妈说，伸手去拉缝纫机的小屉，但手臂随即僵在半空。

妈妈用手抚摸我的头。她的手很凉，指甲周旁有几根小毛刺，把我的额头刮得很痛。

“我刚回来，手太凉，不知你究竟烧得怎样，要不要赶快去医院……”妈妈拼命搓着手指。

妈妈俯下身，用她的唇来吻我的额头，以试探我的温度。

母亲是严厉的人。从我有记忆以来，从未吻过我们。这一次，因为我的过失，她吻了我。那一刻，我心中充满感动。

妈妈的口唇有一种菊花的味道，那时她患很严重的贫血，一直在吃中药。她的唇很干热，像外壳坚硬内瓤却很柔软的果子。

可是，妈妈还是无法断定我的热度。她扶住我的头，轻轻地把她的额头与我的额头相贴。她的每一只眼睛看定我的每一只眼睛，因为距离太近，我看不到她的脸庞全部，只感到一片灼热的苍白。她的额头像碾子似的滚过，用每一寸肌肤感受我的温度，自言自语：“这么烫，可别抽风……”

我终于知道了我的错误的严重性。

后来，弟弟妹妹也有过类似的情形。我默然不语，妈妈也不再提起，但体温表像树一样栽在心中。

终于，我看到了许多许多支体温表。那一瞬，我的脸上肯定灌满了贪婪。

我当了卫生兵，每天须给病人查体温。体温表插在盛满消毒液的盘子里，好像一位老人生日蛋糕上的银蜡烛。

多想拿走一支还给妈妈呀！可医院的体温表虽多，管理也很严格。纵使打碎了，原价赔偿，也得将那破损的尸骸附上，方予补发。我每天对着成堆的体温表处心积虑、摩拳擦掌，就是无法搞到一支。

后来，我做了化验员，离体温表更遥远了。一天，部队军马所来求援，说军马们得了莫名其妙的怪症，他们的化验员恰好不在，希望人医们伸出友谊之手。老化验员对我说："你去吧！都是高原上的性命，不容易。人兽同理。"

一匹砂红色的军马立在四根木桩内，马耳像竹笋般立着，双眼皮的大眼睛贮满泪水，好像随时会跪倒。我以为要从毛茸茸的马耳朵上抽血，战战兢兢地不敢上前。

兽医们从马的静脉里抽出暗紫色的血。我认真检验，周到地写出报告。

我至今不知道那些马得的是什么病，只知道我的化验结果起了至关重要的作用。

兽医们很感激，说要送我两筒水果罐头作为酬劳。在维生素匮乏的高原，这不啻一粒金瓜子。我再三推辞，他们再三坚持。想起"人兽同理"，我说："那就送我一支体温表吧！"

他们慨然允诺。

春草绿的塑料外壳，粗大若小手电。玻璃棒如同一根透明铅笔，所有的刻码都是洋红色的，极为清晰。

"准吗？"我问。毕竟这是兽用品。

"很准。"他们肯定地告诉我。

我珍爱地用手绢包起。本来想钉只小木匣，立时寄给妈妈，又恐关山重重、雪路迢迢，在路上震断，毁了我的苦心，于是耐着性子等到了一个士兵的第一次休假。

"妈妈，你看！"我高擎着那支体温表，好像它是透明的火炬。

那一刻，我还了一个愿。它像一只苍鹰，在我心中盘桓了十几年。

妈妈仔细端详着体温表说：“这上面的最高刻度可测到四十六摄氏度，要是人，恐怕早就不行了。”

我说：“只要准就行了呗！”

妈妈说：“有了它总比没有好。只是，现在不很需要了，因为你们都已长大了……”

爱的回音壁

现今中年以下的夫妻，几乎都是只有一个孩子，关爱之心，大概达到了中国有史以来的最高值。家的感情就像个苹果，姐妹兄弟多了，就会分成好几瓣儿。若是千亩一苗，孩子在父母的乾坤里便独步天下了。

在前所未有的爱意中浸泡的孩子，是否感到莫大的幸福？我好奇地问过。孩子们撇嘴说，不，没觉着谁爱我们。

我震住了。一个不懂得爱的孩子，就像不会呼吸的鱼，出了家庭的水箱，在干燥的社会上，他不爱人，也不自爱，必将焦渴而死。

可是，你怎样让由你一手哺育长大的孩子懂得什么是爱呢？从他的眼睛接受第一缕光线时，已被无微不至的呵护包围，早已对关照体贴熟视无睹。生物学上有一条规律，当某种物质过于浓烈时，感觉迅速迟钝、麻痹……

寒霜陡降也能使人感悟幸福，比如父母离异或是早逝。但它是灾变的副产品，带着天力人力难违的僵冷。孩子虽然在追忆中明白了什么是被爱，那却是一间正常人家不愿走进的教室。

孩子降生人间，原应一手承接爱的乳汁，一手播撒爱的甘霖，爱是一本收支平衡的账簿。可惜从一开始，成人就间不容发地倾注了所有爱的储备，劈头盖脑砸下，把孩子的一只手塞得太满。全是收入，没有支出，爱沉淀着、淤积着，从神奇化为腐朽，反而让孩子无法感到别人是爱他的。

我又问一群孩子，那你们什么时候感到别人是爱你的呢？

没指望得到像样的回答。一个成人都争执不休的问题，孩子能懂多少？没想到，孩子的答案明朗、坚定。

我爸下班回来，我给他倒了一杯水，因为我刚在幼儿园里学了一首歌，词里说的是给妈妈倒水，可是我妈还没回来呢，我就先给爸爸倒了。我爸只说了一句，好儿子……就流泪了。从那次起，我知道他是爱我的。光头小男孩儿说。

我给奶奶耳朵上插了一朵花，要是别人，她才不让呢，马上就得揪下来。可那是我插的，她一直戴着，见着人就说，看，这是我孙女打扮我呢……我知道她最爱我了……另一个女孩儿说。

我大大地惊异了，讶然这些事的碎小和孩子们铁的逻辑，更感动于他们谈论里的郑重神气和结论的斩钉截铁。爱与被爱高度简化了、统一了。孩子在被他人需要时，感到了一个幼小生命的意义。成人注视并强调了这种价值，他们就感悟到深深的爱意，在尝试给予的同时，他们懂得了什么是接受。爱是一面辽阔光滑的回音壁，微小的爱意反复回响着、折射着，变成巨大的轰鸣。当付出的爱被隆重地接受并珍藏时，孩子终于强烈地感觉到被爱的尊贵与神圣。

天下的父母，如果你爱孩子，一定让他从力所能及的时候开始爱你和周围的人。这绝非成人的自私，而是为孩子的一世着想的远见。不要抱怨孩子天生无爱，爱与被爱是铁杵成针、百年树人的本领，就像走路一样，需要反复练习，才会健步如飞。

如果把孩子在无边无际的爱里泡得口眼翻白，早早剥夺了他感知爱的能力，育出一个爱的低能儿，即使不算弥天大错，也是成人权利的滥施，或许要遭天谴。

在爱中领略被爱，会有加倍的丰收。孩子渐渐长大，一个爱自己、爱世界、爱人类也爱自然的青年，便喷薄欲出了。

青虫之爱

我有一位闺中好友，从小怕虫子。不论什么品种的虫子都怕。披着蓑衣般茸毛的洋辣子，不害羞地裸着体的吊死鬼，一视同仁地怕。甚至连雨后的蚯蚓，也怕。放学的时候，如果恰好刚停了小雨，她就会闭了眼睛，让我牵着她的手，慢慢地在黑镜似的柏油路上走。我说，迈大步！她就乖乖地跨出很远，几乎成了体操动作上的"劈叉"，以成功地躲避正蜿蜒于马路上的软体动物。在这种瞬间，我可以感受到她的手指如青蛙腿般弹着，不但冰凉，还有密集的颤抖。

大家不止一次地想办法治她这心病，那么大的人了，看到一个小小毛虫，哭天抢地的，多丢人啊！早春一天，男生把飘落的杨花坠，偷偷地夹在她的书页里。待她走进教室，我们都屏气等着那心惊肉跳的一喊，不料什么声响也未曾听到。她翻开书，眼皮一翻，身子一软，就悄无声息地瘫倒在桌子底下了。

从此再不敢锻炼她。

许多年过去，各自都成了家，有了孩子。一天，她到我家中做客，我下厨，她在一旁帮忙。我择青椒的时候，突然从旁钻出一条青虫，胖如蚕豆，背上还长着簇簇黑刺，好一条险恶的虫子。因为事出意外，怕那虫蜇人，我下意识地将半个柿子椒像着了火的手榴弹扔出老远。

待柿子椒停止了滚动，我用杀虫剂将那虫子扑死，才想起酷怕虫的女友，心想刚才她一直目不转睛地和我聊着天，这虫子一定是入了她的眼，未曾听到她惊呼，该不是吓得晕厥过去了吧？

回头寻她，只见她神态自若地看着我，淡淡说，一个小虫，何必如此慌张。

我比刚才看到虫子还愕然地说，啊，你居然不怕虫子了？吃了什么抗过敏药？

女友苦笑说，怕还是怕啊。只是我已经能练得面不改色，一般人绝看不出破绽。刚开始的时候，我就盯着一条蚯蚓看，因为我知道它是益虫，感情上接受起来比较顺畅。再说，蚯蚓是绝对不会咬人的，安全性能较好……这样慢慢举一反三；现在我无论看到有毛没毛的虫子，都可以把惊恐压制在喉咙里。

我说，为了一个小虫子，下这么大的功夫，真有你的。值得吗？

女友很认真地说，值得啊。你知道我为什么怕虫子吗？

我撇撇嘴说，我又不是你妈，怎么会知道啊！

女友拍着我的手说，你可算说到点子上了，怕虫就是和我妈有关。我小的时候，是不怕虫子的。有一次妈妈听到我在外面哭，急忙跑出去一看，我的手背又红又肿，旁边两条大花毛虫正在缓缓爬走。我妈知道我叫虫蜇了，赶紧往我手上抹牙膏，那是老百姓止痒解毒的土法。以后，她只要看到我的身旁有虫子，就大喊大叫地吓唬我……一来二去的，我就成了条件反射，看到虫子，灵魂出窍。

后来如何好的呢，我追问。依我的医学知识，知道这是将一个刺激反复强化，最后，女友就成了生理学家巴甫洛夫教授的例案，每次看到虫子，就恢复到童年时代的大恐惧中。世上有形形色色的恐惧症，有的人怕高，有的人怕某种颜色，我曾见过一位女士，怕极了飞机起飞的瞬间，不到万不得已，她是绝不搭乘飞机的。一次实在躲不过，上了飞机。系好安全带后，她骇得脸色刷白，飞机开始滑动，她竟号啕痛哭起来……中国古时的"一朝被蛇咬，十年怕井绳"说的也是这回事。只不过杯弓蛇影的起因，有的人记得，有的人已遗忘在潜意识的晦暗中。在普通人看来是微不足道的小事，对当事人来说，痛苦煎熬，治疗起来十分困难。

女友说，后来有人要给我治，说是用"逐步脱敏"的办法。比如先让我看虫子的画片，然后再隔着玻璃观察虫子，最后直接注视虫子……

原来你是这样被治好的啊！我恍然大悟道。

嗨！我根本就没用这个法子。我可受不了，别说是看虫子的画片了，有一次到饭店吃饭，上了一罐精致的补品。我一揭开盖，看到那漂浮的虫草，当时就把盛汤的小罐摔到地上了……女友抚着胸口，心有余悸地讲着。

我狐疑地看了看自家的垃圾桶，虫尸横陈，难道刚才女友是别人的胆子附体，才如此泰然自若？我说，别卖关子了，快告诉我你是怎样重塑了金身?

女友说，别着急啊，听我慢慢说。有一天，我抱着女儿上公园，那时她刚刚会讲话。我们在林荫路上走着，突然她说，妈妈……头上……有……她说着，把一缕东西从我的头发上摘下，托在手里，邀功般的给我看。

我定睛一看，魂飞天外，一条五彩斑斓的虫子，在女儿的小手内，显得狰狞万分。

我第一个反应是像以往一样昏倒，但是我倒不下去，因为我抱着我的孩子。如果我倒了，就会摔坏她。我不但不曾昏过去，神智也是从来没有的清醒。

第二个反应是想撕肝裂胆地大叫一声。因为你胆子大，对于在恐惧时惊叫的益处可能体会不深。其实能叫出来极好，可以释放高度的紧张。但我立即想到，万万叫不得。我一喊，就会吓坏了我的孩子。于是我硬是把喷到舌尖的惊叫咽了下去，我猜那时我的脖子一定像吃了鸡蛋的蛇一样，鼓起了一个大包。

现在，一条虫子近在咫尺。我的女儿用手指抚摸着它，好像那是一块冷冷的斑斓宝石。我的脑海迅速地搅动着。如果我害怕，把虫子丢在地上，女儿一定从此种下了虫子可怕的印象。在她的眼中，妈妈是无所不能无所畏惧的，如果有什么东西把妈妈吓成了这个样子，那这东西一定是极其可怕的。

我读过一些有关的书籍，知道当年我的妈妈，正是用这个办法，让我从小对虫子这种幼小的物体，骇之入骨。即便当我长大之后，从理论上知道小小的虫子只要没有毒素，实在值不得大惊小怪，但我的身体不服从我的意志。我的妈妈一方面保护了我，一方面用一种不恰当的方式，把一种新的恐惧，注入我的心里。如果我大叫大喊，那么这根恐惧的链条，还会遗传下去。不行，我要用我的爱，将这铁环砸断。我颤巍巍伸出手，长大之后第一次把一只活的虫子，捏在手心，翻过来掉过去地观赏着那虫子，还假装很开心地咧着嘴，因为——女儿正在目不转睛地看着我呢！

虫子的体温，比我的手指要高得多，它的皮肤有鳞片，鳞片中有湿润的滑液一丝丝渗出，头顶的茸毛在向不同的方向摆动着，比针尖还小的眼珠机警怯懦……

女友说着，我在一旁听得毛骨悚然。只有一个对虫子高度敏感的人，才能有如此令人震惊的描述。

女友继续说，那一刻，真比百年还难熬。女儿清澈无瑕的目光笼罩着我，在她面前，我是一个神。我不能有丝毫的退缩，我不能把我病态的恐惧传给她……

不知过了多久，我把虫子轻轻地放在了地上。我对女儿说，这是虫子。虫子没什么可怕的。有的虫子有毒，你别用手去摸。不过，大多数虫子是可以摸的……

那只虫子，就在地上慢慢地爬远了。女儿还对它扬扬小手，说“拜……”

我抱起女儿，半天一步都没有走动。衣服早已被黏黏的汗水浸湿。

女友说完，好久好久，厨房里寂静无声。我说，原来你的药，就是你的女儿给你的啊。

女友纠正道，我的药，是我给我自己的，那就是对女儿的爱。

盲人看

每逢下学的时候，附近的那所小学，就有稠厚的人群，糊在铁门前，好似风暴前的蚁穴，那是家长等着接各自的孩童回家。

在远离人群的地方，有个人倚着毛白杨，悄无声地站着，从不张望校门口。直到有一个孩子飞快地跑过来，拉着他说，爸，咱们回家。他把左手交给孩子，右手拄起盲杖，一同横穿马路。

多年前，这盲人常蹲在路边，用二胡奏很哀伤的曲调。他技艺不好，琴也质劣，音符断断续续地抽噎，叫人听了只想快快远离。他面前盛着零碎钱的破罐头盒，永远看得到锈蚀的罐底。我偶尔放一点儿钱进去，也是堵着耳朵近前。

后来，他摆了一个小摊子，卖点儿手绢袜子什么的，生意很淡。一天晚上，我回家一下公共汽车，黑寂就包抄而来。原来这一片突然停电，连路灯都灭了。只有电线杆旁，一束光柱如食指捅破星天。靠拢才见是那盲人打了手电，在卖蜡烛火柴，价格很便宜，我赶紧买了一份，喜滋滋地觉着给亲人带回了光明。

之后的某个白日，我又在路旁看到盲人，就气哼哼地走过去，说，你不能趁着停电，发这种不义之财啊。那天你卖的蜡烛，算什么货色啊？蜡烛油四下流，烫了我的手。烛捻一点儿也不亮，小得像个萤火虫尾巴。

他愣愣地把塌陷的眼窝对着我，半天才说，对不住，我……不知道……蜡烛的光……该有多大。萤火虫的尾巴……是多亮。那天听说停电，就赶紧批了蜡烛来卖。我只知道……黑了，难受。

我呆住了。那个漆黑的夜晚，即便烛火如豆，还是比完全的黑暗，好了不知几多。一个盲人在为明眼人操心，我还不分青红皂白地指责他，我好悔。

后来，我很长时间没到他的摊子买东西。确信他把我的声音忘掉之后，有一天，我买了一堆杂物，然后放下了五十块钱，对盲人说，不必找了。我抱着那些东西，走了没几步，被他叫住了，大姐，你给我的是多少钱啊？

我说，是五十元。

他说，我从来没拿过这么大的票子。

见他先是平着指肚，后是立起掌根，反复摩挲钞票的正反面。

我说，这钱是真的，您放心。

他笑笑说，我从来没收到过假钱。谁要是欺负一个盲人，他的心先就瞎了。我只是不能收您这么多的钱，我是在做买卖啊。

我知道自己又一次错了。

不知他在哪里学了按摩，经济上渐渐地有了起色，从乡下找了一个盲眼的姑娘成了亲。一天，我到公园去，忽然看到他们夫妻相跟着，沿着花径在走。四周湖光山色美若仙境，我想，这对他们来讲，真是一种残酷。

闪过他们身旁的时候，听到盲夫有些炫耀地问，怎么样？我领你来这儿，景色不错吧？好好看看吧。

盲妻不服气地说，好像你看过似的。

盲夫很肯定地说，我看过，常来看的。

听一个盲人连连响亮地说出“看”这个词，叫人顿生悲凉，也觉出一些滑稽。

盲妻反唇相讥道，介绍人不是说你胎里瞎吗？啥时看到这里好景色呢？

盲夫说，别人用眼看，咱可以用心看，用耳朵看，用手看，用鼻子看……加起来一点儿不比别人少啊。

那一瞬，我凛然一惊。

世上有很多东西，看了如同未看，我们眼在神不在。记住并真正懂得的东西，必得被心房茧住啊。

后来盲夫妇有了果实，一个瞳仁亮如秋水的男孩儿。他渐渐长大，上了小学，盲人便天天接送。

起初那孩童躲在盲人背后，跟着杖子走，慢慢地胆子壮了，绿灯一亮，就跳着要越过去。父亲总是死死拽住他，用盲杖戳着柏油路说，让我再听听，近处没有车轮声，我们才可动……

终有一天，孩子对父亲讲，爸，我给你带路吧。他拉起父亲，东张西望，然后一蹦一跳地越过地上的斑马线。于是盲人第一次提起他的盲杖，跟着目光如炬的孩子，无所顾忌地前行，脚步抬得高高的，轻捷如飞。

孩子越来越大了，当明眼人都不再接送这么高的孩子时，盲人依旧每天倚在校旁的杨树下，等待着。

“想也没想”可不行

我小时候，学过一个歌谣，开头两句是这样的：“蛤蟆和青蛙，本是亲哥俩。不幸同患传染病，浑身长满大疙瘩……”

这个歌谣后面说的是，青蛙和蛤蟆找到了啄木鸟医生，(这个医生的身份挺古怪的。要说啄木鸟会给树木看病，还可成立。但说能给动物看病，就有点儿勉强。好了，暂时不去管它行医的资历了，反正是医生来了。)穿着白大褂的啄木鸟，诊疗之后给难兄难弟开出一剂汤药，味道很苦很苦。蛤蟆大哥一尝，噗的就把药汤喷出去了，大叫道我可不受这个罪，说罢一个猛子扎到池水中凉快去了。青蛙弟弟很乖，皱着眉头（青蛙有眉毛吗？）把苦药汤咕嘟咕嘟咽了下去……过了一段时间，青蛙身上的脓疮痊愈了，只遗下片片淡绿色的小伤痕，讳疾忌医的蛤蟆可就惨了，一身疮疥，人见人烦。

歌谣的教诲意义挺明显的，那就是鼓励小孩子得了病后按时吃药，“良药苦口利于病”的古训，再一次得到弘扬。

我会背这个歌谣以后，内心却很有一点儿不以为然。想，患有慢性皮肤病的癞蛤蟆，形象够吓人的没的说，但是，治愈后的青蛙的模样就好吗？眼珠凸起没有脖子，皮肤又凉又黏又滑，也是可怕。看来，吃不吃药，后果虽然差一点点，也未见有大区别。

题外的话说了这许多，主旨意思是，我很同情《青蛙王子》童话中的女主人公——小公主。觉得她对青蛙的害怕，实在是事出有因言之有理。而且，我觉得青蛙王子不仗义，有点儿乘人之危。

本来吗，他为小公主帮忙，就算不是完全无偿的英雄行为，要计报酬，也该明码标价，让小公主好好考虑一下这件事的利弊。有一个思索的时间，权衡的机会，在金球的得失和自己的承诺之间做一个选择。

再说青蛙王子的要求，不是一下子就提出来的，采取的是步步为营诱敌深入的策略。

不妨回忆一下那个过程。青蛙刚开始只是说："告诉我，你遇到了什么困难，让我帮助你。"一副见义勇为的样子。当小公主告诉他金球掉到井里以后，他说："这还不简单，我跳进井底，把它咬出来就好了。"当小公主要他具体地实施这一计划的时候，他摇摇头，笑着说："我找到球后，你要怎么谢我？"

注意啊，关键的时刻到了。小公主想也没想，就回答："不管你要什么，我都答应你。"

于是，青蛙跳进井底，很快把球找到，当小公主要拿球的时候，他说："我要和你做朋友，和你生活在一起，无论你做任何事，我都要和你在一起……"

小公主的悲剧从此开始了。

当然有人会说，《青蛙王子》本身就是一个关于"一诺千金"

的故事。你要么不要答应人家，答应了，就要风雨无阻赴汤蹈火地去践约。在故事中，老国王正是这样要求小公主的，当小公主表示不想和青蛙做朋友的时候，老人家很不高兴，语重心长地说：“做人一定要守信用，你既然答应了青蛙先生的要求，就不能不守信用，快去开门吧……”

故事的结尾，丑陋的青蛙变成了英俊的菩提国王子，并且说“虽然小公主脾气不好，但她有仁心又守信用，所以我愿意娶她为妻子。”结局是小公主坐着纯金和宝石打造的马车，和青蛙王子结婚了。

看到了吧，大团圆的辉煌光环，全是因为完成了承诺。

这个结尾好不好呢？好人终有好报，当然好了。但我却总觉得有一个不祥的地方，要提请大家注意。这就是小公主的“想也没想”。做一个小孩子，是很容易想也没想的。但世上有些事情，是要很好地想想啊。设想，你为了一个金球，就把自己一生的幸福押了上去，因为你有了一个承诺，所以，你不能翻悔。你翻悔了，就是品质不良，连你的父亲都不能原谅你，这是多么莫测的命运，这是多么严重的惩罚啊！

幸好这只青蛙是王子变的，要永远是一只普通的青蛙呢？小公主就要天天晚上和冰凉的两栖动物睡在一起，吃饭的时候，看着青蛙的口水把盘子打湿，这是多么烦心苦恼的事情！若是小公主知道了她的金球是要付出这样惨痛的代价才能得到的话，我猜她就是再喜欢金球，也宁可让它沉在井底睡大觉了。

我甚至想，做了菩提国王后的小公主，也许会在某个半夜吓得醒来，摸一摸身边躺着的是青蛙还是王子？

总而言之，我虽然同情被施了魔法的王子，但觉得他用某种小恩惠让小公主就范，取得承诺，涉嫌不公平交易，有不够光明正大的嫌疑。从童话中看，那个给王子施魔法的巫婆，只是要求有一位肯和青蛙在一个盘子吃饭在一张床上睡觉的少女，魔法就能破除，并没有说不能把底细说出来。王子不如秉实相告，让小公主有一个选择的机会。行就行，不行也不强求。

凡事要多想一想。不要只贪图眼前的小利。承诺当然是很重要的，但也非一锤定音，万劫不复。如果自己的看法有了改变，认真思考之后，也可以修正。总之一句话——小朋友们，注意啊，该想的时候，一定要想！

白雪下的暴力

《白雪公主》这篇童话，从小读过多遍。倘若把记忆想象成一幅图画，该是雪白和晶莹的，而且有着淡淡的甜香。为什么会这样色香味俱全呢？因为幼时曾攒过糖纸，在很长一段时间内，我有一张“白雪公主”的糖纸，始终是收藏中的翘楚。一块硕大的正方形的糖纸，可能是包棒棒糖的，比一般的糖纸要辽阔很多。在糖纸的一个角上，有洋娃娃一样美丽的白雪公主，在其余的角落里，散落着七个小矮人。它们的头很大，躯体很小，样子滑稽可笑，而且，看起来年纪都不轻了，好像不倒翁老爷爷，只是肚子没有那样圆滚。

渐渐成人，再看《白雪公主》，某一天，突然就看出了很多的暴力倾向，刚发现这一点的时候，自己也吓了一跳。因为这是一篇多么经典的童话啊，受到了无数孩子和家长的喜爱，若是说它很有点儿“儿童不宜”，除了大煞风景之外，也许会触犯众怒的。所以，心情一忐忑，就不再往下想了。感谢现在有了这样轻松谈天的机会，斗胆写下，也算是一家之言吧。

白雪公主刚生下来不久，她的妈妈就死了。这当然不是她的过错，但一种悲凉的气氛就弥漫过来。后来，新皇后娶了来，在获知魔镜关于谁是世界上最美丽的女人的情报之后，她就生出了杀戮之心，嫉妒刚刚七岁的小女孩儿，就叫来了猎人，让猎人把白雪公主杀死，并把她的心肝带回皇宫做证据。

白雪公主哀求猎人放她一命，猎人想到反正小姑娘很快就会被野兽吃掉，就放了她，然后杀死了一只小山猪，把山猪的心肝取出来，带给皇后。皇后以为是白雪公主的心肝，就加上调味料烹调一番，把心肝一口一口地吃下去了……

这真是描述了一种极令人震惊恐怖的血腥。想想我们的经历，大约很多人第一次详尽确切地知道人会食人，《白雪公主》算是启蒙读物了。以它发行的广泛和绘画的精美，我见过三四岁的孩子，看得津津有味。那幅图案是——皇后用叉子扎了一块撒着好像辣粉的东西，正往自己红红的嘴唇里送……

如果说因为皇后是一个恶人，所以她生出这样凶残毒辣之心，也在情理当中，那么在文章的结尾，写到皇后为了和新皇后比美（新皇后就是白雪公主），去参加婚礼，认出了白雪公主，她气得一动也不动，像个木头人。这时候，白雪公主和她的丈夫，准备了一双铁拖鞋放在火炉里，烧得又红又烫，用火钳子夹出来，放在皇后的眼前，让她穿上这双烧得红通通的拖鞋跳舞，直到累死为止……

这段文字读下来，是不是也让人胆战心惊？当然了，我绝不是说皇后命不该诛，她犯下的是不折不扣的谋杀罪，还不是一次，是四次（虽然由于种种的原因，未遂）。第一次是假手猎人，第二次是用彩带绞杀，第三次是用毒梳子，第四次是用毒苹果……皇后罪大恶极，实在是死有余辜。但是，我们喜爱的白雪公主和她那英俊的王子，是否要用这种铁舞鞋的酷刑折磨老皇后呢？那种火焰和惨叫交织的舞蹈，是否能带给人们正义的快感？当然，以复仇的名义审判罪恶，师出有名功不可没，但是，对于十分幼小的孩童来说，会不会以为只要是正义的目标，就可以不计较手段的残酷？

我不知道这种描写，在一代又一代的儿童中产生着怎样的感受。我还没有完全想清楚利弊，尤其是没有统计学的资料支持。出于一种人道主义的考虑，我以为可以把王后处死，但不要用这种奇怪而惨烈的刑法。

还有我对于七个小矮人的身份，很有一点儿搞不明白。首先，他们到底是男人还是女人呢？从他们所从事的工作来看——挖金矿，他们是矿工，而且我们从画面上看到的形象，也都是男人。年纪呢？好像比较老了吧？起码是成年男子，不是儿童。那么，按照今天的观点来看，白雪公主就是到了七个陌生男子的家中，待了很多年。

我之所以有把握说她待了多年，是因为从七岁逃入密林到王子最后娶她为妻，有一个历史的跨度。这段经历，证明白雪公主已长成了一个少女，起码过了十三岁吧？投宿陌生人家，白雪公主的胆子真够大的了。不过，当时也没有更好的办法，慌不择路啊。

当然了，七个小矮人很善良。而且，在童话中，我们不必那么较真儿。我曾听到一位朋友笑谈，说从童话中看七个小矮人的智慧是很充足的，他们只是个子非常矮小。看来是得了一种发育上的毛病，不影响智力。但身高受到影响，性功能也有损。不然的话，他们一起开始追求白雪公主，那就乱成一锅粥了……我当时的感觉很好笑，觉得他对小矮人们不尊，令人生气。过后细细想起来，话中也有几分歪道理。

记得我小的时候，对邪恶皇后那面奇异的镜子，怀有很深的敬意。那是一件宝物。能知道天下那么多的事情，虽然在童话中，它除了贡献“世上的女人谁最美丽”这样的资料以外，并没有显出更多的能耐，但我还是坚定不移地相信它一定还有大的本领，可惜没有给它用武之地。比如要是到我的手里，我就问它——镜子啊镜子，你知道明天考试数学的题目是什么吗？

我猜它会给我一个满意的回答。总之，我觉得这面宝贵的镜子，落到了皇后手里，真是它的不幸。巨大的好作用没有发挥出来，反倒成了为虎作伥的角色。

再有就是我对白雪公主的爸爸很生气。他是一个国王，曾经娶了白雪公主的母亲这样贤良美丽的女人做妻子（她在下雪的日子里，还亲自为自己即将降生的孩子做衣服，并发出那样美好的祝愿，就是她善良的证据啊），按说应该是“曾经沧海难为水，除却巫山不是云”才对，知道天下的好女人是什么样的啊。怎么妻子一死，就娶来了一个这样凶恶的皇后，他也太糊涂了。况且，自己那么美丽聪慧的小女儿，说没了就没了，他也不找找，太不负责任了。这样的爸爸呀，要告他一个父亲玩忽职守罪。

后来看过一个小说，大约属于故事新编那一种。说是老皇后听说白雪公主活着，并是世界上最美丽的女人之后，恼羞成怒，一下子就把神奇的镜子摔碎了。那无数碎片随风飘荡，最后变成了无数冰晶般的小沉渣，飞入了很多人的眼睛，并在那里潜伏下来。因为它携带着邪恶的皇后的味道，所以世上有一些人，就永远怀有嫉妒冷酷凶狠残暴的心肠……

这是一个可怕的结尾，让人不寒而栗。我首先从理智上不愿意相信这个结局，我觉得世上还是光明温暖博爱慈悲居多。然后我还觉得这对小镜子是不公正的。那面镜子并没有直接唆使老皇后作恶，那些阴毒的计谋，都是老皇后自己琢磨出来的，和镜子无关。镜子只是自己没有腿，无法逃离老皇后。要不然，以小镜子的聪明，它早就逃之夭夭了。

苦难之后

谈谈关于苦难的问题，你们可有兴趣？有人一定会捂着耳朵说，不听不听……说句心里话，我也怕谈这个难题。对我这也是一个大考验。咱们好像共同面对着一碗苦苦的药汤，要一口口慢慢地喝下去，有时还得咂着嘴回味一番，更是苦上加苦。可是中国有句古话，叫作“良药苦口利于病”，对于某些重要的命题，回避不是一个好法子。所以，咱们就一块皱着眉咬着牙，坚持讨论下去吧。

我之所以不称你们为“老朋友”，不是因为咱们相识的时间还短，是因为你们的年龄比较小。我原来总以为研究“苦难”这个大题目，要放在人比较成熟的时候——起码要到男孩儿下巴上长出软软的胡须，女孩儿身姿婀娜之后。可是，生活根本就不理会我们的安排，它我行我素，肆无忌惮。可以顷刻之间，就把严酷的灾难，比如山崩地裂，比如天灾人祸，比如父母离异，比如病魔降身……莅临到无数人头上，毫不对儿童和少年稍存体恤之情。

这就证明了一个铁一般冷酷的事实——苦难的降临是不以人的善良意志为转移的。它就像空气一样，围绕着成人，也围绕着未成年人。对于注定要发生的风浪，单纯地依靠一厢情愿的堤坝，是无法躲避灾难的。更重要更有效的策略，是我们具备直面它的勇气，然后从容冷静坚定顽强地走过苦难，重建生活。

有一句说得很滥的话——“不要总是生活在童话中”。这话是什么意思呢？大概是说——童话虽然很美好，但现实生活中远不是那个样子。面对真实的生活的时候，我们要忘掉童话的气氛。

我不同意这种说法。其实在那些最优秀的童话里，是充满了苦难和对于苦难的抗争的。比如说灰姑娘吧。她小小的年纪，就失去了母亲，父亲也并不关爱她。（在那个经典的故事中，没有对灰姑娘爸爸的具体描写，我估计不是作者的疏忽，而是灰姑娘的老爸乏善可陈。从他找的第二任夫人的品行可看出，这老先生对人的洞察能力不佳。）在继母的冷漠和姐姐们的白眼下生活，没法读书，做着力所不及的杂役……嗨！简直就是未成年人被家庭虐待的典型。

比如卖火柴的小女孩儿，更是悲惨已极。没有吃的，没有喝的，在节日的夜晚，还要光着脚在风雪中售卖火柴，以至于饥寒交迫冻饿而死……真是惨绝人寰的景象。依我在西藏雪域生活多年的经验，作家笔下所描绘的小女孩儿临死前所看到的温暖光明的家庭图画，其实很有科学根据。濒临冻僵的人，神经麻痹之后会出现神秘的幻觉——平日的理想都虚无缥缈地浮现出来了。包括小女孩儿脸上的笑容，也有医学基础。严寒会使人的肌肉强烈痉挛，我当过多年的医生，所见过的被冻死的人，表情都好似在微笑……

再说白雪公主。亲妈早早仙逝，后母不容，因为嫉妒她的美丽，竟然雇了杀手要取她首级。好不容易死里逃生，被好心的小矮人收留。为了报答恩人，她从高贵的公主摇身一变，成了打扫家务烹炸菜肴的小时工，这个落差不可谓不大。就这样，她的厄运还远未终结，后母死死追杀，最后被毒苹果险些夺去红颜……

怎么样？以上所谈童话中的阴谋与死亡、贫困与灾难……其力度和惨烈，就是今人，也要为之垂泪吧？

我还可以举出许多。比如小人鱼变鳍为脚的痛楚，小红帽面对狼外婆的恐惧，孙悟空戴上紧箍咒的折磨和唐僧九九八十一难的艰辛……怎么样，我说得不错吧？童话并不遮盖苦难，它们比今天那些搞笑的故事，更多悲凉和灾难的警策。

也许是因为童话多半有一个光明的结尾，好人得到神灵相助，就使人们忽略了那些惨淡的忧郁，以为童话总是祥云笼罩，这实在是一个大误会。

小朋友和中朋友们，说句真心话，依我这些年跋山涉水走南闯北的经验，苦难就像感冒，几乎是不可避免的。如果谁告诉你们世界永远是阳光灿烂，请记住——他是一个骗子。

灾难埋伏在我们前进的拐弯处，不知何时会突袭我们。怕，是没什么用的。我们不能取消灾难，各位能够做到的就是面对灾难不屈服。

灾难会带给我们巨大的痛苦。亲人丧失、房屋倒塌、财产毁坏、学业中断、断臂失明、瘫痪失语、孤苦无依、诬陷迫害……这些词令人窒息，我都不忍心写下去了。但我深深知道，以上绝境还远远不是灾难的全部，在人生过程中，还有大大小小许许多多匪夷所思的艰涩，会不期而遇。

既然灾难不可避免，灾难之后，我们怎么办？我想答案一定是形形色色的。不过万变不离其宗，大致可以分成两大类。

一条路是——我们可以终日啼哭，用泪水使太平洋的海拔高度上升。我们可以一蹶不振徘徊在墓地，时时沉湎在对亲人的怀念和追悼中。我们可以怨天尤人，愤问苍穹的不公和大自然的残忍。我们可以从此心地晦暗，再也不会欢笑和宽容……

沿着这条路一直走下去，那结局是末日的黑色和冰冷。

还有一条路是——我们拭干眼泪，重新唤起生的勇气。掩埋了亲人之后，我们努力振奋新的精神，以告慰天上的目光。我们更珍惜生命的价值和意义，争取用自己的存在让这颗星球更美。我们对他人更多温情和宽厚，因为我们从患难中理解了友谊和支援……

沿着这条路走下去，那结局是火焰般的橘黄色，明媚温暖。

小朋友和中朋友们，这两条路可是南辕北辙的啊。灾难之后，何去何从，千万三思而后行！

灾难是一把双刃剑，可以把一个人从精神上杀死，也可以把他锻造得更加坚强。所以，选择非常重要。

如果说，何时我们遭遇灾难，是不受我们控制的，但灾难之后我们如何走过灾难，却是我们一定能掌握的。在灾难的废墟上，愿生命之树依然常青。

PART 5 / 温情·幸福篇

只要你认真寻找，
幸福比比皆是。
幸福不是一种颜色，
也不是七种颜色，
甚至也不是一百种颜色……
幸福比所有这些相加还要多，
幸福是无限的。
▼

幸福的七种颜色

幸福应该有多少种颜色呢?

“说不清。”我回答。

大家听了可能有点儿迷糊，说:“你自己既然不知道，为什么又曾说过幸福有七种颜色呢? ”

在文化中，“七”这个数字有一点儿古怪。

欧洲人自古以来就格外钟情于“七”这个数字。最早的源头该是古希腊人，许多巧合都和“七”有关。希腊人认为自然界是由水、火、风、土四种元素组成的，而社会的基本细胞是家庭。把完整的家庭细分，是由父亲、母亲和孩子三方组成。再做一次加法，把自然和社会组成的世界统计一下，就有七种基本元素。古希腊人酷爱加法，认为世界的基本图形是正方形、三角形以及完美的圆形，毕达哥拉斯学派就是这一主张的坚定拥趸。你劳神把这些图形的角的数量加起来，哈！也是七。由于太多的东西与神秘的数字七有关，他们造七座坛、献七份祭、行七次叩拜之礼，什么都爱凑个七字。“七大主教”“七大美德”，连罪也要数到“七宗罪”。当然，最著名的是神也喜欢七，于是一个星期是七天，第七天你可以休息。

七在佛教里面也是吉祥之数，有七宝、七层浮屠等。中华文化对七也颇有好感，《说文解字》里面说：“七，阳之正。”这个七啊，常为泛指，表明多的意思，又神秘又空灵。

托尔斯泰老人家说：“幸福的家庭都是相似的，唯有不幸的家庭，各有各的不幸。”我当过多年的心理医生，觉得不幸的家庭都是相似的，唯有幸福的家庭却是各有各的不同。

你可能要说，这不是成心和托尔斯泰抬杠嘛！我还没有落到那种无事生非的地步。你想啊，只有香甜的味道，才可反复品尝，才能添加更多的美味在其中，让味蕾快乐起舞。比如椰蓉，比如可可，比如奶油……丰富的层次会让你觉得生活美好万象更新。如果那底味已是巨咸、巨苦、巨涩，任你再搁进多少冰糖多少香料都顷刻消解，那难耐难忍的味道依然所向披靡，让你除了干呕，再无良策。

早年间我当兵在西藏阿里，冬天大雪封山，零下几十度的严寒，断绝了和外界的一切联系，我们每日除了工作就是望着雪山冰川发呆。有一天，闲坐的女孩子们突然争论起来，求证一片小檗碱的苦可以平衡多少葡萄糖的甜（由此可见，我们已多么百无聊赖）。一派说，大约五百毫升百分之五的葡萄糖就可以中和苦味了。另外一派说，估计不灵。五百毫升葡萄糖是可以的，只是浓度要提高，起码提到百分之十，甚至百分之二十五……争执不下，最后决定实地测查。那时候，我们是卫生员，葡萄糖和小檗碱乃手到擒来之物，说试就试。方案很简单，把一片小檗碱用药钵细细磨碎了，先泡在浓度为百分之五的葡萄糖水里，大家分别来尝尝，若是不苦了，就算找到答案了。要是还苦，就继续向溶液里添加高浓度的葡萄糖，直到不苦了为止，然后计算比例。临到实验开始，我突然有些许不安。虽然小女兵们利用工作之便，搞到这两种药品都不费吹灰之力，但藏北到内地山路迢迢，关山重重，物品运送到阿里不容易啊，不应这样为了自己的好奇暴殄天物。黄连碎末混入到葡萄糖液里，整整一瓶原本可以输入血管救死扶伤的营养液就报废了。至于小檗碱，虽不是特别宝贵的东西，能省也省着点儿吧。我说："咱缩减一下量，小檗碱只用四分之一片，葡萄糖液也只用四分之一瓶，行不行呢？"

我是班长，大家挺尊重我的意见的，说："好啊。"有人想起前两天有一瓶葡萄糖，里面漂了个小黑点，不知道是什么杂物，不敢输入病人身体里面，现在用来做苦甜之战的试验品，也算废物利用了。

试验开始。四分之一片没有包裹糖衣的小檗碱被碾成粉末（记得操作这一步骤的时候，搅动得四周空气都是苦的），兑到一百二十五毫升浓度为百分之五的葡萄糖水中。那个最先提出以这个浓度就可消解黄连之苦的女孩儿率先用舌头舔了舔已经变成黄色的液体。她是这一比例的倡导者，大家怕她就算觉得微苦，也要装出不苦的样子，损害试验的公正性，将信将疑地盯着她的脸色。没想到她大口吐着唾沫，连连叫着："苦死了，你们千万不要来试，赶紧往里面兑糖……"我们为自己"以小人之心度君子之腹"感到羞惭，拿起高浓度的糖就往黄水里倒，然后又推举一个人来尝。这回试验者不停地咳嗽，咧着嘴巴吐着舌头说：“太苦了，啥都别说了，兑糖吧……”那一天，循环往复的场景就是女孩子们不断地往小半瓶微黄的液体里兑着葡萄糖，然后伸出舌尖来舔，顷刻抽搐着脸，大叫：“苦啊苦啊……”

直到糖水已经浓到了几乎要拉出黏丝，那液体还是只需一滴就会苦得让人打战。试验到此被迫告停，好奇的女兵们到底也没有求证出多少葡萄糖能够中和黄连的苦味。大家意犹未尽，又试着把整片的黄连泡进剩下的半瓶里去，趁着黄连还没有融化，一口吞下，看看结果如何。这一次很快得到证明，没有融化的黄连之苦，还是可以忍受的。

把这个试验一步步说出来，真是无聊至极。不过，它也让我体会到，即使你一生中一定会邂逅黄连，比如生活强有力地非要赐予你极困窘的境遇，比如你遭逢危及生命的重患必得要用黄连解救，比如……你都可以毫无惧色地吞咽黄连。毕竟，黄连是一味良药啊！只是，千万不要人为地将黄连碾碎，再细细品尝，敝帚自珍地长久回味。太多的人习惯珍藏苦难，甚至以此自傲和自虐，这种对苦难的持久迷恋和品尝，会毒化你的感官，会损伤你对美好生活的精细体察，还会让你歧视没有经受过苦难的人。这些就是苦难的副作用。苦的力量比甜的力量要强大得多，不要把黄连碾碎，不要让它嵌入我们的生活。

只要你认真寻找，幸福比比皆是。幸福不是一种颜色，也不是七种颜色，甚至也不是一百种颜色……幸福比所有这些相加还要多，幸福是无限的。

心是一只美丽的小箱子

小时候上学，很惊奇以“心”为偏旁的字，怎么那么多？比如：“念、想、意、忘、慈、感、愁、思、恶、慰、慧……”等等等等，哈！一个庞大的家族。

除了这些安然地卧在底下的“心”以外，还有更多迫不及待站着的“心”。这就是那些带“竖心”旁的字，比如“忆、怀、快、怕、怪、恼、恨、惭、悄、惯、惜……”等等等等。原谅我就此打住，因为再举下去，实在有卖弄学问和抄字典的嫌疑。

从这些例证，可以想见当年老祖宗造字的时候，是多么重视“心”的作用，横着用了一番还嫌不过瘾，又把它立起来，再用一遭。

其实从医学解剖的观点来看，心虽然极其重要，但它的主要工作，是负责把血液输送到人的全身，好像一台水泵，干的是机械方面的活，并不主管思维。汉字里把那么多情绪和智慧的感受，都堆到它身上，有点儿张冠李戴。

真正统帅我们的思想的，是大脑。

人脑是一个很奇妙的器官。比如学者用“脑海”来描述它，就很有意思。一个脑壳才有多大？假若把它比成一个陶罐，至多装上三四个大“可乐”瓶子的水，也就满满当当了。如果是儿童，容量更有限，没准刚倒光几个易拉罐，就沿着罐子口溢出水来了。可是，不管是成人还是小孩儿的大脑，人们都把它形容成一个“海”，一个能容纳百川波涛汹涌的大海。这是为什么？

大脑是我们情感和智慧的大本营，它主宰着我们的思维和决策。它能记住许多东西，也能忘了许多东西。记住什么忘却什么，并不完全听从意志的指挥。比方明天老师要检查背诵默写一篇课文，你反复念了好多遍，就是记不住。就算好不容易记住了，到了课堂上一紧张，得，又忘得差不多了。你就是急得面红耳赤抓耳挠腮，也毫无办法。若是几个月后再问你，那更是云山雾罩一塌糊涂。可有些当时只是无意间看到听到的事情，比如路旁老奶奶一句夸奖的话，秋天庭院里一片飘落的叶子，当时的印象很清淡，却不知被谁施了魔法，能像刀刻斧劈一般，永远留在我们记忆的年轮上。

我不知道科学家最近研究出了哪些关于记忆和遗忘的规则，反正以前是个谜。依我的大胆猜测，谜底其实也不太复杂。主管记住什么忘记什么的中枢，听从的是情感的指令。我们天生愿意保存那些美好、善良、友谊、勇敢的事件，不爱记着那些丑恶、虚伪、背叛、怯懦的片段。当然这并不是说人应该篡改真相，文过饰非虚情假意瞎编一气，只是想说明我们的心，好像一只美丽的小箱子，容量有限。当它储存物品的时候，经过了严格的挑选，把那些引起我们忧愁和苦闷的往事，甩在了外面，保留的是亲情和友情。

我衷心希望每个人的小箱子里，都装满光明和友爱。

你要好好爱自己

你要好好爱自己。

这话来自一句叮嘱。最早向我们说起它的人，可能是我们的父母，可能是我们的师友，可能是我们的恋人爱人……

他们也许会一而再再而三地说：冷了要添衣，热了要洗脸。不要熬夜，不要一忙就忘了吃饭。要和大家伙儿搞好关系，要对得起自己的良心……要早睡早起……

如果从来没有人对你说起过这些絮絮叨叨啰啰唆唆的话，那你的童年和少年加上青年时期，孤寂荒凉。你未曾被人捧在手心，极少承接过温情。

不过，这没什么了不起的。因为无论别人怎样对你说这些话，说过多少次，都是身外之物。话音终将袅袅远去，要紧的是——你要自己对自己说这句话——你要好好爱自己。在纷杂人间的清朗月夜，你要耳语般但无比坚定地对自己说。

好好爱自己，是简单朴素的常识。可是这世上有多少人，能够懂得能够记住能够做到呢？

放眼四周，谬爱种种。

有人年轻时不顾死活拼命挣钱，预约给自己年老的时候可以肆意享乐，放开一搏。他们以为这就是爱自己。

有人以为给自己的胃填进一些过多的食物，让罕见的山珍野味把肚腹撑得两眼翻白，这就是爱自己了。

有人以为在手腕上箍住名表，在颈项间悬挂重磅的金饰，这就是爱自己了。

有人以为把身体安置在一个庞大的屋舍内，再用很多名牌将自己掩埋，这就是爱自己了。

有人以为把自己的腿最大限度地闲置起来，抵达任何一个地方都由汽油和钢铁代步，这就是爱自己了。

有人以为让自己的外貌和自己的内脏年龄不相符，让面容在层层化妆品的粉饰下，显出不合时宜的嫩相。严重者不惜刀兵相见大胆斧正自我，甚至可以将腿骨敲断以求延展下肢增加身高，就是狠狠地爱自己了。

有人以为让嘴巴说言不由衷之话，让表情肌做不是发自内心的谄媚之态，让双膝弯曲，让目光羞于见人，这都是爱自己。

实际情况恰恰相反，以上诸等，皆是对不起自己，害了自己。

爱自己是需要理由的。我们的爱要想持之以恒，先要明白自己究竟是谁。

最明确的结论是——自己首先是一个身体。这个身体结构精巧，机能完善，高度发达，精美绝伦。千百万年进化的水流，将身体打磨成健全而温润的宝石。

大脑的功用是思考，而不是他人任意抛洒塑料袋的垃圾场。

凡事用自己的脑袋想一想，做出最合乎理性的决定，这就是对自己的脑袋好。

眼睛要看洁净美好之物，看出潜在的危险找到安全方向。眼睛还有小小的癖好，爱看草木的绿色和天空的湛蓝，爱看书本和笑靥。满足它的愿望，非礼勿视，这就是对眼睛好。

鼻子希望呼吸到清新的空气，闻到花香，不喜欢密不通风的腐朽之气和穹顶之下皆是雾霾。让它远离这样的环境，才是对鼻子的爱惜。

嘴巴希望讲的都是发自内心的真话，摄入到富有营养的本色食品，而不是混杂三聚氰胺和地沟油的伪劣食物。不说口是心非的谗言，嘴唇上翘，嘴巴就微笑了。

双手希望能通过自己的劳动创造出美好生活的物质基础，而不是扒窃抢劫和杀戮，这就是手的幸运了。

我们的脏腑希望它能劳逸结合，不要总是爆满，不要连轴转。要有张有弛劳逸结合。不要被塞进太多赘物，不要无端地损耗它们的能量。

颈椎希望能不时地扬起头，舒展它弯曲的弧度。而不是终日保持一个僵硬的姿势，以至于每一节间隙都缩窄，过度摩擦增生长出骨刺。

脊骨希望自己能够庄严地挺直，快乐向前。这不但是生理的需要，也是心理的需要。一个卑躬屈膝的人，谈不上尊严。而没有尊严的人，不会好好对待自己。因为他看不起自己，以为自己只是蝼蚁之物。

我们的肩膀，希望能担负一定的担子。不要太轻，那样就失去了肩负的责任；也不能太重，超过了负荷，肩周就会发炎。

双脚，希望坚稳地站立在大地之上。那种为了显示自己比实际高度更高的内外增高鞋，骨子里是虐待双脚的刑具。

我们的双腿，希望能在正当的道路上挺进。时而可以疾跑，时而可以漫步，时而可以暂停，倾听婉转莺啼。

我们的皮肤，希望能顺畅地呼吸，而不是被厚厚的脂粉糊满，戴一张石灰盔甲。

我们的头发，希望按照它的本来面目，风中舒展。黑就是黑，白就是白，黄就是黄。而不是像鸡毛掸子似的五颜六色，被反复弯曲和拉直，好像它是多变的小人。

我们的心脏，希望匀速地跳动。运动的时候可以适时加快，睡眠的时候，可以轻柔缓舒。需要拍案而起的时候，它可以剧烈搏动，以输出更多的血液，支撑我们怒发冲冠的豪气。千钧一发的时刻，它可以气壮山河地泵出极多血液，以提供给我们叱咤风云顶天立地的力量。

我惊叹人体的奥秘，大自然是何等慷慨地把最伟大的恩赐降临于我们身体之内。身体的每一个细枝末节，都遵循颇有深意的蓝图构建起来并完整地传承，兢兢业业一丝不苟。

只有爱自己的人，才有可能爱别人，一屋不扫，何以扫天下？一个不爱自己的人，断不会心细如发地爱别人。爱己爱人都是一种能量，它不是与生俱来，而是通过感知和模仿，通过领悟和学习，才慢慢积聚起来，直至蔚然成风。这世上有太多的人，不爱自己，第一个证据就是他们成了身体的叛徒。他们视身体是一团与己无关的肮脏抹布。

所有人的身体，都理应洁净而温暖。不仅儿童和青年圣美，中老年人的身体也依旧是和煦与高贵的。纵使曾经被侮辱与损害，有负罪之人为之承责，身体是无辜的。那些以为只有童子才清爽、处女才芬芳的念头，来自人性的无知和男权的霸道。

不过，这并不是好好爱自己的全部。在身体里，还有无比尊贵的主宰，那就是我们的灵魂。

爱惜灵魂，是好好爱自己的最高阶段。

人说灵魂有二十一克重，说在死亡的那一瞬间，灵魂会飞向天空。我不知道这个说法是否科学，但我相信在美好的身体里，一定安住着同样精彩的灵魂。它是人类最优秀的价值观之总和，是我们瞭望世界的支点。它凝聚了人类所信仰所尊崇所畏惧和所仰视的一切，在肉体之上，放射明亮光芒，穿透风雨迷蒙照耀着引导着我们。

如果这一世，你能爱惜身体珍重灵魂，那么从这个港口出发你会成为一个身心平和的幸福小舟，一步步安然向前，驶入珍爱他人珍爱万物珍爱世界的宽广大海。

提醒幸福

我们从小就习惯了在提醒中过日子。天气刚有一丝风吹草动，妈妈就说，别忘了多穿衣服。才相识了一个朋友，爸爸就说，小心他是个骗子。你取得了一点儿成功，还没容得乐出声来，所有关切着你的人一起说，别骄傲！你沉浸在欢快中的时候，自己不停地对自己说：千万不可太高兴，苦难也许马上就要降临……

我们已经习惯于提醒，提醒的后缀词总是灾祸。灾祸似乎成了提醒的专利，把提醒也染得充满了淡淡的贬义。

我们已经习惯了在提醒中过日子，看得见的恐惧和看不见的恐惧始终像乌鸦盘旋在头顶。

在皓月当空的良宵，提醒会走出来对你说：注意风暴。于是我们忽略了皎洁的月光，急急忙忙做好风暴来临的一切准备。当我们大睁着眼睛枕戈待旦之时，风暴却像迟归的羊群，不知在哪里徘徊。当我们实在忍受不了等待灾难的煎熬时，我们甚至会恶意地祈盼风暴早些到来。

在许多夜晚，风暴始终没有降临。我们辜负了冰冷如银的月光。

风暴终于姗姗地来了。我们怅然发现，所做的准备多半是没有用的。事先能够抵御的风险毕竟有限，世上无法预计的灾难却是无限的。战胜灾难靠的更多的是临门一脚，先前的惴惴不安帮不上忙。

当风暴的尾巴终于远去，我们守住零乱的家园。气还没有喘匀，新的提醒又智慧地响起来，我们又开始对未来充满恐惧的期待。

人生总是有灾难。其实大多数人早已练就了对灾难的从容，我们只是还没有学会灾难间隙的快活。我们太多注重了自己警觉苦难，我们太忽视提醒幸福。

请从此注意幸福！

幸福也需要提醒吗？

提醒注意跌倒……提醒注意路滑……提醒受骗上当……提醒荣辱不惊……先哲们提醒了我们一万零一次，却不提醒我们幸福。

也许他们认为幸福不提醒也跑不了的。也许他们以为好的东西你自会珍惜，犯不上谆谆告诫。也许他们太崇尚血与火，觉得幸福无足挂齿。他们总是站在危崖上，指点我们逃离未来的苦难。

但避去苦难之后的时间是什么？

那就是幸福啊！

享受幸福是需要学习的，当幸福即将来临的时刻需要提醒。人可以自然而然地学会感官的享乐，人却无法天生地掌握幸福的韵律。灵魂的快意同器官的舒适像一对孪生兄弟，时而相傍相依，时而南辕北辙。

幸福是一种心灵的震颤，它像会倾听音乐的耳朵一样，需要不断地训练。

简言之，幸福就是没有痛苦的时刻。它出现的频率并不像我们想象的那样少。人们常常只是在幸福的金马车已经驶过去很远，拣起地上的金鬃毛说，原来我见过她。

人们喜爱回味幸福的标本，却忽略幸福披着露水散发清香的时刻。那时候我们往往步履匆匆，瞻前顾后不知在忙着什么。

世上有预报台风的，有预报蝗虫的，有预报瘟疫的，有预报地震的。没有人预报幸福。

其实幸福和世界万物一样，有它的征兆。

幸福常常是朦胧的，很有节制地向我们喷洒甘霖。你不要总希冀轰轰烈烈的幸福，它多半只是悄悄地扑面而来。你也不要企图把水龙头拧得更大，使幸福很快地流失。而需静静地以平和之心，体验幸福的真谛。

幸福绝大多数是朴素的。它不会像信号弹似的，在很高的天际闪烁红色的光芒。它披着本色的外衣，亲切温暖地包裹起我们。

幸福不喜欢喧嚣浮华，常常在暗淡中降临。贫困中相濡以沫的一块糕饼，患难中心心相印的一个眼神，父亲一次粗糙的抚摸，女友一个温馨的字条……这都是千金难买的幸福啊。像一粒粒缀在旧绸子上的红宝石，在凄凉中愈发熠熠夺目。

幸福有时会同我们开一个玩笑，乔装打扮而来。机遇、友情、成功、团圆……它们都酷似幸福，但它们并不等同于幸福。幸福会借了它们的衣裙，袅袅婷婷而来，走得近了，揭去帏幔，才发觉它有钢铁般的内核。幸福有时会很短暂，不像苦难似的笼罩天空。如果把人生的苦难和幸福分置天平两端，苦难体积庞大，幸福可能只是一块小小的矿石。但指针一定要向幸福这一侧倾斜，因为它有生命的黄金。

幸福有梯形的切面，它可以扩大也可以缩小，就看你是否珍惜。

我们要提高对于幸福的警惕，当它到来的时刻，激情地享受每一分钟。据科学家研究，有意注意的结果比无意要好很多。

当春天的时候，我们要对自己说，这是春天啦，心里就会泛起茸茸的绿意。

幸福的时候，我们要对自己说，请记住这一刻！幸福就会长久地伴随我们。

那我们岂不是拥有了更多的幸福！

所以，丰收的季节，先不要去想可能的灾年，我们还有漫长的冬季来得及考虑这件事。我们要和朋友们跳舞唱歌，渲染喜悦。既然种子已经回报了汗水，我们就有权沉浸幸福。不要管以后的风霜雨雪，让我们先把麦子磨成面粉，烘一个香喷喷的面包。

所以，当我们从天涯海角相聚在一起的时候，请不要踌躇片刻后的别离。在今后漫长的岁月里，有无数孤寂的夜晚可以独自品尝愁绪。现在的每一分钟，都让它像纯净的酒精，燃烧成幸福的淡蓝色火焰，不留一丝渣滓。让我们一起举杯，说：我们幸福。

所以，当我们守候在年迈的父母膝下时，哪怕他们鬓发苍苍，哪怕他们垂垂老矣，你都要有勇气对自己说：我很幸福。因为天地无常，总有一天你会失去他们，会无限追悔此刻的时光。

幸福并不与财富地位声望婚姻同步，它只是你心灵的感觉。

所以，当我们一无所有的时候，我们也能够说，我很幸福。因为我们还有健康的身体。当我们不再享有健康的时候，那些最勇敢的人可以依然微笑着说：我很幸福。因为我还有一颗健康的心。甚至当我们连心都不再存在的时候，那些人类最优秀的分子仍旧可以对宇宙大声说：我很幸福。因为我曾经生活过。

常常提醒自己注意幸福，就像在寒冷的日子里经常看看太阳，心就不知不觉暖洋洋亮光光。

带上灵魂去旅行

人的知识永远是不完备的，他无法知道一个地区或是一个时代，是否就是空间和时间的全部。在这个意义上讲，我们每个人都是井底之蛙，所不同的只是栖息的这口井的直径大小而已。每个人也都是可怜的夏虫，不可语冰，于是，我们天生需要旅行。生为夏虫是我们的宿命，但不是我们的过错。在夏虫短暂的生涯中，我们可以和命运做一个商量，尽可能地把这口井掘得口径大一些，把时间和地理的尺度拉得伸展一些。就算最终不可能看到冰，夏虫也力所能及地面对无瑕的水和渐渐刺骨的秋风，想象一下冰的透明清澈与痛彻心扉的寒冻。

旅行，首先是一场体能的马拉松，你需要提前做很多准备。依我片面的经验，旅行的要紧物件有三种。第一，当然是时间。人们常常以为旅行最重要的前提是钱，于是就把攒钱当成旅行的先决条件。其实，没有钱或是只有少量的钱，也可以旅行。关于这一点，只要你耐心搜集，就会找到很多省钱的秘籍。如果把一个人比作一辆车，驱动我们前行的汽油，并不是金钱，而是时间。这个道理极其简单，你的时间消耗完了，你任何事都干不成了，还奢谈什么呢？或者说，那时的旅行只有一个方向，就是地心了。

第二桩物件，是放下忧愁。忧愁是旅行的致命杀手，人无远虑，乃可出行。忧愁是有分量的，一两忧愁可以化作万朵秤砣，绊得你跌跌撞撞鼻青脸肿。最常见的忧愁来自这样的思维：把这笔旅游的钱省下来可以买多少斤米多少篓菜，过多长时间丰衣足食的家常日子。将满足口腹之欲的时间当作计量单位，是曾经有用现在却不必坚守的习惯。很多中国人一遇到新奇又需要破费的事，马上把它折算成米面开销，用粮食做万变不离其宗的度量衡。积谷防饥本是美德，可什么事都提到危及生命安全的高度来考虑，活着就成了负担。谁若一意孤行去旅行，就咒你将来基本的生存都要打折，食不果腹衣不蔽体流落街头……别怪我说得凄惶，如果你打算做一次比较破费的旅行，你一定会听到这一类的谆谆告诫。迅即把诸事折合成大米的计算公式，来自温饱没有满足的农耕时代遗留下来的精神创伤。如果你一定要把所有的钱，都攒起来用于防患于未然，这是你的自由，别人无法干涉。可你要明白，身体的生理机能满足之后，就不必一味地再纠结于脏腑。总是由着身体自言自语地说那些饥饱的事，你就灭掉了自己去看世界的可能性，一辈子只能在肚子画出的半径中度过。这样的人生，在温饱还没有解决的往昔，是不得已而为之，甚至可能成为能优先活下来的王牌。在今天，就有时过境迁过于迂腐之感了。

第三桩事，是活在身体的此时此刻。此话怎讲？当下身体不错，就可以出发，抬腿走就是，不必终日琢磨以后心力衰竭的呕血和罹患癌症的剧痛。我琢磨着自己还有能力挣出些许以后治病的费用，我相信国家的社会保障机制会越来越好。我捏捏自己的胳膊腿，觉得它们尚能禁得住摔打，目前爬高上低餐风宿露不在话下。若我以后真是得了多少万人民币也医不好的重症，从容赴死就是了，临死前想想自己身手矫健耳聪目明时，也曾有过一番随心所欲的游历，奄奄一息时的情绪，也许是自豪。

我是渐渐老迈的汽车，油料所剩已然不多。我要精打细算，小心翼翼地驱动它赶路。生命本是宇宙中的一瓣微薄的睡莲，终有偃旗息鼓闭合的那一天。在这之前，我一定要抓紧时间，去看看这四野无序的大地，去会一会英辈们残留下的伟绩和废墟。

终于决定迈开脚步了，很多人有个习惯，出远门之前，先拿出纸笔，把自己要带的东西都一一列出。旅游秘籍中，传授这种清单的俯拾皆是。到寒带，你要带上皮手套雪地靴；到热带，你要带上防晒霜太阳镜驱蚊油。就算是不寒不热的福地，你也要带上手电筒小檗碱加上使领馆的电话号码……

所有这些，都十分必要。可有一样东西，无论你到哪里，都不可须臾离开。那就是——你可记得带上自己的灵魂?

据说古老的印第安人有个习惯，当他们的身体移动得太快的时候，会停下脚步，安营扎寨，耐心等待自己的灵魂前来追赶。有人说是三天一停，有人说是七天一停，总之，人不能一味地走下去，要驻扎在行程的空隙中，和灵魂会合。灵魂似乎是个身负重担或是手脚不利落的弱者，慢吞吞地经常掉队。你走得快了，它就跟不上趟。我觉得此说法最有意义的部分，是证明在旅行中，我们的身体和灵魂是不同步的，是分离分裂的。而一次绝佳的旅行，自然是身体和灵魂高度协调一致，生死相依。

好的旅行应该如同呼吸一样自然，旅行的本质是学习，而学习是人类的本能。身为医生，我知道人一生必得不断地学习。我不当医生了，这个习惯却如同得过天花，在心中留下斑驳的痕迹。旅行让我知道在我之前活过的那些人，他们可曾想到过什么做过什么。旅行也让我知道，在我没有降生的那些岁月，大自然盛大的恩典和严酷的惩罚。旅行中我知道了人不可以骄傲，天地何其寂寥、峰峦何其高耸、海洋何其阔大。旅行中我也知晓了死亡原不必悲伤，因为你其实并没有消失，只不过以另外的方式循环往复。

凡此种种，都不是单纯的身体移动就能够解决问题的，只能留给旅行中的灵魂来做完功课。出发时，悄声提醒，背囊里务必记得安放下你的灵魂。它轻到没有一丝分量，也不占一寸地方，但重要性远胜过 GPS。饥饿时是你的面包，危机时助你涉险过关。你欢歌笑语时，它也无声扮出欢颜。你捶胸顿足时，它也滴泪悲愤……灵魂就算不能像烛火一样照耀着我们的行程，起码也要同甘共苦地跟在后面，不离不弃，不能干三天停一天地磨洋工。否则，我们就是一具飘飘荡荡的躯壳在蹒跚，敲一敲，发出空洞的回音，仿佛千年前枯萎的胡杨。

送你幸福瓶

我喜欢丝绸和瓷器。不仅因为它们是中国历史上最值得骄傲的发明之一，也是中国古代脚力最矫健行走最远的商品，更因为它们独特的俊美。任何一种人工的纤维，至今都无法比拟丝绸的高贵和精彩，就算表面上模拟的有几分相似了，一贴到皮肤上，那感觉也全然不同，人的触觉和天然的丝绸更熨帖。瓷器呢，简直就是魔法师。来自大地的凡土，经过艺人的手指和火焰的烘烧，成仙得道，变得光洁如水晶莹夺目。总感到瓷泥在用这造化的玄妙，表达意味深长的哲理。

2009年国庆，我在江西景德镇做了一个青花瓷的瓶。初起，在那女师傅的摊子上，琳琅满目的样品，让我一时无法确定到底做个什么物件好。看出我的犹疑，女师傅说，你就做个瓶吧。

我这时一眼看上了一个盘子的坯，问：做个盘子不好吗？

女师傅说，盘子也好。不过要是我，还是会选瓶。

为什么呢？我当然要问。

瓶，代表平顺安宁啊。你没见中国古代的案几上，人们都摆瓶的。天天看到瓶，念叨着瓶，就是时时在许一个愿，家人就会平安的。女师傅慈眉善目地说。

面对古人这种饱含心理学暗示疗法的理由，你还能抗拒吗？于是，就动手来做瓶。

想手下这温润的泥，在混浊杂乱的深壤中，闭目养神了千万年，突然间就见了太阳。原本面目模糊无筋无骨的粉尘，被水和手指的劲道，赋予了柔软的形体，接着变成了瓶或盘盏的坯。它鲜白，柔和，素净，温软，一如晨曦初现时的清爽。女师傅端来一碟黑色的液汁，把毛笔递给我道，在瓶上，写好你想说的话，画上你喜欢的图。我说，手笨，恐怕写不好画不好的。女师傅说，自己写的画的，好看不好看并不要紧，意思格外不同。见我执了笔，她又叮嘱道：这碟子里就是古法青花的染料，你看它是黑色的，烧过之后，就变成靛蓝色了。记得要事先想周全啊，下笔之后，就没法再改了。

我屏住气，画上了几笔，写上了几个字。这些字和画，驮着我的心意，沁入了青瓷泥坯的肌肤。署上时间和名字之后，我问女师傅，然后呢？

女师傅说，然后你就把它交给我。它会被送到古窑，要整整烧它三天共七十二小时。

我问，然后就好了吗？

女师傅轻叹了一口气说，那可也不定。要看这瓶的运气呢。要是炸了裂了，都没有法子。总会有这样的事儿，我们退你钱。但愿你这瓶平安。

之后，我回了北京，静静地等待中充满了惦念。常常想到这个瓶正在熊熊的炉火中修行，烈焰包绕，熠熠生辉。如同我们的意志，经过了磨炼和时间，才能与万物黏成体。青瓷之中，凝固了大地的疆土，吞咽了江河的净水，吸附了一些古老手艺的染料，那里面有稀有元素的不传配方。还有动物皮毛扎束起的笔锋灵韵，它是狐狸的尾加上山雉的翎吧！我描画图案书写姓名的时候，从笔尖看到了一点儿跳动的金红色，一抹鹦鹉般的绿。瓶身上有我和家人的名字，代表着我们的身心。奔突的炉火如炙红的绸，要围绕着这瓶旋舞三天。它会灼痛瓶子的口吗？祈愿这个瓶没有砰的炸裂，没有琐细的网纹，它从容轻巧安然涉险，不动声色地蹈过火海，终于又重回云淡风轻的人间。想起明朝时的海船，载了万千的青花瓷器，遭遇风暴沉入海底，几百年波涛翻滚环伺四周。一朝出水后，那瓷器们依然娇蓝地雪亮着，一如北欧少女飞扬的眸。纵是出了意外成了废品，击打后，爆成数不清的碎片，也可以镶在墙上地上，成一幅残缺的装点。

终于，那瓶被安全地送达了我家。打开包装的一瞬，我再一次屏住了呼吸。

我终于又看到了它，恰如灾难后亲朋重逢。经过千度以上的高温浴洗，它亭亭玉立，一如既往地周正、安宁、温润、亲切可人，让人想起满月时分风平浪静的海，毫无瑕秽地闪着银钻般的微光。这瓶最显著的变化是不再柔软，弹之铮铮作响，犹若侠骨激荡。

我看到了那瓶身上的图案，一丛兰花娴雅地开放着，仿佛有沁人心脾的幽香逸散而出。我母亲名中有一个“兰”字，谨以此瓶寄托我无尽的思念。

我看到了那瓶身上手书的两个字——“幸福”，清晰坚定，蓝得振聋发聩，宛若蚀刻到了瓶的骨。当时女师傅让我写上自己心仪的字时，不知怎么回事，这两个字就蹦了出来，好像它们早已准备好了，听到了发号枪响，立刻抢跑。

中国有句古话，叫作“画饼充饥”，略带调侃。我画了一个瓶，也算是为自己“画瓶祈福”。这瓶里，不仅装着我对自己的良好祝愿，也祝福普天下的人们——幸福平安！

写“福”字的女孩儿

春节前的北方集市，热闹得像蜂巢。熙熙攘攘，喧喧嚣嚣，过年的气氛像扑面而来的海浪，把赶集的你浇个透湿。

走到干果市，一堆堆的南瓜子、西瓜子、葵花子，散发着撩人的香气。摊主揪着你的衣袖，非要你尝一把才走。你不买他的瓜子，他不生气；你若是不肯尝尝他的货色，他就很委屈地嘟囔着说：“咋啦？嫌我的瓜子不新鲜吗？新出锅的，吃一颗香你一个跟头！”

你进了炮仗市，空气中弥漫着火药库的味道。红的二踢脚，绿的震天雷，一串串红辣椒似的挂鞭，看着就让你耳边鼓起枪战般的激烈音响。那金箍棒一样粗的“小钢炮”，长长的炮捻儿温顺地垂在一侧，好像一个穿红袄的嘎小子笑嘻嘻地看着你，你不由自主地绕着它走。走得远了，你又忍不住回过头去再看它两眼……

菜市有些萧条。绿色的菜叶被冷风飕得泛出褐黄，或翠得可疑，反射出晶莹的闪光——那是被冻透了。你叹了口气往前来，菜老板说：“真有心买吗？筐里有好的呀，摆在外面的是样品，原装的水灵着呢！”说着从捂着棉絮的箱里掏出一个西红柿，电光石火地朝你一闪，又掖了回去。

那半个西红柿的笑脸，灿烂无比。

你买了菜，又慢慢地向前走。来到了一处较为宽敞的场地。空地上摆了几张桌子，红纸铺台，几位先生挥毫泼墨，正在写对联。四周聚着拿钱求字的人们，人头攒动，却很安静。

这该叫个什么“市”呢？书法市吗？你好奇地站住了。

你发现了她，一个小小的女孩儿，提着几乎和她胳膊一般长的毛笔，也在为人写字。你不禁为她发愁，这么小的人，就算字写得好，能编出主顾满意的吉祥话吗？

看了一会儿。你笑了。担心真是多余的，她只写一个字——一个大大的酣畅淋漓的“福”字。

按说她的字写得并不是很好，但求她写字的人很多。她有一绝，笔下的“福”字竟是倒着写的。

“福”倒了——“福”到了！这是中国农民世世代代的愿望啊！

她面前有一沓裁好的红纸斗方。两个小瓶，一个装着金粉，一个装着银粉。还有一个巨型砚台，半截墨块。真是个孩子啊，桌上还散乱地扔着几片侧柏叶，一片晶晶烁烁的天然云母。

有主顾来了，她就很老到地问：“您是要金福还是银福还是墨福？”

主顾问了价码，做了选择，她就按要求施工。要金银福字的，她就把金银粉用调料稀释了，然后笔走龙蛇，一个倒“福”字一笔呵成，博得一片喝彩。

有的主顾掂量了半天说："我还是要个墨福吧，便宜。"

小姑娘就不再说话，用嘴哈哈砚台里稀薄的冰晶，开始磨墨，还不时地把柏叶和云母丢进去，弄得砚池里泥泞不堪。

墨福写好了，等到收钱的时候，主顾说："少要点儿吧。你的墨是自己磨的，你看那边，用的是'一得阁'的香墨汁。"

小姑娘揉着红彤彤的手指说："我的墨汁里加了树叶，您闻闻是不是有松树味？还加了云母，在太阳底下，福字里能透出金星呢！"

主顾就把红斗方对着太阳看，周围的人也凑上去。墨字在太阳下显出苍翠的金属色泽，主顾就按数放下钱。

一位老奶奶走过来说："闺女，给我写个……小点儿的……"

女孩儿指着纸说："奶奶，纸都是在家就裁好了的，没小的啊。"

老人扁着嘴说："我就不信你那纸就没个边边角角碎料？做衣服的还有个布头贱卖呢！闺女，再找找吧……"

围着的人说话了："过年贴福字，有钱就贴，没钱就拉倒。这个福字可没有打折的啊！"

在人们的哄笑声中，老奶奶悄悄地离去。她低着白发苍苍的头说："我只要一个小小的福……"

女孩儿默不作声，挥毫饱蘸金粉，龙飞凤舞写下一个金色的倒"福"字，追上老奶奶，说："我送您一个大大的'福'……"

你站在北方晴朗而寒冷的天穹下，看着老人双手捧着金色的福字，消失在茫茫的人群中。

又有清新的松柏气味飘荡在你身后，写“福”字的女孩儿正在撕云母，传来极轻微的破碎声。

感动是一种能力

感动在词典上的意思是——思想感情受外界事物的影响而激动，引得同情或向慕。虽然我对这本辞典抱有崇高的敬意，依然认为这种说法不够精准，甚至有点儿词不达意。难道感动是如此狭窄，只能将我们引向同情或是向慕的小道吗？这对“感动”来说，似乎不全面、不公平吧？感动比这要丰饶得多，辽阔得多，深邃得多啊。

感动最望文生义最平直的解释就是——感情动起来了。你的眼睛会蒸腾出温热的霞光，你的听觉会察觉远古的微响，你的内心像有一只毛茸茸的小松鼠越过，它纤细而奔跑的影子惊扰你思维的树叶久久还在曳动。你的手会不由自主地出汗，好像无意中拣到了天堂的房卡，你的足弓会轻轻地弹起，似乎想如赤脚的祖先一般迅跑在高原……

感动的来源是我们的感官，眼耳鼻舌身加上触觉和压觉。如果封闭了我们的感官，就杀戮了感动的根，当然也就看不到感动的芽和感动的果了。感官是一群懒惰的小精灵，同样的事物经历得多了，感官就麻痹松懈了。现代社会五光十色瞬息万变，感官更像被塞进太多脂肪的孩子，变得厌食和疲沓。如今人渐渐丧失了感动的能力，感动闪现的瞬间越来越短，感动扩散的涟漪越来越淡。因为稀缺，感动变成了奢侈品。很多人无法享受感动力，于是他们反过来讥讽感动，谄笑感动，把感动和理性对立起来，将感动打入盲目和幼稚的泥沼之中。

感动是一种幸福。在物欲横流的尘垢中，顽强闪现着钻石的瑰彩。当我们为古树下的一株小草决不自惭形秽，而是昂首挺胸成长而感动的时刻，其实我们想到的是人的尊严。我上小学的时候，在一次考试中，得到了有生以来最差的分数。万念俱灰之时，我看到一只蜘蛛锲而不舍地在织补它残破的网。它已经失败了三次，一次是因为风，一次是因为比它的网要凶猛百倍的鸟，第三次是因为我恶作剧的手。蜘蛛把它的破坏者感动了，风改了道，鸟儿不再飞过，我把百无聊赖的手握成了拳。我知道自己可以如同它那样，用努力和坚韧弥补天灾人祸，重新纺出梦想。我也曾在藏北雪原仰望浩渺星空而泪流满面，一种博大的感动类似天毯，自九天而下裹挟全身。银河如此浩瀚，在我浅淡生命之前无数年代，它们就已存在，在我生命之后无数年代，它们也依然存在。那么，我的存在又有什么意义呢？在这个惶然的瞬间，我被存在而感动，决心要对得起这稍纵即逝的生命。

我喜欢常常感动的女人，不论那感动我们的起因，是一瓣花还是一滴水，是一个旋动的笑颜还是一缕苍老的白发，是一本举足轻重的证书还是片言只语的旧笺……引发感动的导火索，也许举不胜举，可以有形，也可以是无所不在的氛围和若隐若现的天籁。感动可以骑着任何颜色的羽毛，在清晨或是深夜，不打招呼地就进入了心灵的客厅，在那里和我们的灵魂倾谈。

珍惜我们的感动，就是珍惜了生命的零件。在感动中我们耳濡目染，不由自主地逼近那些曾经感动过我们的灵魂。也许有一天，我们也在无意间成了感动的小小源头，淙淙地流向了另一个渴望感动的双眸。

家　问

家是什么?

家会很小很小，螺蛳壳是蜗牛的家。家会很大很大，宇宙是星星的家。

家会很轻很轻，像一粒浮尘，被人一指掸掉，不留一丝痕迹。家会很重很重，像一座铅山，压在脊上，寸步难行。

家会很快乐很幸福，像一眼不老的喜泉。家会很凄楚很悲凉，像一汪深不可测的泪潭。

问年轻人:“家是什么?”

他们回答:“家是粉红色的玫瑰，有刺更有蕾。家是甜蜜的吻，热烈的拥抱。家是柔情似水的情话和连绵不断的短信。”

问中年人:“家是什么?”

他们回答:“家是心灵与肉体的港湾，能停泊万吨巨轮也能栖息独木小舟。家是无私的付出与接纳，家是脱去疲劳的热水澡。家是一个苹果，你一大口，我一小口。家是一副重担，我愿这边的力臂短，你那边的力臂长。”

问老年人:“家是什么?”

他们回答："家是黄昏湖边的搀扶，家是灯下互相凝望丝丝白发。家是一件旧风衣，风也是它雨也是它。家是虽非一见钟情，却望白头偕老的漫漫旅程。家是墓前的一枝黄菊花。"

问孩子："家是什么？"

他们回答："家是妈妈柔软的手和爸爸宽阔的肩膀，家是一百分时的奖赏和不及格时的斥骂。家是可以耍赖撒谎当皇帝，也得俯首听命当奴隶的地方。家是既让你高飞又用一根线牵扯的风筝轴。"

问情人："家是什么？"

他们回答："家是舔着伤口的两只狼。家是荷尔蒙的汹涌分泌。家是一日不见，如隔三秋。家是猜忌、争执、思恋、指责的杂耍场。家是枕边泪窗前月，家是今夜你会不会来？家是一个不存在的地方。"

问养家的人："家是什么？"

他说："家不是勋章，你挂在胸前，别人也看不见。家是一条暗地里逼你不断挣钱的鞭子，直抽得你遍体鳞伤。"

问弃家的人："家是什么？"

他说："家是一种能力，一种学习。我自忖无力从那里毕业，就中途逃亡了。"

问无家的人："家是什么？"

他说："家是羁绊，家是约束，家是熄灭人创造激情的沼泽地，家是一种奢侈的靡费。"

问恋家的人："家是什么？"

他说："家是树上的喜鹊窝。纵然世界毁灭了，只要家在，依然有一切。"

问恨家的人："家是什么？"

他说："家是爱情的终点，家是英雄的坟墓。家是累赘，家是负担。家是挂在你项上的枷锁，家是你自卖自身的契约。"

我不知世上还有另外的场所，会如此众说纷纭，褒贬不一。

纵观家庭，是大千世界的缩影。人们在家中卸去重重角色的面具，露出本色嘴脸，最坦率最赤裸。人性的善与丑，方寸之间，纤毫毕现。一代伟人，能治理好一个国，未必能调理好一个家。能统率千军万马的将军，可能是妇孺裙钗下的败将。

有人以为家是最自由最放任的所在，可以无所顾忌，百无约束。其实，家是最考验责任感的圣坛。对一个你所声称最挚爱的人，都欺瞒背叛，你还指望能为天下人所信任吗？对一个托付终身的人，都无法负起责任，你还能承诺他人的期嘱吗？连自己的一脉血缘都不能照料和抚育，你还能爱国爱民吗？在家中，我们看到了太多的丑恶。对亲人施暴的人，不可能对他人仁慈。在家中阴郁的人，不可能对太阳微笑。在家中诡计多端的人，不可能真诚地对待友人。在家中粉饰虚伪的人，不可能直面峥嵘人生。

如果没有准备好，请不要撕下走进家庭的门票。如果没有爱自己也爱他人的能力，请不要随意刨开家庭的地基。

很多人抱着从家庭中掠取支援的动机，匆匆为自己寻一个可供汲取财富和暖意的储备仓库。殊不知，家庭不是无中生有变出魔力的黑斗篷。家庭的温暖，先要无私无偿地培养和付出，然后热度才能像春草，毛茸茸地生长起来。一旦失了爱的滋养，再稳固的家也会很快风化。爱的魔力，有时很巨大，有时很贫瘠，全看你是否能以心血灌溉。

一花一世界，一家一宇宙。婴儿降临世上，家是包裹他的蛹壳。倘若家中注满健康的爱的花粉，他就吸吮着它，用爱滋养构建着自己的听觉嗅觉知觉，渐渐地酿成心中小小的蜜饯。在爱中长大的孩子，爱是他的羽衣，爱是他的长矛。在爱中蓬勃向上的孩子，他看天下，就比较明朗。他看人性，就比较乐观。他看自身，就比较有尊严。他看他人，就比较客观。他看丑恶，就比较勇敢。他看前途，就比较光明。他看事物，就比较冷静。他看死亡，就比较泰然。

在纷乱和丑恶的气氛中成长的孩子，是伪劣家庭的痛苦产品。他们在家中最先看到并习得的待人处世经验，是破碎疏离和粗暴残酷。他们是那样幼小，缺乏分辨的能力，以为这就是人世间的模型。当他们走进社会的时候，会不由自主地以不良家庭的模式对待他人，将紊乱与不协调传染到更大的范畴。更令人惊惧的是，来自不完美家庭的孩子们，彼此具有病态的吸引力，仿佛冥冥中有一块恶作剧的磁石，牵引着性格残缺的男女，使他们同病相怜，迫不及待地黏合到一处。这种建立于病态中的家庭，草台班子如履薄冰，演化成悲剧几乎是必然。如果不能进行彻底的改造，卓有成效地打断铰链，这种会伤人的家庭，就像顽强的稗草，代代相传，贻害无穷。

家可以很单纯，一个人也是一个完整的家。家可以很复杂，整个地球共居一个穹隆的屋顶。

家啊，是理解奉献思念呵护，是圣洁宽容接纳和谐，是磨合欣赏忠诚沟通，是心心相印浪漫曲折生死相依海角天涯。

造　　心

蜜蜂会造蜂巢。蚂蚁会造蚁穴。人会造房屋、机器，造美丽的艺术品和动听的歌。但是，对于我们最重要最宝贵的东西——自己的心，谁是它的建造者?

孔雀绚丽的羽毛，是大自然物竞天择造出。白杨笔直刺向碧宇，是密集的群体和高远的阳光造出。清香的花草和缤纷的落英，是植物吸引异性繁衍后代的本能造出。卓尔不群、坚忍顽强的性格，是禀赋的优异和生活的历练造出。

我们的心，是长久地、不知不觉地以自己的双手，塑造而成。

造心先得有材料。有的心是用钢铁造的，沉黑无比。有的心是用冰雪造的，高洁酷寒。有的心是用丝绸造的，柔滑飘逸。有的心是用玻璃造的，晶莹脆薄。有的心是用竹子造的，锋利多刺。有的心是用木头造的，安稳麻木。有的心是用红土造的，粗糙朴素。有的心是用黄连造的，苦楚不堪。有的心是用垃圾造的，面目可憎。有的心是用谎言造的，百孔千疮。有的心是用尸骸造的，腐恶熏天。有的心是用眼镜蛇唾液造的，剧毒凶残。

造心要有手艺。一只灵巧的心，缝制得如同金丝荷包。一罐古朴的心，醇厚得好似百年老酒。一枚机敏的心，感应快捷电光石火。一颗潦草的心，门可罗雀疏可走马。一摊胡乱堆就的心，乏善可陈杂乱无章。一片编织荆棘的心，暗设机关处处陷阱。一道半是细腻半是马虎的心，好似白蚁蛀咬的断堤。一个绣花枕头内里虚空的心，是假冒伪劣心界的水货。

造心需要时间。少则一分一秒，多则一世一生。片刻而成的大智大勇之心，未必就不玲珑。久拖不决的谨小慎微之心，未必就很精致。有的人，小小年纪，就竣工一颗完整坚实之心。有的人，须发皆白，还在心的地基挖土打桩。有的人，半途而废不了了之，把半成品的心扔在荒野。有的人，成百里半九十，丢下不曾结尾的工程。有的人，精雕细刻一辈子，临终还在打磨心的剔透。有的人，粗制滥造一辈子，人未远行，心已灶冷坑灰。

心的边疆，可以造得很大很大。像延展性最好的金箔，铺设整个宇宙，把日月包含。没有一片乌云，可以覆盖心灵辽阔的疆域。没有哪次地震火山，可以彻底颠覆心灵的宏伟建筑。没有任何风暴，可以冻结心灵深处喷涌的温泉。没有某种天灾人祸，可以在秋天，让心的田野颗粒无收。

心的规模，也可能缩得很小很小，只能容纳一个家、一个人、一粒芝麻、一滴病毒。一丝雨，就把它淹没了。一缕风，就把它粉碎了。一句流言，就让它痛不欲生。一个阴谋，就置它万劫不复。

心可以很硬，超过人世间已知的任何一款金属。心可以很软，如泣如诉如绢如帛。心可以很韧，千百次的折损委屈，依旧平整如初。心可以很脆，一个不小心，顿时香销玉碎。

造心的时候，可以有很多讲究和设计。

比如预埋下一处心灵的生长点，像一株植物，具有自动修复、自我养护的神奇功能。心受了创伤，它会挺身而出，引导心的休养生息，在最短的时间内，使心整旧如新。

比如高高竖起心灵的避雷针，以便在危急时刻，将毁灭性的灾难导入地下，耐心等待雨过天晴。

比如添加防震防爆的性能，在心灵遭受短时间高强度的残酷打击下，举重若轻，镇定地维持蓬勃稳定。

比如……

优等的心，不必华丽，但必须坚固。因为人生有太多的压榨和当头一击，会与独行的心灵，在暗夜狭路相逢。如果没有精心的特别设计，简陋的心，很容易横遭伤害一蹶不振，也许从此破罐破摔，再无生机。没有自我康复本领的心灵，是不设防的大门。一汪小伤，便漏尽全身膏血。一星火药，便可烧毁绵延的城堡。

心为血之海，那里汇聚着每个人的品格智慧精力情操，心的质量就是人的质量。有一颗仁慈之心，会爱世界爱人爱生活，爱自身也爱大家。有一颗自强之心，会勤学苦练百折不挠，宠辱不惊大智若愚。有一颗尊严之心，会珍惜自然善待万物。有一颗流量充沛羽翼丰满的心，会乘上幻想的航天飞机，抚摸月亮的肩膀。

造心是一项艰难漫长的工程，工期也许耗时一生。通常是母亲的手，在最初心灵的模型上，留下永不消退的指纹。所以普天下为人父母者，要珍视这一份特别庄重的义务与责任。

当以我手塑我心的时候，一定要找好样板，郑重设计，万不可草率行事。造心当然免不了失败，也很可能会推倒重来。不必气馁，但也不可过于大意。因为心灵的本质，是一种缓慢而精细的物体，太多的揉搓，会破坏它的灵性与感动。

造好的心，如同造好的船。当它下水远航时，蓝天在头上飘荡，海鸥在前面飞翔，那是一个神圣的时刻。会有台风，会有巨涛，但一颗美好的心，即使巨轮沉没，它的颗粒也会在海浪中，无畏而快乐地燃烧。

心轻者上天堂

埃及国家博物馆有一件奇怪的展品：一方用精美白玉雕刻的匣子，大小约和常用的抽屉差不多，匣内被十字形玉栅栏隔成四个小格子，洁净通透。玉匣是在法老的木乃伊旁发现的，当时匣内空无一物。从所放位置看，匣子必是十分重要，可它是盛放什么东西用的？为什么要放在那里？寓意何在？谁都猜不出。这个谜在很长一段时间内，让考古学家们百思不得其解。后来，在埃及中部卢克索的帝王谷，卡尔维斯女王的墓室中，发现了一幅壁画，才破解了玉匣的秘密。

壁画上有一位威严的男子，正在操纵一架巨大的天平。天平的一端是砝码，另一端是一颗完整的心，这颗心是从一旁的玉匣子中取出的。埃及古老的文化传说中，有一位至高无上的美丽女性，名叫快乐女神。快乐女神的丈夫是明察秋毫的法官。每个人死后，心脏都要被快乐女神的丈夫拿去称量。如果一个人是欢快的，心的分量就很轻。女神的丈夫就判那颗羽毛般轻盈的心，引导着灵魂飞往天堂。如果那颗心很重，被诸多罪恶和烦恼填满皱褶，快乐女神的丈夫就判他下地狱，永远不得见天日。

原来，玉匣子是用来盛放人的心灵的。原来，心轻者可以上天堂。

自从知道了这个传说，我常常想，自己的心是轻还是重，恐怕等不及快乐女神的丈夫用一架天平来称量，那实在太晚了。呼吸已经停止，一生盖棺定论，任何修改都已没有空白处。我喜欢未雨绸缪，在我还能微笑和努力的时候，就把心上的累赘一一摘掉。我不希图来世的天堂，只期待今生今世此时此刻朝着愉悦和幸福的方向前进。天堂不是目的地，只是一个让我们感到快乐自信的地方。

心灵如果披挂着旧日尘埃，好像浸满了深秋夜雨的蓑衣，湿冷沉暗。如何把水珠抖落，在朗空清风中晾干哀伤的往事？如何修复心理的划痕，让它重新熠熠闪亮一如海豚的皮肤，在前进中把阻力减到最小？如何在阳光下让心灵变得通透晶莹，仿佛古时贤臣比干的七窍玲珑心，忠诚正直诚恳聪慧，却不会招致悲剧的命运？

我们不是从一张白纸开始自己的心灵健康之旅。背负着个人的历史和集体的无意识，在文化的熏染中长大，它们对我们的影响复杂而深远，微妙而神秘。

如果你到医院检查身体，医生先要开出一系列的化验单，查验你的血，透视你的肺，必要的时候，还要把你送进冰冷幽暗的仪器中，用电脑拍摄你全身的照片……面对自己的心灵，也需先摸清情况，再对症下药。如何探知自己的心灵究竟是不是健康？这本小册子或许能帮你一个小忙（见《心灵七游戏》）。它收集了一些简单的心理游戏，每一个游戏我都曾饶有趣味地完成过。完成的过程中，不经意间就触动了心海下蛰伏的礁石，得以瞥见心灵深处缤纷的珊瑚和疾游的鲨鱼。中国有句老话，叫作“知己知彼，百战不殆”，你对自己多一分了解，你对未来就多一分把握。

有个广泛流传的说法，说是大脑皮层只开发了不到百分之五的空间，还有庞大的“哑区”没有被挖掘利用。当洗衣服的水都被节俭的人积攒起来冲刷地板的时候，我们怎能不善待自己的心灵资源？如果你渴求对自己有更多了解；如果你愁眉不展常怀戚戚并有愿改变；如果你希望自己变得更轻捷而有力，向着既定的目标迅跑；如果你顺风顺水还求更多的进步和欢乐，咱们一起来做游戏吧。书中的这些游戏曾经帮助过我，沉浸其中落下的泪水，已化作我的钻石。游戏完成时欢畅的笑声，已成为我生活中最新的习惯。游戏之后绵长的思索，更是多次帮助我在纷杂的世事中廓清方向轻装向前。

朋友，让我们一起来玩游戏吧。我和你分享这其中的甘苦，一如在沙漠的烈日中我们同饮一捧清凉的泉水，漫漫征途中我们合乘一车奔向远方。

保持惊奇

惊奇，是天性的一种流露。

生命开始的一瞬就是惊奇。我们周围的世界，为什么由黑暗变得明朗？周围为什么由水变成了气？为什么由温暖变得清凉？外界的声音为何如此响亮？那个不断俯视我们、亲吻我们的女人是谁？

从此我们在惊奇中成长。

这个世界上，有多少值得惊奇的事情啊。苹果为什么落地，流星为什么“下雨”，人为什么兵戎相见，史为什么世代更迭……

孩子大睁着纯洁的双眼，面对着未知的世界，不断地惊奇着、探索着，在惊奇中渐渐长大。

惊奇是幼稚的特权，惊奇是一张白纸。

但人是不可以总是惊奇着的。在生命的某一个时辰，你突然因为你的惊奇，遭逢尴尬与嘲笑。你惊奇地发现——惊奇在更多的时候，是稚弱的表现，是少见多怪的代名词，是一种原始蛮荒的状态。

对于我们这个崇尚“见怪不怪、其怪自败”，尊重老练成熟的民族心理中，惊奇是如胎发一般的标志。

你想成功吗？你首先须成功地把自己的惊奇掩盖起来。

我们的词典里，印着许多诸如“处变不惊、宠辱不惊”的词汇，使“不惊”镀着大将风度的光辉，而“惊”屈于永久的贬义。

翻那词典，后面更有了惊慌失措、大惊失色、惊恐万分的形容，惊堕落着，简直就是怯懦、退缩、畏葸的同义词了。

于是人们开始厌恶惊奇。你想做大事吗？一个必备的基本功就是训练自己丧失惊奇。

你看到爱情远不是传说中那般纯洁，你不要惊奇。

你看到生活远没有书本上描写的那么美好，你不要惊奇。

你看到友谊根本不是故事中那般忠诚，你不要惊奇。

你看到日子绝不如想象中那般绚烂，你不要惊奇……

如果你惊奇了，你就违反了一条透明的规则，会遭到别人阳光下或是暗影里的嘲笑：这个孩子还嫩着呢。

你在一次次碰壁后省悟到：即使你对这个世界还一知半解，你还搞不清问题的全部，但有一点你现在就能做到：埋葬你的惊奇。

你看到丑恶，假装没有看到，依旧面不改色、谈笑风生，人们就会送你“人情练达”的评价。你听到秽闻，仿佛在那一刻患了突发性的耳聋，脸上毫无表情，人们会感觉你老于世故、可以信赖。你被美丽、美好、美妙的景色感动，只可以默默地藏在心底，脸上切不可露出少见多怪的惊异，人们就会以为你少年老成，有大谋略、大气魄，是可做将帅的优良材料。你碰到可歌可泣的人间至情，要把心肠练得硬如钻石，脸不变色心不跳。就算真搅得肝肠寸断，只可夜晚躲在无人处暗自咀嚼，切不可叫人觑了去，落得个妇人之仁的罪名……

现代社会是一只飞速旋转的风火轮，把无数信息强行灌输给我们。见怪不怪，我们的心灵渐渐在震颤中麻痹，更不消说有意识地掩饰我们的惊讶，会更猛烈地加速心灵粗糙。在灯红酒绿和人为的打磨中，我们必将极快地丧失掉惊奇的本能。

于是我们看到太多矜持的面孔，我们遭遇无数微笑后面的冷淡。我们把惊奇视作一种性格缺憾，我们以为永不惊讶才是人生的至高境界。

细细分析起来，惊奇是由两部分组成的，先有了惊，然后才是奇。如果说“惊”属于一种对陌生事物认识局限的愕然，“奇”则是对未知事物积极探讨的萌芽了。

否认了“惊”，就扼杀了它的同胞兄弟。我们将在无意之中，失去众多丰富自己的机遇。

假如牛顿不惊奇，他也许就把那个包裹着真理的金苹果吃到自己的小肚子里面了，人类与伟大的“万有引力定律”相逢，也许还要迟滞很多年。

假如瓦特不惊奇，水壶盖“噗噗”响着，一个划时代的发现就蒸发到厨房的空气中了，我们的蒸汽火车头，也许还要在牛车漫长的辙道里蹒跚亿万公里。

即使对普通人来说，掩盖惊奇，也易闹笑话。一位乡下朋友，第一次住进城里的宾馆。面对盥洗室里那些式样别致的洁具，他想不通人洗一个脸，何至于要如此麻烦。他不会使用这些物件，本来请教一下服务小姐，也就迎刃而解了。可是他不想暴露自己的惊奇，就用地上一个雪白的盛着半盆水的瓷器洗了脸，后来他才知道，那是马桶。

这当然是一个极端的例子，我之所以把它写在这里，绝无幸灾乐祸之意。现代社会令人眼花缭乱，每个人在某种意义上说都是孤陋寡闻的。你在你的行业里是行家里手，在其他领域完全可能是白痴。这不是羞愧的事情，坦率地流露惊奇，表示自己对这一方面的无知以及求知的探索，是一种可嘉的勇气。

我认识一位老人，一天兴致勃勃地同我探讨电脑的种种输入方法。他整整八十二岁了，肾脏功能已经衰竭，我坚信他这一辈子也不可能在电脑键盘上敲出一个字。他在自己的专业范畴里，是一位德高望重的长者，但对电脑的理解多有谬误，就连我这个“二把刀”也听出了许多破绽。但是老人家充满探索之光的惊奇的眼神，在这一瞬像探照灯一样扫过我的灵魂。面对他青筋暴突、微微颤抖的手，我想，不知我这一生可否活得这样高寿？不论我生命的历程有多长，我一定要记得这目光炯炯的惊奇，学习他对世界的这份挚爱，绝不仅仅流连在熟悉的航道，要始终保持对辽阔海域的探索，直到我最后一次呼吸。

惊奇是一种天然物，而不是制造出来的，它是真情实感的火花。一块滚圆的鹅卵石便不再会惊讶于江河的波涛，惊奇蕴涵着奋进的活力。

惊奇不仅仅是幼稚，惊奇不仅仅是无知，惊奇是在它们基础上的深化和前进。

你既然惊奇了，你就要探索这奥妙；你既然惊奇了，你就不能仅仅止于惊奇。爱好惊奇的人须将惊奇转化为平凡。消灭惊奇的过程，也就是学习的过程，惊奇在熟悉中淡化，才干在惊奇中成长。

世界是没有止境的，惊奇也是没有止境的。惊奇是流动的水，它使我们的思想翻滚着，散发着清新，抗拒着腐烂。

在城市里待得久了，常常使我们丧失惊奇的本能。我们像鳝一样滑行着，浑身粘满市侩的黏液。

到自然中去，造化永远给我们大惊喜。和寥廓的宇宙相比，个人的得失是怎样的微不足道啊。不要小看山水的洗涤，假如真正同天地对一次话，我们定会惊奇自己重新获得活力。

如果无法到自然中去，就同与自己没有利害关系的从小的朋友，做一次促膝的谈心。利害关系这件事，实在是交友的大敌。我不相信有永久的利益，我更珍视患难与共的友谊。长留史册的，不是锱铢必较的利益，而是肝胆相照的情分。和朋友坦诚地交往，会使我们留存着对真情的敏感，会使我们的眼睛抹去云翳，心境重新开朗，惊奇就在这清明的心境中，翩翩来临了。

假如既没有自然可以依傍，又没有朋友可以信赖，那真是人生的大憾事。那只有在静夜中同自己对话，回忆那些经历中最美好的片段，温习曾经使心灵震撼的镜头。它也许是很小的一朵旷野里的花，也许是冬天的一盏红灯笼，也许是苍茫的大漠暮色，也许是雄浑激荡的乐曲……总之，那是独属于你的一份秘密，只有你才知道它对于你的惊奇的意义。《论语》里说：学而时习之，不亦说乎？复习以往我们情感中最精彩的片段，常常会使我们整旧如新。

保持惊奇，我常常这样对自己说。它是一眼永不干涸的温泉，会有汩汩的对世界的热爱蒸腾而起，滋润着我们的心灵。

女孩儿，请与我同行

那天，说好晚上九点到广播电台，直播一个呼唤真情的节目。都怪我临走时又刷了刷碗，出门比预定时间晚了五分钟。大城市里似乎活动着一条诡谲的规律，假如你晚了半步，就像跌入了黑暗的潜流，步步晚下去，所有的事物都开始和你作对。

我家门口是交通要道，平日打的，易如反掌。但此刻仿佛全北京的人都拥挤在出租汽车上，奔驰而来的汽车没有一辆亮出“空驶”的红灯。时间在焦急的等待中转瞬即逝，我急得头上热气腾腾。

顾不得往日的矜持，我跳到马路中央拦车。可惜每一辆迎面驶来的出租汽车的窗玻璃上都黑压压地涂满了人，任凭我将手臂摇得像风雨中的旗杆，车群还是拐着弯呼啸而过。

我想，也许我站的地方不理想，就向路口逼近，最后简直戳到红绿灯底下了。

现在，是最后的时限了。假如我再搭不上车，直播室里将留下一段焦灼的空白。我无法设想那边即将到来的慌乱情景，只是疯狂地向每一辆的士招手。

突然，一辆红色的夏利出租车从天而降，稳稳地停在了我的身旁。司机是一个快活的小伙子，他露着一口白牙微笑着问我："您到哪里去？"

我伸手拉开车门，上了车报出地名。猛然一个尖锐的女声撕破了我们的耳鼓："你怎么问她不问我？是我先看到你的，是我先挥手的。这是我拦的车，该我上的……"

我们都愣了，看着这从一旁杀出的女孩儿。她穿着一身银粉色的连衣裙，夜风吹起裙裾，像套着一柄漂亮而精巧的阳伞。

略一思索，就明白了眼前的事态。女孩儿刚来到人行道上挥手拦车，车就停了。她以为这是她的功劳。

来不及同她做太多的解释，甚至不想分辩究竟是谁先举起的手（其实很简单，只要问一问司机就真相大白）。我只是想，既然我们在同一方向拦车，大目标就是一致的。于是问她："小姐，您到哪里？"

她不屑于理我，对着司机报出了她的目的地。司机轻松地说："我正不知道怎么回答您呢，这下好了，你俩顺路，您先到，那位女士后到。谁也不耽误……"

我敞着车门对她说："小姐，谁拦的车已经无所谓了，要紧的是我们赶快上路。对不起，我的确有急事，来不及再拦别的车了。既然我的路远，车费就由我来付。小姐，快上车吧，请与我同行。"

美丽的小姐掏出高雅的钱夹，也是娇艳的粉红色，对司机说："钱，我有的是。我从没习惯同别人坐一辆出租车。你请她下去，我多付你钱。”

我突然感到异乎寻常的寒冷，在这春意荡漾的夜晚。

那一瞬，我漠然向隅缄口无言。要是司机撵我下车，我只有乖乖地下去。就是过后义愤填膺地举报车号，司机也完全可以不认账，说他是先看到粉红色小姐后看到的我，这便是死无对证的事。况且按照我待人处世息事宁人的习惯，也绝不会打上门去告谁。

任那个时刻，甚至连广播电台的直播都茫然地离我远去。在人与人之间如此隔膜的今日，温情的呼吁是多么苍白微弱。

我抱着肘，怕冷似的等待着，等待一个陌生人的裁决。

司机对小姐说：“我当然愿意多挣点儿钱啦，您忙吗？”

小姐嫣然一笑说：“我不忙。就是晚饭后遛遛弯儿。”她很自信地看着司机，对自己的魅力毫不怀疑。

我已经做好了下车的准备，听见司机对小姐说：“既然您不忙，那我就先送这位女士了，您再打别的车好吗？”

说着，他发动了引擎，夏利像一颗红色的保龄球，沿着笔直的长安街驶去。

女孩儿粉红色的身影，像一瓣飘落的樱花，渐渐淡薄。

我很想同司机说点儿什么，可是说什么呢？感谢的话吗？颂扬的话吗？在这车水马龙的都市里，似乎都被霓虹灯的闪烁淹没了。

“像这样的事多吗？”我终于说了。

“什么事？”他转动着方向盘，目视前方。

“就是同一方向行驶的乘客，却不愿搭乘。”

“多，挺多。其实同方向搭乘，既省了钱，又省了油，还省了时间，不消说还减轻了城市的交通污染。可是，有许多人就是不愿搭乘。不过一般人不愿合着坐，不坐就是了。像今天这位小姐，公然用钱来逞强的人，也不多。”司机一边说着，一边灵巧地避让着车流。

我轻轻地叹了一口气，问他也是问自己：“人哪，为什么要这样喜好孤独？”

正巧前面是一盏红灯，司机拨弄着一个用作装饰的金“福”字，平静地说：“因为他们有时间，因为他们有钱。”

绿灯像猫头鹰的眼一般亮了。他一踩油门，车又箭矢般前进。一路上，我们再无交谈。

到达北京人民广播电台，离预定的直播时间还有五分钟。

我急急地把一张整币递给他，甩上车门就往楼里跑，那一道道进直播间的手续颇为费时。

司机在后面喊：“还没找您钱呢！”

我头也不回地说：“不用找了。别在意，那不是奖你的，是我没时间了。如果你不忙，待会儿请打开收音机，会听到我在节目里说起你……”

我不知道司机是不是听到了我的话，更不知道那朵粉红色的樱花，在坐着另一辆出租汽车兜风的时候，听到了我的呼唤没有。

我在说——女孩儿，请与我同行。

PART 6／感悟·静思篇

世界上的事都是因人而异，
对你难于上青天的事，
对另外一些人不过是弹指间的小菜一碟。
所以，先锤炼你的人格和目标吧。
当它们光彩照人的时候，
机遇就在不知不觉中降临了。
▶

精神的三间小屋

面对那句“人的心灵应该比大地、海洋和天空都更为博大”的名言，人们往往会自惭形秽。我们难以拥有那样雄浑的襟怀，不知累积至那种广袤，需如何积攒每一粒泥土、每一朵浪花、每一朵云霓?

甚至那句恨不能人人皆知的中国古话——宰相肚里能撑船，也让我们在敬仰之余，不知所措。也许因为我们不过是小小的草民，即便怀有效仿的渴望，也总是可望而不可即，便以位卑宽宥了自己。

两句关于人的心灵的描述，不约而同地使用了空间的概念。人的肢体活动，需要空间。人的心灵活动，也需要空间。那容心之所，该有怎样的面积和布置?

人们常常说，安居才能乐业。如今的城里人一见面，就问，你是住两居室还是三居室啊？……喔，两居室窄巴点，三居室虽说并不富余，也算小康了。

身体活动的空间是可以计量的，心灵活动的疆域，是否也可有个基本达标的数值?

有一颗大心，才盛得下喜怒，输得出力量。于是，宜选月冷风清、竹木萧萧之处，为自己的精神修建三间小屋。

第一间，盛着我们的爱和恨。

对父母的尊爱，对伴侣的情爱，对子女的疼爱，对朋友的关爱，对万物的慈爱，对生命的珍爱……对丑恶的仇恨，对污浊的厌烦，对虚伪的憎恶，对卑劣的蔑视……这些复杂而对立的情感，林林总总，会将这间小屋挤得满满，间不容发。你的一生，经历过的所有悲欢离合、喜怒哀乐，仿佛以木石制作的古老乐器，铺陈在精神小屋的几案上，一任岁月飘逝。在某一个金戈铁马之夜，它们会无师自通，与天地呼应，铮铮作响。假若爱比恨多，小屋就光明温暖，像一座金色池塘，有红色的鲤鱼游弋，那是你的大福气。假如恨比爱多，小屋就凄风苦雨，愁云惨雾，你的精神悲戚压抑，形销骨立。如果想重温祥和，就得净手焚香，洒扫庭除。销毁你的精神垃圾，重塑你的精神天花板，让一束圣洁的阳光，从天窗洒入。

无论一生遭受多少困厄欺诈，请依然相信人类的光明大于暗影。哪怕是只多一个百分点呢，也是希望永恒在前。所以，在布置我们的精神空间时，给爱留下足够的容量。

第二间小屋，盛放我们的事业。

一个人从二十五岁开始做工，直到六十岁退休，要在工作岗位上度过整整三十五年的时光。按一日工作八小时，一周工作五天计算，每年就要为你的职业付出两千个小时，倘若一直干到退休，那就是七万个小时。在这个庞大的数字面前，相信大多数人都会始于惊骇，终于沉思。假如你所从事的工作，是你的爱好，这七万个小时，将是怎样快活和充满创意的时光！假如你不喜欢它，漫长的七万个小时，足以让花容磨损，日月无光，每一天都如同穿着淋湿的衬衣，针芒在背。

我不晓得一下子就找对了行业的人，能占多大比例。从大多数人谈到工作时乏味麻木的表情推算，估计这样的幸运儿不多。不要小觑了事业对精神的濡养或反之的腐蚀作用，它以深远的力度和广度，挟持着我们的精神，以成为它麾下持久的人质。

适合你的事业，不靠天赐，主要靠自我寻找。这不但是因为相宜的事业，并非像雨后的菌子一样俯拾即是，而且因为我们对自身的认识，也是抽丝剥茧，需要水落石出的流程。你很难预知，将在十八岁还是四十岁甚至更沧桑的时分，才真正触摸到倾心的爱好。当我们太年轻的时候，因为尚无法真正独立，受种种条件的制约，那附着在事业外壳上的金钱、地位，或是其他显赫的光环，也许会灼晃了我们的眼睛。当我们有了足够的定力，将事业之外的赘生物一一剥除，露出它单纯可爱的本质时，可能已耗费半生。然费时弥久，精神的小屋也定须住进你所爱好的事业。否则，鸠占鹊巢，李代桃僵，那屋内必是鸡飞狗跳，不得安宁。

我们的事业，是我们的田野。我们背负着它，播种着，耕耘着，收获着，欣喜地走向生命的远方。规划自己的事业生涯，使事业和人生呈现缤纷和谐、相得益彰的局面，是第二间精神小屋坚固优雅的要诀。

第三间，安放我们自身。

这好像是一个怪异的说法。我们自己的精神住所，不住着自己，又住着谁呢?

可它又确是我们常常犯下的重大失误——在我们的小屋里，住着所有我们认识的人，唯独没有我们自己。我们把自己的头脑变成他人思想汽车驰骋的高速公路，却不给自己的思维，留下一条细细羊肠小道；我们把自己的头脑变成搜罗最新信息网络八面来风的集装箱，却不给自己的发现留下一个小小的储藏盒。我们说出的话，无论声音多么嘹亮，都是别的喉咙嘟囔过的；我们发表的意见，无论多么周全，都是别的手指圈画过的。我们把世界万物保管得好好，偏偏弄丢了开启自己的钥匙，在自己独居的房屋里，找不到自己曾经生存的证据。

如果真是那样，我们精神的小屋，不必等待地震和潮汐，在微风中就悄无声息地坍塌了。它纸糊的墙壁化为灰烬，白雪的顶棚变作泥泞，露水的地面成了沼泽，江米纸的窗棂破裂，露出惨淡而真实的世界。你的精神，孤独地在风雨中飘零。

三间小屋，说大不大，说小不小。非常世界，建立精神的栖息地，是智慧生灵的义务，每人都有如此的权利。我们可以不美丽，但我们健康。我们可以不伟大，但我们庄严。我们可以不完满，但我们努力。我们可以不永恒，但我们真诚。

当我们把自己的精神小屋建筑得美观结实，储物丰富之后，不妨扩大疆域，增修新舍，矗立我们的精神大厦，开拓我们的精神旷野。因为，精神的宇宙是如此地辽阔啊。

在火焰中思索

火焰中，不是一个思索的好地方。思索通常发生在静谧安宁的场合，当事人一般是舒缓放松的。即使脑海内波涛翻滚，外在的神情也必是收敛和沉着的。如果一个人大喊大叫，或是高速奔跑，或是披荆斩棘，都和稳健的思考有着相当的距离。在那种时刻，即使有所想法，也是简单的和直线式的。俗话说，水火无情。但我想水中好像还是一个比火中适宜进行思考的场所。水是细腻的，只要不是沸水和冰水，它在短时间内给人的感受还是柔软的。有很多落难水中的人，在经过了数小时、数十小时的搏击之后依然获救，我想，同他们在水中进行了周密的思考和决策有关，也同水的特性有关。我听过一位在台风的沉船中偶然获救的船员说，他在水中一次又一次地分析海浪的方向，直到当一股最大的风浪打来的时候，他憋足气沉入其中，被那股浪推到了浅滩。

火，则要穷凶极恶得多。除去炉子和烧杯，这些被人所控的微火之外，所有的大面积的肆无忌惮的火都是灼热和暴烈的，都是狠毒和惨绝人寰的。那些貌似轻快无邪的火舌，喷溅着巨大的毒汁。想想吧，灼伤我们宝贵的瞳孔，只需要一粒小小的火星；

将我们跳跃的双脚变成焦炭，只需要在滚烫的废墟中穿行几步。在火中，你还得永远提防着火焰最阴险的助手——滚滚的浓烟。也许你还没来得及和火焰正面交锋，烟尘就已将你温润的肺炙成边沿卷曲的铁板了。火中还潜伏着置人于死地的爆炸、有毒的气体、崩塌的重物、坍塌的建筑……

如果火中仅仅存有这些恐怖的东西，事情也就简单明了——用所有极端的手段扑灭它。但是，火中往往还存在着价值连城的宝藏，还存在着比这些宝藏更贵重千万倍的生命。

于是，有了救火者在火中的思考。

在那重重的金色孽龙的狂舞之中，我不知道救火者将思索些什么，那是怎样一种生命的极端困境，那是怎样一种职责的神圣抉择。

也许，救火者将思考自己的生命和他人的生命孰轻孰重？这个问题可能已经在平和的时段思索过无数遍了。但我相信，在火中，这种思考还将无数遍严酷地进行着。火焰凸现着生死的决裂，救火者，你将向何处倾斜你的天平？

也许，救火者将思索在地狱般的火海中，采用怎样的路线和方式才可达到最大限度、最快速度地救人。火场瞬息万变，形势间不容发。火中的思考将是对人的心智和决断的极大考验。我不知世上还有什么考场能比它更严苛。

也许救火者将感受到皮肤的灼痛、毛发的焚毁、骨骼的重压、呼吸的窒息……思索到用肉体去殉道德和责任的坚忍与苦难。我不知道在漫天的火阵中，有多少人勇往直前了，有多少人退缩了？但人们会永远牢记这一行业中的英烈——因为它是大智大勇者的事业，它要求人类自我战胜和精神的超越。

火焰中的思索是短暂的，也是长久的；是庄严的，也是平凡的；是神圣的，也是家常便饭的。因为选择了这个职业，也就选择了这种惊世骇俗的思维之地。那个通红的片刻，将鉴定你的一生。

机遇是怎样在不知不觉中降临的

学会不怨天尤人，勇敢地担负自己应该负起的责任，这是一种美德，并且会给自己带来意想不到的礼物，那就是——你将一手造就自己的经历，为自己带来好运气。

我一直很相信这样一种说法——当你坚定地承担责任勇往直前的时候，天地万物好像听到了一个指令，会齐心协力地帮助你、提携你。于是，贵人也出现了，机会也在最不可能滋生的崖缝中，露出了细芽。

我有时自己也想不通，这不是迷信吗？天下万物怎么会听从一个指令呢？它们的耳朵在哪里？它们的听力如何？这个指令是什么人发出来的呢？它用的是何种语言？

想不通啊想不通！但现实中确实有这样的故事，我听到很多人这样说过，在充满了感动的同时，也充满了疑惑。想啊想，我终于理出了一点儿头绪。

那个帮你忙的指令，其实出自你的内心。一个人，如果他是积极向上永不妥协的，那么，他的一举一动、一笑一颦，都会放射出这种不屈的信息。这就像香草就要发出烘烤般的酥香气息，拦也拦不住，堵也堵不了。所有经过他身边的人，都会看到这种灼热光华，如同走过夜明珠的身旁。

我坚信，很多人在内心里是愿意帮助别人的，特别是这种帮助并不会带给自身重大损失的时候，很多人都愿意伸出友谊之手。

这种援手有的时候是一个机遇，给谁都是给，为什么不给一个让我们心生好感的人呢？为什么不给一个让人们心怀敬重的人呢？为什么不给一个具备美德的人呢？于是你就得到了它。

有的时候，援手是一个信息。因为你让对方感到愉悦，人在愉悦的时候就会浮想联翩。施助者的潜意识喜欢你，就想——也许这个消息对这个人会有益处呢？于是它把这句话送到了主人的嘴边。很可能连主人都没有意识到这种好感和这条信息之间的关联，但勤快的潜意识就麻利地给办妥了，没想到不经意间，这便成就了你的新生。

更多的时候，援手是一点儿小钱。这对有钱人算不得什么，对贫困之中的人，却是天降甘露。你可能因为有了这一点儿小钱，而获得了转机，迎来了拐点。这对于施恩之人来说，很可能是举手之劳。钱和钱的概念有时有天壤之别，用处也大相径庭，钱是会玩魔术的。

援手有的时候只是鼓励和关爱。虽然鼓励和关爱并不需要太大的付出，但人们只会鼓励那些和自己的人生大目标相投的人，会关爱和自己的爱好信仰相符的人。

一个人只有在光明磊落的时候，才会不避讳自己的奋斗目标，才会在很多不经意的瞬间显示出美德和惹人怜爱的细节。而这些恰好具有打动人心的力量，大转变就慢慢地显影了。

世界上的事都是因人而异，对你难于上青天的事，对另外一些人不过是弹指间的小菜一碟。所以，先锤炼你的人格和目标吧。当它们光彩照人的时候，机遇就在不知不觉中降临了。

这没有什么可神秘的，只要你像雏鹰，无数次张开翅膀，有一次正好刮过来了风，那是一股上升的气流。如果你蜷曲在巢中，无论刮过怎样的风，对你都只是寒冷。

一百万年之前

我不爱看山。因为少时去过珠穆朗玛、喀喇昆仑、冈底斯三山交界的高原，摸过万山之父的脑门，便对其他的山都看得淡了。对于漓江那种纤巧若断的石柱，虽觉秀美，却不敢在山的范畴里恭维。窃以为一个人若真没见过魁伟峻拔的大峰大壑，以为这石林就是山的精髓了，实在是山也是人的悲哀。

但是白面山你却是非该看不可的。广西柳州的朋友说。因为那山里有座白莲洞。

洞也不看。我决绝地说。我知道每一个供参观的石灰岩洞穴，都被千篇一律的霓虹灯分割得支离破碎，无知的岩柱被强行赋予牵强的想象。亿万年的枯寂被纷沓的脚步扰乱，我们既丧失了远古也丢掉了现实。在看了许多大同小异的洞穴之后，我不愿再浪费时间。

白莲洞是中国唯一的洞穴博物馆，是古人类“柳江人”生活的地方。朋友郑重告知。

那一瞬，凛然一震，好像有个声音在九霄之上呼唤。人们对于祖宗有一种天然的敬畏。我走上白面山。

白面山位于柳州东南十二公里，海拔二百多米。(好矮！)山中有个岩厦式的洞穴，就是白莲洞。洞下有水涧，暗河汇入柳江。

白莲洞十分宽敞，上下共分六层。空气从看不见的空隙流动，好像北京通风设备良好的地铁车站。据1984年柳州环境保护所进行的大气监测，当时洞外的二氧化硫和氮氧化物的浓度接近二级，而洞内则为一级。也就是说，洞内的空气比外面新鲜了一倍。这原因大概是奇妙的石灰岩像滤纸一样过滤了空气中的杂质，使空气如蒸馏水般洁净。据说预备在洞里建一个疗养院，专门治疗气管炎、高血压，估计疗效显著。

有据可查的是抗日战争时柳州沦陷，一万多难民避于白莲洞内。日本人用辣椒烧成烟，呼呼地往洞里灌，想逼着人们出来就范。没想到白莲洞内的空气四通八达，难民们连个喷嚏都没打。

洞内有幽深的溪水，听说栖息着盲鱼，因为深不见底，且没有捕捞的工具，所以我们无缘得见这种因久居地下而失明的水中动物。

浏览路程长达一千七百八十米，途经大名鼎鼎的蝙蝠厅。那厅高大得如同礼堂，导游一道闪电般的光柱打上去，只见天花板上悬挂着无数黑色的灯罩。灯光惊扰了它们，成千上万的蝙蝠愤怒地拍打着岩壁，倒悬着发出老鼠一般诡谲的叫声。一群群的蝙蝠扭结在空中的形象丑恶而恐怖，我在惊愕之后，想到的是马上逃开。

这样我就脱离了大队人马，独自一个人在幽暗的石洞中徘徊。

四周静籁，听得见地下水从石灰岩乳头上滴落的声音，要好久好久才会听到一声，细碎得如同地球深处的叹息。

我在白莲洞口的一侧，看到了古人类生活过的遗址，那是尖锐的人齿化石、像年轮一般的灰烬残骸，以及光滑的打制石器片段……最使人感到亲切的是，在未燃尽的篝火四周，有一片遗留的空螺蛳壳。古人也像我们一样爱吃这种美味的小食品……

我站在那里，有轻风像羽毛一般从鬓边刮过。洞口的光亮和背后的蝙蝠的鸣叫使我的思绪忽明忽暗。我想这番景色一定进入过一位祖先的眼帘，他或者她身材矮小但是步履矫健。他们高耸的眉骨像屋檐一样遮挡着南国频发的雨水，深陷的眼窝里闪动着褐色的坚毅……他们一定有过恐惧也一定有过欢欣，他们一定也曾希冀也曾懊丧。他们一定痛恨过蝙蝠却又驱逐不去，他们一定喜欢过太阳却又无法将它摘下来保存。他们一定在吃螺蛳的时候不断开动脑筋，才有了今日街上脍炙人口的螺蛳粉。他们一定代代口耳相传，才编织成白莲洞的美丽传说……他们一定在猎杀的劳累后思索过明天的衣食，他们一定在饥饿的痛苦中幻想过无忧无虑的享受，他们一定面对骤逝的同伴惊叹生命的无常，他们一定眺望苍茫的旷野意识到宇宙的永恒……

突然感到刮骨疗毒般的震颤——我到过这个洞穴，我曾在这里生活。

我站立过我此刻站立的这块石头，我呼吸过这种略带清甜的气息，我看到了亿万年前我留下的透明的脚印，我像看幻灯似的追踪着以往走过的痕迹。

我曾做过树我曾做过鸟。我曾做过金色的麦穗和蓝色的矢车菊。我做过乌云铁青色的边缘，我做过鲤鱼水泡似的眼睛……在巨大的循环中，古迈的柳江人的问号，始终像闪亮的金属，沉淀在物质的原子核里，围绕着星群盘旋。

我们每一个人，不过是生命链条中精致的小环。我们的利益已经极大的丰富，我们的思索像钻头似的开凿着世界之谜，比起遥远的古人，究竟又深入了多少？

我沉默着，觉得自己是一只小船，从遥远的洪荒驶来，把树叶一样的繁多的疑问，一代代传下去。

后面的同伴跟了过来，他们说：这里是多么美丽的风景，可以办一处洞穴旅馆，请人们来穴居，尝尝一百万年前旧石器时代做人的滋味。

我抱着双肩，望着远山，什么话也没有说。一百万年以前，我们是什么？那时候的天空一定比现在要清爽得多，像刚刚磕出的蛋清。我们已经比当年的柳江人多知晓了许多事情，但昔日袭击过他们的苦恼，依然像蚕茧将我们包绕。他们憧憬过的一切已凝固在头骨化石中，成为永恒的密码。我们只有敲敲自己的头颅，听它发出钟乳石一般激越的响声。但人类思辨的浪花永不会停息，它们会溅湿每一颗睿智的额头……

终于一天，我们也将成为化石，唯有精神的财富驾着翅膀在洞穴中穿行。

人心要有准则

别人不做你要求的事情，并不一定是因为他没有听懂你的话，他不跟从你，极有可能是因为他不想这么做。所以，你不必说了又说，那样除了把自己变得琐碎不堪，别无益处。这时候最好的方法，也许是让他自己去摸索，即使是头破血流，也是必须缴纳的滞纳金。

要学会拒绝而无内疚感，当我们拒绝他人的时候，常常容易引发强烈的内疚感，这会干扰决定。如果因为你的某个决定而伤害了某些人的利益，你不必内疚。内疚除了折磨自己，还会使人昏庸。

有时通过地狱的道路上，铺满了良好祝愿的地砖。这世界上悲惨的事情之一，就是善意成了悲剧的指路标。

有人把房子当成生活最好的原动力，这就像把金钱当成原动力一样，短视而荒唐。这两年房子涨价，人人都和房子有着千丝万缕的关联，房子俨然变成了家庭的一贤，甚至是太上皇。房子不像金钱看起来那么令人眼花缭乱，当我们想到房子的时候，很快就联想到亲情、温暖、团聚、会餐……这个速度快得让我们难以察觉，久而久之，很容易跨过房子的经济属性，直接进入到温情脉脉的氛围，以为房子就是家人和天伦之乐的代名词了。

唔，还是要分开。没有房子固然让人惆怅，但我们可以在租来的狭小房子里，享受人生的快乐，如果没有了心灵的对接，大的房子也有可能变成大溶洞一样空寥。

人生如果没有准则，一个有着丰富多样性和选择性的时代的降临，就是灾难。如同一条没有方向感的小舟遇到了东南西北风，你说它将驶往何处？物质太纷繁了，容易让人迷失。这不该谴责物质，只是要让心境更加清明。

研究真诚

过了国庆，过了中秋节，心理学研究生班课堂，大家有一种久别重逢的亲切感，掺着节后的倦怠。

老师让大家谈谈过节的感受。冷了一会儿场，不知道大家是怎么想的，我的感觉是很突兀。我们习惯于默默无闻地过节，被人猛地一问，有些不知所措。

零星地有人举手，大概是怕老师尴尬吧。先回答的人，都说节无新意，有的简直可说在叹息——过节就是过节呗，和以往的节，没啥不同的……节很累，系上围裙炒菜，解了围裙洗衣，节是给别人过的。

老师微笑着说，节是谁的？这话倒是很有点意思的，留待我们以后再详加讨论。我们还是说这个节日吧。我有些奇怪的是，大陆为什么中秋节不放假呢[①]？在华人世界，这是一个仅次于春节的大节日啊！节日要过得风趣才有纪念。比如我认识的一家人，过节也不给小孩子买新衣服，也不吃好东西，这样的节日真是过

① 中秋节自2008年起被列为国家法定假日。此文写于2008年之前，故有此一说。——编者注

不过的，没什么差别了。

大家就笑起来。

一笑，气氛就活跃些了，有同学小声说，过节我回家了，可是在家里待着，好像没有在同学们之间舒服。

这话很引起了一些人心底的共鸣。因为在这个班级里，充满了温暖的气氛，但外面的世界依旧沿着蒙满灰尘的轨道盘旋。于是我们成了在两个世界间游走的贝壳，冷暖自知，难以言说。

今天的正课是研究真诚。这是一个古老的话题了，但近年来受到了大挑战，真诚成了愚蠢的代名词。

我个人很喜欢“真诚”这个词，喜欢它的光明和干净。

词是有自己的光芒和属性的，比如“猥琐”一词，你一看到它，就觉得自己身上发霉糊满蟑螂。“甜蜜”这个词，则让人好似被蜂王浆噎了一嗓子，甜得憋气。真诚有一种岩石般的纹理和坚定，不风化，不水土流失，不油腻，爽洁清晰，反射着钢蓝色的金属光泽。

焦点集中在——真诚是一种方式还是一种境界？真诚有没有层次的分别？

有同学问了老师一个极富挑战性的问题——您是很真诚的，但有没有人说过您虚伪？在当代大学生里，好像流行着一种说法，真诚是一种更狡猾的虚伪。

课堂内一时很寂静。我看到老师的眸子快速向右上方移动，知道她在郑重思考。片刻之后，老师说，没有，没有人说过我虚伪。起码是当面没有人这样说。至于背后是怎样说的，我不知道。

它不在我的关心范围之内。

老师启发道，一个小孩子，对一个成人说，你身上真臭啊。然后又对别人说，那个阿姨身上有一种臭味。这事真不真呢？肯定是真的，但这是一种低级水平的真诚。真诚是有讲究的。

我举手，获准后发言。我说，我喜爱真诚。我的很多朋友，也这样评价我。很多人用他们自己的视角来看世界，以为凡是真诚的人，就无法完整幸福地生活，必然会被世俗的车轮，碾得千疮百孔。即使不粉碎，也遍体鳞伤。甚至顺水推舟，演变成因为你事业成功和家庭完整，又有良好的人际关系，所以你必然是虚伪的。

我以为，真诚是一种勇敢坦诚的生活态度，它是我们思想和行动的出发点和归宿。真诚不虚张声势狐假虎威。它似乎因清澈透明而软弱无力，但它其实是强韧而富有弹性的，使我们简洁明快，干爽清正。

真诚是一门艺术，有一个执行的秩序，这就是真善美。真诚可以分解为真实和坦诚，它本身是很有力量的，起码比虚伪有力量，不怕三头六面地对证盘查，经得起推敲和考验……

但仅仅有真实，是很不够的。真实的出发点可以是完全不考虑他人的感受，不看全局，不从长远出发，单纯的真实使用不当，会具有事与愿违的杀伤力。加上了“善”这个缰绳，真就升华了。不再是本真，而有了一种更全面更伟大的品格。至于美，我觉得是怎样更精彩地表达我们的真实。一种长袖善舞，一种大象无形……

教室内一时鸦雀无声。我从这种寂静中，感到声援和赞成。

老师总结道：真诚是有层次的，可以分成建设性的和破坏性的两种。愿每个人，从此都更多更丰富地向这个并不美好的世界，贡献我们建设性的真诚。

病中读书谱

病床是一个独立的区域。那里的居民和平时的我们，发生了少许但是不可忽视的变化。

虚弱了。平日能站着或是坐着读书的身体，现在只有横在那儿，像遗在轨道外面的枕木。卧姿读书的最大特点是——随时都可昏昏入睡。这就对书的选择和要求苛刻起来，好像虚弱的脾胃，渴求营养但又要挑柔软好吃的食物。

脾气变坏。严重到不肯姑息和格外暴躁，原先对书中的毛病，凡非尖锐硬伤，比如错别字和无聊的噱头，包括作者的某种虚荣和愚蠢，都可散淡处之。但自身的种种不适，尖锐地降低了对书中不良倾向的容忍标杆。病使我们血气方刚，不再原谅，不再敦厚，不再费厄泼赖。怒火中烧的后果是把一些平日尚可接受的书，永远打入了冷宫。

病增敏感。平日忙碌粗疏，书读得很快，不敢说一目十行，瞟它三四行总是有的。疾患销蚀了灵巧，动作徐缓，仿佛太空人。擎书的艰难和翻页的迟钝，令书上的字迹深深定格脑幕，好像元宵节悬挂过久的灯谜，被人忘了取下。于是所有禁不起推敲的细节和词语，矫饰与虚伪，都在太长的注视下露出破绽。被人愚弄的焦躁，如同酵母般膨胀。幸好敏感的刃是双重的，剥夺的同时也有赠予。令人清醒的情景和美好的人物，因了这份平日疏远的细致，空前地放大了，活泼生猛，给病榻上的我们带来感动和生机。

病使耐性衰减。平时很能忍，前一百页书不好看，不精彩，兴趣并无大的顿挫。我们记得好戏还在后面，包子有肉不在褶上等一系列稍安勿躁的常识，说服自己绰绰有余。但病魔在摧残体力的同时，顺手牵羊带走了耐心。疾病使人清晰地听到了生命之钟的倒计时，不愿把宝贵的光阴和药物抵御病痛换来的片刻安宁，给予啰唆乏味离题千里的卖弄者。就算他在厚厚的面团中潜藏了些许肉丁，急躁的病人也等不及了，弃它远行。

于是病中的阅读，就成了一件比女人挑选时装更啰唆的工程。

太紧张激烈的书不读。心脏和神经，在白色帷幕重重包围中，如惊弓之鸟，易受招惹。为了长治久安，还是徐徐图之好。

太晦涩的书不读。病中的迟钝，大约有目共睹。四处弥漫的消毒水气息，处心积虑和灰色的理论相克，当你一思索，它就放烟雾。我相信“场”的力量，医院是一个让人弱智的地方。

阴暗丑恶的书不读。这种书，平日也不愿读，但读书也像神农尝百草似的，并不能完全以自己的口感定夺，阅读是工作的一部分。病床上，我给自己放个暑假。那些糟糕的又不可不读的书，留着身手矫健意气风发的时辰对付吧。

太缠绵悱恻的书不读。臆造的美丽故事，带着人世间的夸张虚幻，惹得病中之人发笑。病使情感识别系统高速旋转，那些琐碎的卿卿我我，铁屑一样令眼球不适。也许是离死亡近了，看爱情就更纯正永恒。大的爱也如大的死一般，是宽广和柔软的，云雾似的包容天地。

除了以上这些禁忌，还有格外的技术性挑剔。比如精装书不能读，华美外壳，难以卷折，双臂镂空，不一会儿手酸胳膊麻。开本太大的杂志不能读，侧卧在床，无法长久地保持固定姿势，巨如案板的面积，使掌握稳定的阅读距离变得艰难。太沉重的大部头著作不能读，理由不言自明，概因不是抓举运动员。太肮脏残破的书不乐意读，日日消毒打针滋生出洁癖，觉得旧页上趴满病菌。这后一条纯属心理障碍，但有什么办法呢？人以病为豁免，时有不讲理，健硕的人只好不一般见识。

前一段我有幸获得这种特权，除了被重重管子套牢在监护室的日子，病床上终日以书为伴。这也不喜读，那也不爱看，家人最后烦起来，说这样吧，给你带些童话来吧。

于是，童话来了。它们款款地融进医院森严的白色，在温暖的阳光里蒲公英般降落。轻淡的，柔软的，温和的，善良的。阅读它们，就像赤脚走在埋着金砂的河滩，恬淡地踱着，无意中会拣到一颗钻石。数不清的童话，就像洁白的羽绒，安宁地掩盖着薄脆的灵魂，伴随它平稳地渡过玄关。

也许每个人都有自己病中的阅读谱，就像食谱的流食半流食一样，针对自己羸弱了的神经，需要补充和增加。不知道童话是否对他人有益？出院后，朋友教我一招黑鱼炖山药，说是补血补气，一试，果然有效。于是不揣冒昧地将自己病中的读书谱写出来，不敢比黑鱼山药的浓郁，就相当于侉炖鲫鱼瓜子的清汤吧。

你是否需要预知今生的苦难

那天晚上，比尔请客。

比尔是外交部的官员，负责接待安排我们在纽约的活动。比尔衣着朴素，脸上永远是温和厚道的笑容。当我们从纽约火车站出来的时候，看到的就是这种笑容。他帮我们推着沉重的行囊，在人群中穿行。当他护送我们到哈林区的贫民学校访问的时候，脸上也是这样的笑容。当我要离开纽约，担心一大堆资料无法带走的时候，又是比尔温暖的笑容帮我解决了难题，他答应为我将资料海运回中国。我要给比尔运费，比尔显出很不好意思的神情。我给了他二十美元之后，他说什么也不肯再要了。

比尔请我们在一个中餐馆用饭。比尔说这是纽约最好的中餐馆之一。

我对让一个出访在外的游客，请他吃故国饭食这事，一直持不同意见。比如一个日本人到中国访问，才从东京飞出来两个小时，到北京落地之后，被人请到一家日本料理，吃一顿风味走了样的日本饭，他的感觉必不会太好。同理，我在国外出访，最怕的就是吃那种改良后的中餐。无论色香味都发生了变异，还不如吃根本就与我们不是同宗同族的西餐，因为有了准备，舌头和肚肠的宽容度反倒大些。中餐就吓人了，上来一个“鱼香肉丝”，当你做好了将尝到熟悉的川味的准备时，一个冷不防，居然袭来奶油的甜香，所受的惊吓足以让你怀疑自己的神经。

比尔在中餐桌上是有发言权的，因为比尔的妻子是一位香港女性。这的确是我在美国吃的最好的中餐之一。席间，聊到一个有趣的话题：人是否需要预先知道今生的苦难？

同桌的一位朋友说，他认为如果有可能，他愿意预知一生的苦难。理由是，凡事预则立，不预则废。知道了，有什么坏处呢？没有。并不会因为你的预知，就让你的灾难变得更多或者减少，那么，你多知道一点儿，就对自己的人生多了一份把握，该是好事。

闷头吃饭的比尔，突然大叫了一声：NO！

这是我唯一的一次，在比尔的脸上看到的不是笑容，而是愤怒和凄楚。

当然，比尔的愤怒不是针对那位朋友，比尔放下了筷子，对我们说。

很多年前，我和我的妻子，在香港抽签请人算命。那人是一个和尚，他看了我妻子的签说，你会早死。看了我的签说，你会老死。

你们知道“早死”和“老死”的区别吗？自从听了那和尚的话，我的妻子就对我说，比尔，我会比你先死。因为我是早早死去，而你是老死，你要活很大的年纪。我说，你不要相信这话，那个人是胡说。我会和你白头偕老，如果有个人一定要先死去，那就是我，因为你比我年轻。但是前不久，我的妻子生了喉癌。那是因为她年幼的时候，家中很穷困，没有菜，就吃咸鱼。咸鱼很小，有很多刺，鱼刺刺伤了她的喉咙。久而久之，就生成了癌症。妻子走了，留下我，等着我的“老死”。

比尔说得非常伤感。朋友们缄默了许久，寄托对比尔妻子的深切悼念。我听出了比尔话后面的话。很多年来，关于“早死”和“老死”的谶语，就盘旋在他们的头顶。他们本能地畏惧这朵乌云，乌云尖利的牙齿，咬破了他们最快乐的时光。每当幸福莅临的时刻，惴惴不安也如约袭来。

因为他们太珍惜幸福，就越发迅疾地想到了那不祥的预言。如果他们不知道那命运的安排，如果当年没有那老和尚的多此一举，比尔和他妻子的美好时光，也许会更纯粹更光明。

我不知道我想的是否实际，我也不敢向比尔求证。我把此事写到这里，是想再次问自己也问他人。我们是否需要预知今生的苦难？

大多数人是取席间的那位朋友的观点，还是像比尔一样说“NO”？

我站在比尔一边。不单是从技术层面上讲，我们无法预知今生的苦难，我们也无法预知今生的幸福。就是有人愿意告诉我，把我一生的苦难，用了不同的簿子，将它们分门别类地列出，苦难用黑墨水，幸福用红墨水，一一书写量化。或者是轻声细语地娓娓道来，苦难用叹息，幸福用轻轻的笑声。想来，我也会在这种簿子面前闭上眼睛，在这种命运的告诫面前，堵起自己的耳朵。生命是我自己的东西，甚至可以说是我仅有的东西，我不希望别人来说三道四。我注重的是过程，在这个过程中，我感到自己的价值。我们可以预知的只是自己应对苦难和幸福的态度。

此时此地，这是我们能掌握的唯一。知道了又怎样？不知道又怎样？生命正是因为种种的不知道和种种的可能性，才变得绚烂多姿和魅力无穷。你依然要生活下去，依然要向前走。变化是无法预料的，世界充满了不可捉摸的可能。能够把握的只是我们自己。

那一天比尔离去的时候，带走我沉甸甸的资料。比尔一手拎着资料，一手提着他不离身的书包。他的书包在纽约的大街上显得奇特而突兀。那是一个简单的布包，上面用汉字写着：天府茗茶。

在纽约看到比尔的所有时刻，他都拎着这个布包，突然想问问比尔，这是否是他妻子很喜欢的一件东西？

人生有三件事不可俭省

无论世界变得如何奢华，我还是喜欢俭省。这已经变得和金钱没有很密切的关系，只是一个习惯。我这样说，实在是因为俭省的机会其实很多，俯拾即是、遍地滋生。比如不论牙膏管子多么丰满，你只能在牙刷毛上挤出一点五到二厘米长的膏条，而不是一米长，因为你用不了那么多，你不能把自己的嘴巴变成螃蟹聚会的洞穴。再比如无论你坐拥多少橱柜的衣服，当暑气蒸人的时候，你只能穿一件纯棉的T恤衫，如果把貂皮大衣捂在身上，轻则长满红肿热痛的痱毒，重了就会中暑倒地、一命呜呼。俭省比奢华要容易得多，是偷懒人的好伴侣——用最直截了当的方式和最小的代价直抵目标。

然而有三件事你不能俭省。

第一件事是学习。学习是需要费用的，就算圣人孔子，答疑解惑也要收干肉为礼。学习费用支出的时候，和买卖其他货物略有不同。你不知道究竟能得到多少知识，这不单决定于老师的水平，也决定于你自己的状态，这在某种情况下就有点儿“隔山买牛”的味道，甚至比股票的风险还大。谁也不能保证你在付出了学费之后一定能考上大学，你只能先期投入。机遇是牵着婚纱的小童，如果你不学习，新娘就永远不会出现在你人生的殿堂。

第二件事是旅游。每个人出生的时候都是蝌蚪，长大了都变作井底之蛙。这不是你的过错，只是你的局限，但你要想法弥补。要了解世界，必须到远方去。旅游是需要花钱的，这谁都知道。旅游的好处却不是一眼就能看到的，常常需要日积月累、潜移默化的蓄积。有人以为旅游只是照一些相片买一些小小的工艺品，其实不然。旅行让我们的身体感受到不同的风和水，我们的头脑也在不同风土人情的滋养下变得机敏，目光因此多彩，谈吐因此谦逊。

第三件事情是锻炼身体。原始人没有专门锻炼身体的习惯，饥一顿饱一顿全无赘肉。生存的需要逼得他们不停奔跑狩猎，闲暇的时候就装神弄鬼，在岩壁上凿画，在篝火边跳舞，都不是轻体力劳动，积攒不下多余的卡路里。社会进步了，物质丰富了，用不完的热量成了我们挥之不去的负担。于是要人为地在机器上跋涉，在残余氯的池子里浮沉，在人造的雪和冰面上打滚，在水泥峭壁上攀爬……这真是愚蠢的奢侈啊，可我们没有办法，只有不间断地投入金钱，操练羸弱的肌肉和骨骼，才能保持最起码的力量和最基本的敏捷。

有没有省钱的方法呢？其实也是有的。把人生当作课堂，向一切人学习，就省了上学的钱；徒步到远方去，就省了旅游的钱；不用任何健身器械，就在家里踢毽子、高抬腿、做广播体操……就省了健身的钱。

然而，这也是破费，因为我们付出了时间。

生命的借记卡

我有一个西式钱包，钱包里有很多小格子，这些格子的用途是装载各式各样的卡，我没让它们闲着，装得满满当当。我有附近多家超市的亲情卡，虽然我每次购物之后都毕恭毕敬地出示该店的卡，但一年下来累计的分数，总也到不了可以领取优惠券的地步（因为我购物不够专一，总是在各个不同的店游荡），于是在某一个商家规定的日子里被残忍地“归零”，一切又要重新开始。

我还有电话卡，到外地出差的时候，虽然接待方会很热情地说，房间的长途已经开通，您只管用，我还是为饭店附加在电话上的费用斤斤计较，出于为邀请方省些银两的考虑，自己到酒店大堂去打公用电话。每打一次，都有一种小小的成就感。我还有几家馆子的优惠卡，有一次拿出来结账，服务员小姐看了半天，说不认识这卡，从来没见客人使过。我说，你来这家店多久了呢？她说，一年了。我说，这卡是你们店开张的时候给的，说是永久有效呢。小姐就拿了卡去问元老，笑吟吟地回来说，你说得不错，只是连她们也没见过这种卡，一直找到老板才说确有这么回事。

啰唆了这半天，还没说到正题上。我的正题是什么呢？就是我虽然有多张看起来也是硬邦邦闪烁烁的卡，但其实那种可以透支可以境外使用的货真价实的银行卡，一张也没有。先生说过很多次了，说这是时尚，你在高档场所结账的时候，如果掏出一大把皱皱巴巴的现金，是要遭人耻笑的。我说，你也不是不知道，我平日最频繁的交易场所就是农贸市场，别说那里没有刷卡的设备，即便有了，买上一个西瓜刷一次卡，买三条黄瓜半斤草莓再刷两次卡，你觉得如何呢？

家人就嘲讽我近乎一个纯粹的农妇，不能在金融方面与时俱进。好在这羞惭近日得到了雪洗的机会。单位为了发放工资方便，为大家统一办理了银行借记卡。

我拿到借记卡，反复端详并仔细地阅读了有关条文，突然思绪就飞到了很远的地方。

喜欢这个“借”字。我们的一切都是借来的，总归有要还的那一天。《红楼梦》里的公子贾宝玉出生的时候，嘴里是衔了一块玉的。我们每个人出生的时候，并非是两手空空，而是捏了一张生命的借记卡。

阳世通行的银行卡分有钻石卡、白金卡等细则，生命的卡则一律平等，并不因了出身的高下和财富的多寡，就对持卡人厚此薄彼。

这张卡是风做的，是空气做的，透明、无形，却又无时无刻不在拂动着我们的羽毛。

在你的亲人还没有为你写下名字的时候，这张卡就已经毫不迟延地启动了业务。卡上存进了我们生命的总长度，它被分解成一分钟一分钟的时间，树木倾斜的阴影就是它轻轻的脚印了。

密码虽然在你的手里，储藏在生命借记卡的这个数字，你虽是主人，却无从知道。这是一个永恒的秘密，不到借记卡归零的时候，你在混沌中。也许，它很短暂呢，幸好我不知你不知，我们才能无忧无虑地生活着，懵然向前，支出着我们的时间，而在某一个早上那卡突然就不翼而飞，生命戛然停歇。

很多银行卡是可以透支的，甚至把透支当成一种福祉和诱饵，引领着我们超前消费，然而也温柔地收取了不菲的利息。而生命银行冷峻而傲慢，它可不搞这些花样，制度森严铁面无私。你存在账面上的数字，只会一天天一刻刻地义无反顾地减少，绝不会增多。也许将来随着医学的进步，能把两张卡拼成一张卡，现阶段绝无可能。以后也要看生命银行的脸色，如果它太觉尊严被冒犯和亵渎，只怕也难以操作。咱们今天就不再讨论。

也许有人会说，现在发布的生命预期表，人的寿命已经到了七八十岁的高龄，想起来，很是令人神往呢。如果把这些年头折算成分分秒秒，一年三百六十五天，一天二十四小时，一小时三千六百秒……按照我们能活八十年计算，卡上的时间共计是二十五亿二千二百八十八万秒（没找到计算器，老眼昏花地用笔算，反复演算了几遍，应该是准确的）。

真是一个天文数字，一下子呼吸也畅快起来，腰杆子也挺起来，每个人出生的时候，都是时间的大富翁。不过，且慢。既然算账，就要考虑周全。借记卡有一个名为“缴费通”的业务，可以代缴代扣。比如手机话费、小灵通话费、宽带上网费、水电费、图文电视费……呵呵，弹指间，你的必要消费就统统交付了。

生命也是有必要消费的。就在我们这一呼一吸之间，卡上的数字就要减掉若干秒了。我们有很多必不可少的支出，你必须要优先保证。首先，令人感到晦气的是——我们要把借记卡上大约三分之一的数额，支付给床板。床板是个哑巴，从来不会对你大叫大喊，可它索要最急，日日不息。你当然可以欠着床板的账，它假装敦厚，不动声色。一年两年甚至十年八年，它不威逼你，是个温柔的“黄世仁”。它的阴险在长久的沉默之后渐渐显露，它不动声色地无声无息地报复你，让你面色干枯发摇齿动，烦躁不安歇斯底里……它会让你乖乖地把欠着它的钱加倍偿还，如果它不满意，还会把还账的你拒之门外。倘若你欠它的太多了，一怒之下，也许它会彻底撕毁了你的借记卡，纷纷扬扬飘失一地，让“杨白劳”就此永远躺下。所以，两害相权取其轻吧，从长远计，你切不可以慢待了床板这个索债鬼，不管它多么笑容可掬，你每天都要按时还它时间。

你还要用大约三分之一的时间来吃饭、排泄、运动、交通、打电话，接吻、恋爱，到远方去旅游，听朋友讲过去的事情，当然也包括发脾气和生气，和上司吵架还有哭泣……当然你也可以将这些压缩到更少的时间，但你如果在这些方面太吝啬支出，你就变成了一架冰冷的机器，而不再是活生生的人。为了让我们的生命丰富多彩，这些支出你无法逃避。

当太老的时候，或者你太小的时候，你有一些时间将不知道自己是什么。当然，如果有另外的人清楚地记录着你的支出，我想那些时间应该被称为“成长”和“休养生息”。这是一些时间的黑洞，你却必不可少。就像你原来有一笔积蓄，你觉得自己很是俭省，从未乱花过一分钱，但那些钱财还是在不知不觉中流淌，让你囊中渐空。你幼小的时候不能工作和学习，这不是你的过错，只是你的过程。你年老的时候不能创造和奋斗，这也不是你的过错，而是你的必然。为了盛极时的响彻云天，蝉虫必须在泥土中蛰伏蜕变十五年，和它相比，人类还算早熟。人类的进步带来了人类的长寿，那多积攒出来的时间，基本上都是晚年。所以，你不能埋怨。你的生命借记卡上的时间的价值并不等值，对此你只有一笑了之。

借记卡有一个功能，就是代缴各种费用。你的生命刨去了这样多的必需支出，你还剩下多少黄金时段?

如果我们能够知道自己生命中能够有效利用的时间到底有多少，我相信一半以上的人都会活得更加精彩。因为借记卡的数字隐藏在无边的黑暗中，这就更需要我们在黑暗中坚定地摸索着前进。

你的密码只有你自己知道。不要把密码告诉陌生人，不要让他人主宰了你的生活。如果你的密码被泄漏，不要伤心，不要自暴自弃。密码是可以修改的，你可以重新夺回你对自己生命的控制权。这张借记卡，只要你自己不拱手相让，就没有任何人能把它从你手中夺走。

不要用你手中的卡，去做纯粹为了虚荣和炫耀的消费。因为那都是过眼烟云，你付出的是生命，收获的是荒凉。

不要用你手中的卡，去买你不喜欢的东西。生命是我们能够享有的唯一，它的光彩和价值就在于它独树一帜的意义。找寻你生命的脐带，它维系着你的历史和光荣，这是你的责任和勇敢所在。如果你逃避或是挥霍，你就彻头彻尾地对不起了一个人，让那个人在无望中泪水流淌。这个人不是你的爸爸妈妈，虽然他们也可能为此伤感，但在他们逝去之后，你依然可以看到新鲜的泪珠在闪耀。这个人也不是你的师长，虽然他们可能会因此失望，但他们还有更多的学生可以期待。要知道你最对不起的人就是你自己，你委屈了千载难逢的表达。

唯有我们不知道生命的长短，生命的价值才更凸显。也许，运动可以在我们的卡里增添一些跳动的数字？也许大病一场将剧烈地减少我们的存款？不知道。那么，在不知道自己有多少银两的时候，精打细算就不但是本能更是澄澈的智慧了。在不知道自己所要购买的愿景和器物，有着怎样的高远和昂贵，就一掷千金毅然付出，那才是真的猛士视金钱如粪土。

这张卡是朴素的，也是昂贵的。你可以在卡上镶上钻石，那就是你的眼泪和汗珠了。没有白金也没有黄金，如果一定要找到类似的东西，美化我们的借记卡，那只有骨骼的硬度和血液的温度了。

你的借记卡就是你的累赘。当我们最后驾鹤西行的时候，能带走的唯一物品，是我们空空如也的借记卡。当那个时候，我们回首查询借记卡上一项项的支出，能够莞尔一笑，觉得每一笔支出都事出有因不得不花，并将这笑容实实在在地保持到虚无缥缈间，也就是灵魂的勋章了。

其实，当你吐出最后的呼吸之时，你的借记卡就铿锵粉碎了。但是，且慢，也许在那之后，有人愿意收藏你的借记卡，犹如收藏一枚古钱。

用宽容治愈焦虑

宽容就是允许别人有判断和行动的自由。对不同于自己的观点和行为，哪怕已经预见到了一切危险的结局，也依然耐心地公正地等待。

这一点，好难啊。可能是当过临床心理学家的缘故，听过很多人的故事，知道很多人的结局，这也就让我的人生，在某种程度上记住了很多人的经验。我没有更精湛的远见卓识，只是像一只老啄木鸟，敲击的树干比较多了，对于哪里有虫子，判断力稍好。

最常有的悲哀，是看到危险渊薮，而当事人还以为是一马平川，逍遥向前。我大声疾呼警示危险，但人们闭目塞听优哉走去，令我惆怅叹息。时间久了，我也咽喉嘶哑，明知不可为而为之的耐心，渐渐消减。

更多的时候，因为当事人并没有征询我的意见，我也不能挺身而出干涉他人的生活，眼睁睁地看着列车出轨，人仰马翻。

人要想慈悲地输出智慧，不自作多情，也不是容易事。这种时刻，让我焦灼。

时间久了，也想明白了。不能以为焦虑不安就是贡献力量的一种方式，这是弄巧成拙，既帮不了别人，也毁了自己的欢愉。

焦虑本身并不是竭尽全力的表达，只是不良心理状态的折磨。其实，人生并没有一定的对错之分。生命是一个过程，万丈红尘、万千气象都是常态。宽容就是接受和自己不同的人生状态，并不歇斯底里。